ザイオン・イン・ジ・オクトモーフ

イシュタルの虜囚、ネルガルの罠

伊野隆之
INO Takayuki

エクリプスフェイズ　シェアード・ワールド

アトリエサード

目次

COLUMN

〈エクリプス・フェイズ〉シェアード・ワールドへのいざない

〈エクリプス・フェイズ〉の世界へようこそ！　本書は独立したSF長編／連作集として愉しむことができますが、背景となる世界設定はポストヒューマンSFシェアード・ワールド〈エクリプス・フェイズ〉をもとにしています。

西暦二三世紀頃の未来、人々が身体改造や遺伝子調整を施したトランスヒューマンとなり、太陽系の各地に移り住んでいるという世界を扱います。

繰り広げられる冒険は、まさに多種多様。金星の高峰で〈死〉を追体験する話、西部劇のごとき火星の植民市でかつての自分と出逢う話、技術的特異点（シンギュラリティ）を迎えた超AIの急襲に見舞われた地球の話、スペース・デブリから失われたライブ音源を見つける話、トランスヒューマンの存在そのものを否定する木星で擬似群体（ナノボット・スウォーム）を用いて住民を監視する話、自律するナノウイルスがトランスヒューマンを陰に陽に操る話……。まさしく百花繚乱です。

ただ、共通する考え方は存在します。それは身体性への強い批評意識です。技術革新によってコンピュータの容量が実質的に無限大となり、それによって精神をまるまるデータ化して保存することが可能になりました。改変された身体は替えが利くようになり、旧来の人間像からは大きくかけ離れた——それこそ蛇型義体（スリザロイド）や群体義体（スウォームノイド）のごとき——特異な義体（モーフ）を着装する者すら現れています。そして身体を問い直すことは、自らのジェンダーやセクシュアリティ、あるいは種（スピーシーズ）のあり方そのものの刷新にも通じるのです。

先述した物語群は、本書の姉妹編『再着装（リスリーヴ）の記憶』（アトリエサード、二〇二二年）の収録作（の一部）です。同書は、ケン・リュウやマデリン・アシュビーといった英語圏のSFシーンにおける最前線で活躍する作家陣と、あくまでも実力主体でセレクトされた日本語圏の作家たちの競作シェアード・ワールド・アンソロジーという、まさしく類のない試みでした。

『再着装（リスリーヴ）の記憶』の特徴が多角的な広がりの提示にあるのだとしたら、今回お目にかける伊野隆之『ザイオン・イン・ジ・オクトモーフ　イシュタルの虜囚、ネルガルの罠』は、同一著者である連作の強みを生かした、奥行きと持続性を持つ形としてのシェアード・ワールドのあり方を体現しています。もちろん、どちらから読んでもOKですし、必要な用語や設定は本書でもちゃんと解説されています。そして、『再着装（リスリーヴ）の記憶』に収められた「カザロフ・ザ・パワード・ケース」は、両者を結ぶ位置づけにある話なのです。（晃）

ザイオン・イン・ジ・オクトモーフ

イシュタルの虜囚、ネルガルの罠

第一部　イシュタルの虜囚

ザイオン・イン・アン・オクトモーフ

バルーンハウスのアラームがけたたましく鳴り、下の鉱区から送られてきた自走式金属製錬装置のパラメータ修正に没頭していたタージは、あわててカレンダーを表示させる。

二十五日。視野の隅に表示された日付をみて、タージは目をむく。

……なんてぇことだ。

日付の感覚がおかしいのはいつものことだが、それにしても、つい昨日も二十五日だったような気がする。

タージのバルーンハウスは金星の北極近傍を漂っている。動力を太陽光に依存しているから座標は常に昼の側で、同じような方向に太陽を見ていたし、黄金色の雲を低い位置で照らす太陽は、いつだって目を刺すように明るい。

一日という時間単位は、もはや立ち入ることすら許されない地球の自転周期を基準にしたもので、自転周期の違う金星に適用するには無理があるし、生理的にもタージの身体には必要のないものだった。

疲れたら休み、疲れがとれたら働くけれど、奴隷労働のために作られた頑丈な体は、働きづめに働いても、ほとんど疲労を感じない。食事も、一度食べればかなり長い間空腹を感じずにいることができるから、日にちの感覚はなくなっていくし、そもそもそんな感覚は必要ですらなかった。

毎月の二十五日をのぞいては。

アラームの原因が外部モニターに映っている。太陽の光を反射して輝く雲の上を、漆黒の機体が滑るように飛翔してくる。見覚えがあるどころか、目に焼き付いて離れない機体だ。ズームアップされた鋭角的な機体を見て、条件反射のようにタージは首をすくめた。機首のあたりにソラリスのエンブレムが光っている。

気がつくとタージは、第二触腕の吸盤をかじっている。腕の吸盤はすぐに再生するから問題はないのだが、あまりほめられた癖ではない。青い血液の味は、恐怖と屈辱のカクテルだった。

タージはアップリストだ……と思っている。知性化されたマダコ(Octopus vulgaris)。八本足のタコである。高度な知性と強靭な筋肉、何度でも再生可能かつ器用な腕をもつ知性化種。タコの身体をベースとするオクトモーフ(Octomorph)は、過酷な環境での作業に適している。金星の分厚い大気の底で生まれた……と信じている。タージは、その才覚と惜しみない努力で、やっとここまで、大気の上層にまではい上がってきた……という記憶がある。

バルーンハウスのセキュリティシステムに強制解除コードが送りつけられてくる。追加融資の条件その一だった。訪問をはねつけることはできない。

厳重なセキュリティを誇るはずのバルーンハウスも、解除コードの前にはあっさりと両手をあけて降伏する。侵入者の身元確認も何もあったものではなく、タージは上部のポートが開く振動を感じる。

……あと、六十秒。

取り立てに来た訪問者のことを思うと、タージの背に怖気が走る。これもまた取り立て側に有利な条件だったが、恐怖の感覚は先天的なもので、書き込まれたものではないはずだ。

タージは、とりあえず鏡の前で自分の姿を点検し、少しだけ安心する。そこにいるのは、二本の触腕を絡み合わせた二本の足で直立し、左右二本ずつの触腕がよじりあわせた両腕を組んだ自分の姿で、そこそこの威厳を持って見えている。知性化タコの鉱山主タージ。頭をターバンのようなもので巻いてあるのは柔らかな胴体を守るため。洗いさらしの着衣に身を包み、高価に見えるものは、一切身につけていない。

……四十秒。

振動。フライヤーが接触した際の振動だ。バルーンハウスに追加の荷重が加わり、金星の大気に浮いた構造体がわずかに沈む。

部屋を見回す。殺風景な部屋に、床に固定したすり切れたソファー。雑然としたコンソールに、新品にはとても見えない自走式金属精製装置の遠隔モニターが組み込まれている。採掘した鉱石から商品としての金属を精製する自走式の装置は、タージの鉱区が利益を上げるためには不可欠の投資で、追加融資を受けた時に説明してあったはずだ。資産台帳に計上した購入額は水増し……されておらず、毎月の減価償却の負担が重くタージにのしかかっている。

……三十秒。

バルーンハウスの上部のポートにフライヤーが収納され、シーリングが閉じる。ドッキングエリアに流入した硫酸を含んだ大気を、フィルターした二酸化炭素でパージする。ここでちょっとした事故でも起きないかとも思うが、中古とはいえ、ヴィーナスハビタット社が製造したバルーンハウスは堅牢で、信頼性が高い。つまらない事故を起こすはずもなく、強引に侵入してきたありがたくないお客のフライヤーに、呼吸可能な空気で満たされたフレキシブルハッチがとりつく。

……二十秒。

ハッチを抜け、内部エントランスに向かう硬質の足音と振動。バルーンハウスが来客を特定するまでもなく、誰が来たかははっきりと判る。

諦念がタージを襲う。今までの利益がどれだけあったのか、正確な数字をタージは知らない。マーケットの状況を判断し、最適のタイミングで売りさばくのは、サポートAIであるミューズ任せで、口座の状態を確認する暇もなく、取り立ての時間が来てしまった。死んだ子の年を数えると言うが、タージの場合は、これから死ぬ子だ。賽の河原で積み上げた石は、いつも崩されることに決まっている。ならばここは地獄かと問えば、少なくともバルーンハウスの外は、酸の風が吹き荒れる地獄のような場所だ。

……十秒。

自分を必死に落ち着かせようとするタージ。大きく深呼吸する。

……五秒。

高まる鼓動。皮膚の下の色胞が収縮し、全身が白っぽく変わる。もはやなすすべもない。

……三、二、一。

「ゴルァ！　さっさとドアを開けろッ！」

ドアを蹴る音。耳に刺さる声に、体中の筋肉が緊張する。ドアに向かおうとするけれど、こわばった身体はまともに動かない。

「ああああぁ、今、開けまあああぁ……」

大きく開かれるドア。完全なアクセス権があるゲストを排除するように、このバルーンハウスのセキュリティシステムはできていないのだ。

追加融資の条件その二。バルーンハウス内の自由な移動。何も隠すことはできないし、タージ自身が隠れることもできない。訪問者には、タージと同じレベルのセキュリティアクセス権がある。

「わざわざ手間をかけさせるなッ！」

腰を曲げ、ざらに身を縮めるタージ。もともとの身長の三分の二ほどになってもまだ、来客よりは背が高い。そのタージの半分くらいの身長しかない漆黒の身体。黄色い目でタージを睨み付けているのはカラス型の義体、ネオ・エイヴィアン（Neo・avian）のアップリフトだった。

「めめめ滅相もございません。今ちょうど開けるところでして」

さらにへり下り、低く低く頭を下げる。

「だったら、わざわざ俺にドアを操作させるなッ！」

「すいませんすいません」

平身低頭するタージ。

「わざわざ取り立てに来てやってるんだ。今月分もちゃんと払ってもらえるんだろうなァ？」

カラスは首を傾げ、タージを見上げる。独占金融資本ソラリスの、特定顧客担当エージェント、インドラルだ。

「すすすすいません。ここのところ金属市況がよくなく……」

口座の残高がどれくらいか、タージは知らなかった。もっとも借金取りがくるということは、自動引き落としできるだけの残高がないということで……。

「つまらん言い訳を考えてるんじゃないだろうな？」

追加融資条件その三。タージのミューズへのアクセス権をカラスが行使する。バルーンハウスのメッシュを通じて解読コードが強制注入され、ミューズが蓄えた会計情報が流出する。

「ちゃっかりため込んであるじゃないカァ？」

タージの口座のパーティション情報が晒され、プライバシー領域がオープンにされる。

「しっかり払ってもらうからなッ」

視覚化された口座残高が減っていく。

「それは作業員への支払いと、金属精製装置を修繕するための積み立て分です。そこまで持って行かれると、従業員に逃げられます。そうなれば、会社はおしまいです！」

泣きそうな声でタージが言った。タージはインドラルに嘘をつけない。ミューズはタージのインプラントに直結し、タージの感情の揺れをただ漏れにする。嘘発見器をつけられているようなものだった。

「それは考えてある。作業員には三日の遅延だ。積み立ては半額にまで圧縮できるだろッ。それに、おまえの生活費はこんなもんで十分だッ」

口座残高が一気に底をつき、タージは膝から、いや、膝に相当する部分から崩れ落ちる。タコには膝はないのだ。

「お願いです。積み立て分の圧縮はかまいませんが、作業員への支払い分は残しておいて下さい」

床に頭をこすりつけるようにして懇願するタージ。

「まだ利子分にも足りてないんだぞッ」

……それは利率が高いからで……。もちろん、タージにも口に出さないだけの知恵はある。

「そこを曲げて何とか」

「こっちも慈善事業じゃないからなッ。作業員の支払い遅延は一日ですむようにしておいてやるが、延滞分の利率は、契約通りに上げさせてもらうぞッ！」

勝ち誇ったように胸を張るインドラル。

タージには新しい融資条件を受けるしかない。そうしなければ、タージは破産し、抵当になっているこのバルーンハウスどころか、鉱山の採掘権まで取られてしまう。そうなれば、もう一度、大気の底からのやり直しになる。

「……わかりました。それで結構です」

消え入りそうな声で答えたタージ。

「ありがとうございますじゃないのカァ？」

「あ、ありがとうございます……」

「声が小さイッ！」

「あるがそうございまつっ！」

インドラルが目の上をひくひくさせる。もしかすると、笑っているのかもしれないと思うが、タコにカラスの表情はわからない。

「よーし、これからもちゃんと働けよ。次回は利子分以上に払ってもらうからな。さもなければ、まずはこの立派なバルーンハウスを競売にかける。わかったなァ！」

「……」

「ハイと言え、ハイと！」

「ハイィィッ！」

悲鳴のようなタージの返事。

「よろしい。ちゃんと返済すれば、融資枠も大きくできるし、そっちの事業も拡大だッ。贅沢をせずにがんばるんだなッ！」

タージに背中を向け、大股で部屋から出て行くカラス。全身から力が抜けたタージは、バルーンハウスの床にへたり込んでしまった。

ぐったりと疲れていた。精神的疲労は、何よりもタージを消耗させる。

ポートのハッチが開き、インドラルのフライヤーが離床する。荷重の減ったバルーンハウスがわずかに浮き上がる。

ため息をつくタージ。

その時、モニターに映るフライヤーを見送る表情が、急に変わった。

「……ちゃんと報告するんだぞ、インドラル。タージはかつかつでやってる。まだ搾り取れるってな」

＊＊＊＊

金星の北極にある複合ハビタットの一室で、マデラ・ルメルシェは落ち着かなげにうろうろと歩き回っていた。分厚い絨毯が敷き詰められ、壁面にはアマゾンの森林が投影されている。別の壁面では巨大な瀑布が水しぶきを上げ、もうひとつの壁面では、巨大なサメが我が物顔に泳いでいる。部屋の一角にある執務机の天板は地球産のマホガニーが使われ、その背後の壁面は、巨大なソラリスのエンブレム。燃えるような金色のフレアは、太陽系最大の金融企業複合体であるソラリスコーポレーションの威光を表しているかのようだった。

マデラは、豊富な金属資源に恵まれた金星の十八分の一を営業ゾーンとしている。ティターンズ戦争からの復興需要に金星は潤い、金星にいる十八人のソラリス正社員のうち、八人までが上級パートナーに昇格していたが、開発の進んでいない北極域を担当するマデラは、太陽系に百人以上いる中級パートナーの地位に甘んじていた。

「まだ、あいつの行方はつかめないのか？」

マデラが怒鳴りつけたのは、マデラが支配する北極鉱区開発公社に雇われた保安担当エージェントのカザロフだった。執務室に投影された姿は厳つい金属の義体で、表情もない。

「北極鉱区内を端からしらみつぶしに探していますが、まだ何の手がかりもありません。他の鉱区との間の行き来は完全にコントロールしていますから、見つかるのは時間の問題かと思われます」

「あと、どれくらいかかるんだ？」

「北極鉱区には、全体で六百七十六の鉱区があります。鉱区全域にいる知性化されたタコは、登録、非登録を合わせて一万三千体以上、全力で探していますが、ここのところの予算削減もあり、今の保安部の陣容では、人手が全然足りていません」

もともと、間接部門である保安部の人員配置は厚くない。稼がない部門に資金をかけるほど馬鹿げたことはないからだ。マデラは自分の予算査定を思い出す。

「言い訳をするな。そもそもあいつを保安施設から逃がすからだ。セキュリティは万全のはずじゃなかったのか？」

「すいません。ですが、今回の事態の原因は、囚人の義体に関する情報を、事前に開示していただけなかった事にもあると思いますが」

痛いところを突かれて、マデラは怒りの表情を露わにする。

「どんな囚人であろうとも、万全を期すのが保安部門の仕事だろうが。今回のことは、おまえの勤務記録にも残るんだぞ」

カザロフの金属の義体には表情がない。保安担当者が最下級の義体であるケースを使っているのは、感情を読まれない方が有利だからだろうと思うが、扱いにくいことこの上ない。

「私としては大変、不本意ではありますが、記録には残ってしまうでしょうね。なぜそんなことになったのかを含めて」

強調するように言ったカザロフ。その言い方がマデラの神経を逆なでする。

「じゃあ、さっさとあいつを捜し出せ。必要なら保安要員を雇うために予算配分を上乗せしてもいい。だが、あいつを見つけられなければ、降格も覚悟しておいた方がいいぞ」

北極鉱区開発公社は独立した企業体だったが、鉱区拡大のために、ソラリスからの出資を受け入れている。実質的に開発公社の実権を握っているのはマデラで、必要なら、カザロフを解雇できる。

「私は最善を尽くしております。必要でしたら、推薦できる後任者候補のリストをお送りしますが？」

カザロフの言葉に、マデラはイラつく。保安主任に足元を見られているのだ。中級パートナーではあっても、マデラは定期的に本部の監査を受けなければならない立場だ。その際に今回のことを明らかにされては、マデラ自身の不利益になる。不自然な点を見つけられたら、マデラが何をやろうとしたのかを、ソラリスの上層部から追求されることにもなりかねなかった。

「つまらないことを言わないで、さっさと捜索に戻れ」

「では、そのように」

マデラが執務室にしている部屋から、無骨な金属の姿が消える。実際には金星大気の上層を浮遊するこのハビタットから、分厚い大気を隔てて五万メートル下の地表にある北極鉱区に、保安主任は詰めている。

マデラは天を仰いだ。この投資が上手くいけば、上級パートナーどころか、一気に共同オーナーの地位にまで上り詰めることができるかも知れないと思っていた。けれど、投資額は予定していた以上に膨らんでいるし、確実に思えた投資回収の可能性も、今となっては危うくなってきているようだ。

「イラついておられますね。精神安定剤を処方しましょうか?」

執務室に投影されたブルーの髪の少女は、自動的に立ち上がったセクレタリーだった。ミューズに組み込まれたセクレタリーは、マデラのバイオシグナルをモニターし、必要な時に必要なサポートを提供する機能も持っている。

「強くないヤツにしてくれ。ちゃんと考えないといけない」

「判りました。シャイニーモーニングでよろしいですか?」

……晴れた朝のさわやかな気分を提供するシャイニーモーニングは、あなたの気分を爽快にします。疲れた時、心配事がある時、気分がすっきりしない時にシャイニーモーニング。今なら十パーセントのディスカウントと、有効期間を二時間延長して提供します。

「それでいい。ダウンロードしてくれ」

マデラの公用アカウントから引き落とされる。費目は福利厚生費で、あまり強くて高額のものを高頻度で使うと定期監査に引っかかるけれど、この程度なら許容範囲内だろう。

シャイニーモーニングをインストールすると、マデラの気分は、唐突にさわやかになる。今期の利益は過去最高で、新規の顧客開拓も順調。融資額は増え続けていて、不良債権化率は一桁にとどまっている。この調子なら上級パートナーへの昇格も夢ではない。それに、例の囚人のこともある。

今はマデラの手を逃れているけれど、捕まえさえすれば、膨大な隠し資産が手に入るはずだった。

マデラは夢想する。囚人を捕らえ、拷問する。丈夫で、いくらでも再生可能な囚人の身体には、いつまでも苦痛を与え続けることができる。オクトモーフの身体は、法的にはマデラの所有物であり、一切の基本的人権を持たない存在は、それこそ触腕の先から一寸刻みにしたって問題ない。筋肉の束であっても骨のない腕は、気持ちいいほどよく切れる。マデラの妄想の中で、白っぽい体液がしたたり、床に落ちた触腕は、まだ生命があるかのようにのたうつのだった。

「興奮しておられますね。鎮静剤を処方しましょうか?」

「強くないヤツにしてくれ。ちゃんと考えなければいけない」

　機械的に答えるマデラだった。

「判りました。オーシャンブリーズでよろしいですか？」

……海辺の穏やかな風があなたの心をリラックスさせてくれるでしょう。オーシャンブリーズは、ビジネスシーンの最前線で戦うあなたに、心安らぐひとときを提供します。今なら一回のダウンロードで三回使用できるスペシャルパッケージを提供しています。

「それで……。いや、さっき処方したのはどうなる？」

「まだ有効です。それに、まぁ、なんてことでしょう。もう落ち着かれたようですので、鎮静剤の利用は推奨されません」

　セクレタリーの言葉に、マデラは深いため息をつく。結局のところ、今使っているセクレタリーは、ミューズの一部に割り当てた低レベルの機能要素に過ぎず、気が利くとはとても言えないものだった。標準的な機能しかないセクレタリーは、今回の投資が成功したら、まず最初にアップグレードしようと思っているものだった。

「しばらくおとなしくしていてくれ。これからどうするかを、俺は、ちゃんと考えないといけないんだ」

「それでは、これから一時間の間、自動起動を停止します」

「それでいい」

　投影されたセクレタリーの姿が消え、マデラはマホガニーのデスクに向かう。

　あれを見つけた時はチャンスだと思った。地球から救出された魂(ego)の多くは、未だに解凍されることなくストックされている。タグ付け作業は遅々として進まず、再生しようにも義体の提供が十分じゃない。放置された精神は、誰かが目覚めさせると決めない限り、確率の低いランダム再生の機会しか与えられていない。そんな中で、マデラは伝説の企業家の魂(ego)を見つけたのだ。

　マデラは優秀なアップリフトの部下が欲しかった。今のところはカラスのインドラルを使っているだけで、オクトモーフの部下はいない。金星政府が、政治的なポーズだけにしろ、アップリフトの地位向上政策を進めている以上、オクトモーフの部下がいた方が何かと都合がいい。そのオクトモーフに入れるための魂(ego)を、凍結状態でアーカイブされていた中から探していた過程で、マデラは凍結されたザイオンの魂(ego)を見つけたのだった。

　現在のソラリスにもつながるファンドの創始者で、膨大な個人資産を持っていたザイオン・バフェット。太陽系に分散され、巧妙に秘匿された個人資産は、タイタンの国家予算にも匹敵するとも言われている。その個人資産へのアクセスの鍵を、ザイオン・バフェットの意識は記憶しているはずだった。

　ザイオンの魂（ego）であることが確認できた時点で、ヒトとして認められる義体に蘇らせるという選択肢もあったろう。そうしていたら、マデラには相当額の謝礼が手に入ったかも知れない。けれど、謝礼の額はザイオン・バフェットが決めることになるし、ザイオン・バフェットは気前がいいという評判とは無縁の男だった。ちょっとしたお礼の言葉と、ザイオンの資産からすればほんのわずかなはした金で、マデラは太陽系有数の資産家になるチャンスをフイにするつもりはなかった。

　ザイオン・バフェットの全資産を手に入れるチャンスが目の前に転がっているのを、見逃すという選択肢はない。だからマデラは、法的にはマデラ自身の所有物であり、基本的な人権を認められていないオクトモーフの義体に、ザイオン・バフェットを目覚めさせたのだ。

　オクトモーフは安くない。地球産のタコそっくりの外見をした優秀な義体だった。金星では手に入りやすいから、手配には手間がかからなかったものの、それなりの金額を、マデラの個人資産から支払うことになった。隠された資産を手に入れるために必要な投資だった。

　マデラは膨大な資産を手に入れた自分自身を夢想していた。ミューズをアップグレードして、新しいセクレタリーに変えるのは当然として、ありふれたスプライサーの義体から、遺伝子レベルでの改良措置を受けたエグゾルトへのアップグレード、いや、外見も強化したシルフへのアップグレードを選んでもいいだろう。金星を離れて、火星のオービットに完璧な環境を備えた新しいオフィスを作り、そこで太陽系の資本の流れを牛耳るのだ。

　マデラの思い描いていた計画は、ザイオンの逃走によって最初の段階でつまづき、ガラガラと音を立てて崩れてしまいそうになっていた。

　ソラリスが出資する鉱山会社が所有する北極鉱区の保安施設に、蘇ったザイオンを幽閉し、秘匿された個人資産を使うための鍵を手に入れる。簡単確実な計画で、手堅い投資のはずだったのだが、今にして思えば、ヤツを拷問するために使ったボットの機能が貧弱で、それに加えて人格エンハンサーのできが悪かったのだとマデラは思う。本来の思考能力や注意力が制限され、保安措置に十分に気が回らなかったから、ザイオンの脱走を許す羽目になったのだ。

タコの身体を持ったザイオン・バフェットは、まだ金星に、北極鉱区の中にいるはずだった。ザイオンの義体に対し、マデラは一定の法的権利を有しており、勝手に脱出されることはない。

まだ、投資を回収できる可能性はある。けれど、その可能性は、時を追うごとに低くなっているような気がしていた。地表で働いているオクトモーフの数は多いし、事故にあう可能性も高い。金星の地表は、この太陽系の中で、もっとも過酷な場所の一つだからだ。


大型の削岩機を操作しながら、ザイオンは、混乱した覚醒の記憶を思い出していた。

ティターンズに襲われ、ニューデリーは壊滅した。上空を封鎖された地球から、生身での脱出の可能性は無く、やむなく精神だけで脱出するオプションを選んだのだったが、覚醒は期待したとおりには訪れなかったようだ。

最初に感じたのは圧倒的な違和感だった。強烈な光を浴びせられ、目をかばおうとした時の左手の反応がおかしかった。同じ側に腕が二本あり、一方は動いているのに、もう一方が固定されているような感じだった。手のひらで顔を隠そうとしても、五本の指が広がるのではなく中指と薬指の間が開くような感覚だけが感じられた。そして目に入ったのが吸盤のある触手の先端部。

「気がついたようだな」

金属がこすれるような声。知らない声だ。

「金星にようこそ。ここは金星の大気の底だ。そしておまえはタコなんだよ」

ククと含み笑い。光の中に、特徴のない金属のボディが見える。これは、ボットだろうか。

「まな板の上のタコなんだよ。一本の腕は動かせるようにしてあるが、残り七本はしっかりと固定してある。逃げようなんて思わないことだな」

逆光の中のボットが言う。

「待ってくれ。私は人間だ。アップリフトなんかじゃない。その私が、なぜタコなんだ？」

喉から絞り出した声は、まるで自分の声に聞こえない。

「おまえは私の所有物で、私はおまえを自由にできる。例えば、こんなことだ」

右腕に激痛が走る。いや、右腕のうちの一方だけだ。

先端がちぎれて床に落ちた。視界の隅で、吸盤の着いた触腕が、のたうっているのが見えている。

「その身体は丈夫にできている。しなやかで弾力があり、切ってもすぐに再生する。でも、ちゃんと苦痛はある。どういう事か判るか？」

左腕に激痛。奥歯を噛みしめようにも奥歯がないことに気付く。ボットが手にしたナイフのようなものがゆっくりと動き、引き裂かれた腕から、タコの体液があふれる。

「おまえがザイオン・バフェットだということは判っている。凍結されたアーカイブから出してやったんだ。感謝して欲しいな」

そう、ザイオン・バフェットだ。一代で巨大な金融帝国を築き、いくつもの国の財政を破綻させるほどの財力を有する。それがなぜこんなところにいるのか。

「わかった。クレジットを百万用意させよう。だからこれを外してくれ」

火星にある資産にアクセスすれば、それくらいの金額は簡単に用意できる。

「随分と安く見てくれるじゃないか。たったその程度のクレジットで、自由を買おうというのか？」

一般的に言えば､百万は大金だった。けれど､バフェットの総資産からすれば、爪の先ほどの、ほんのわずかな額でしかない。目の前のボットに投影された精神は、そのことを知っている。

「じゃあ、二百、いや一千万出そう。」

今度は腹部、いや、腹部の位置に相当する場所に、金属の拳がめり込み、ぴったりと並んで互いに張り付いた四本の触腕に、突き刺すような激痛が襲う。

「はした金で何とかしようとは思わない方がいいぞ。いいことを教えてやろう。おまえの身体は頑丈なオクトモーフだ。だから、ちょっとやそっとの事じゃ重大なダメージにはならない。けれど、痛みはちゃんと感じるんだよ」

何かが顔の側面に当たり、顔が歪む。口の中に広がる液体は、血なのだろうけれど、記憶している血の味とは大きな乖離があった。

「これから毎日、俺が苦痛を感じさせてやろう。そうしたらおまえは俺に命乞いをするようになる。それとも、あまりの苦痛に殺してくれと頼むようになるかな。いいな、ザイオン。おまえのせいで俺が生まれた国は破綻した。両親は仕事を失い、国を離れる事になった。自殺者が何人出たんだろうな。判ってるのか？」

　下らない議論だった。放漫財政は国の責任だし、国債を大量に買い集め、紙切れにならないうちに売り払ったところで恨まれる理由はない。国債の安定した買い手の存在が、放漫財政を促したのだとしても、責任は愚かな政府にある。

「おまえには責任がないとでも思っているんだろう。できの悪い政府を選んだのは、確かに国民だ。だからといって、一国の経済をおもちゃにしていい理由はない」

　もう一度、顔に衝撃。目の位置は避けてくれているらしいが、それでもザイオンの視野はぼやけた。

「まあ、それは今ではどうでもいいことだ。俺は恐慌と戦争を生き延びたし、今のおまえは俺の所有物だ。だが、一つだけ教えてやろう。おまえにも苦痛を逃れ、生き延びるチャンスはある。おまえの個人資産へのアクセスだ。俺をこの世界有数の金持ちにしろ、そうすれば、俺の気分が良くなる。気分が良くなれば、おまえを自由にしてやる気になるかも知れないな。そうしたら、おまえはやり直せるんだ。人の身体の時の悪行を、悔い改める機会が手に入るんだぞ」

　もう一度、顔の横に激痛。奥歯が折れたりしないのは、奥歯がないからだ。

「さあ、その賢い頭でよく考えるんだ。次に俺が来た時にアクセスコードを教えれば、この金星の最下層の労働者タコとして、人生をやり直す機会を与えてやってもいい。自分にとって何が必要か、そこを良く考えるんだぞ」

　右腕の付け根に衝撃と激痛。そして、床に何か重いものが落ちる音。その時、自由だった唯一の触腕がなくなった。


　そう、復活して最初の記憶はできの悪いアクションドラマのようで、ザイオンは洗練とはほど遠い拷問を受けた。何回となく殴られ、最後は触腕を一つ失うことになった。

　けれど、オクトモーフはダメージに強い。殴られた痛みはすぐに消え、傷口もすぐにふさがった。切り落とされた右の第一触腕の付け根は、いまはこんもりとした肉の盛り上がりになっており、中心部から触手の先端が見えている。もう再生が始まっているのだ。

　ザイオンの身体は地球産のマダコをベースにした義体、オクトモーフだった。水から上がった筋肉の塊で、浮力に支えられることなく、重力にあらがって直立できる。左右の第一触腕と第二触腕が腕として機能し、第三触腕と第四触腕が足として機能する。もちろん、ヒトと同じような動きを要求される場合は、という限定付きで、いざとなれば水中のタコのように八本の腕を自在に使う事もできる。

ザイオンを幽閉しようとした愚か者は、七本の腕をボルトで固定することまでやっていたのに、そのことを失念していたに違いないのだ。

簡単な事実だ。人間の身体であれば、手首から先を失ったら、腕はほとんど機能しなくなるだろう。足首から先を失って、まともに歩けるなどと言うことはあるはずがない。けれど、ザイオンの身体はオクトモーフだった。右の第一触腕を付け根から失ったにせよ、その痛みはすぐに消え、まるで最初から無かったかのようにしか感じられなかった。だったら触腕の先端部分が短くなっても、そんなに不自由を感じないのではないか。

オクトモーフには骨がない。強靭な筋繊維が束になって、重力にあらがって直立できるようになっている。ボルトで固定されていても、力一杯引っ張れば、先端を引きちぎることが可能だろうし、その時の痛みは耐え難くても、回復は驚くほど早いはずだ。短時間の激痛を七回こらえる覚悟さえできれば、縛めを解くこともできるはずだった。

最初の一本は右の第二触腕。ちょうどボルトで留めていたところからちぎれ、先端部が床に落ちる。自由になった触腕で、左の第一触腕を止めているボルトを掴む。力一杯ひねるとがわずかに弛む。吸盤がすり切れるほどの努力が必要だったが、数分ほどでボルトは床に落ち、左の第一触腕が自由になった。

それからは同じ事の繰り返した。固定されていた七本のうち、三本まではボルトが外れ、残りは強引に引きちぎるより無かった。

磔になった状態から自由になったザイオンは、ちぎれた触腕の先を集め、全部を口に入れ、一息で飲み込んだ。飢えたタコは自分の足を喰うというが、本当かどうかは判らない。けれど、縛めを解いた方法は知られない方がいい気がしていたし、ちょっとした空腹も感じていたのだ。

ザイオンを閉じ込めた部屋のドアは、しっかりとロックされていた。それだけで十分と思ったのだろうが、天井には換気ダクトが走っていたし、吸盤を使えば、天井に張り付くのは容易だった。四本の触腕を大きく伸ばしたザイオンは、天井に張り付いたところで一気に身体を引き上げる。小さな吸盤のついた触腕の先で、ダクトに取り付けられた格子を止めるねじを抜き、狭いダクトの中に、無理矢理、身体を滑り込ませた。

身体全体が換気ダクトに入ってから、改めて格子を留めなおしたのは、脱走経路の特定を遅らせるためだった。換気ダクトのまわりに付着した体液を調べればすぐに判ってしまうだろうが、ザイオンを拷問した金属の塊に、それだけの知恵が回るとは思えない。

狭いダクトの中は窮屈だった。柔らかくした胴体がかろうじて収まる空間を、タコの身体は這うようにして進む。触腕をできるだけ長くのばし、先端部分に近い吸盤を、ダクトの内面にしっかりと張り付かせる。それから、触腕の力で身体を一気に引っ張り寄せるように進む。慣れるに従って、次第に這い進む速度が早くなった。

できるだけ早く、できるだけ遠く。ザイオンはそれだけを考えて、狭いダクトの中を這い進んだ。タコの身体がダクトの内壁にこすれ、溶接部分が肌を裂く。内側に突き出したボルトに引っかかって皮がめくれ上がり、肉がちぎれる。流れた体液が跡をひき、生臭いにおいがダクトに充満するけれど、ザイオンは速度を緩めない。

うねるように動きながら、どれくらいの時間、ダクトの中を這い進んだろうか。外に向かって開いたダクトの格子から、食べ物のにおいが流れてくる。

格子の内側から見える風景が、今までの人気のない場所から人影が行き交う場所に変わっていた。

ザイオンは決心する。金属の格子を外し、壁を伝うように降り立ったそこは、労働者タコが食事を求めて集まる北極鉱区の巨大な食堂だった。

「ひどい恰好だなぁ」

壁を伝って、床に降りてすぐに声をかけられた。事実ひどい恰好だったのだろう。右の第一触腕は付け根から断ち切られ、残りの七本の触腕のうち、四本の先端部がちぎれてなくなっていた。全身に擦り傷があり、皮膚が大きくめくれてぶら下がっている。

「気にしないでくれ。見た目ほどひどい傷じゃない」

強がってみせるザイオン。ダクトから出てくるところを見られたのだろうか。

「それはそうだろうとも。ちょっとした傷はすぐ治る。だがなぁ……」

ザイオンの全身を上から下までなめ回すように見た。

まるで身体検査のような視線は、商品を見定める商人のそれだった。

「どこから逃げてきたのかは知らないが、ここにいちゃあ、すぐに見つかっちまうぜ。どうだ、俺のところに来ないか？」

それが、アクバルとの出会いだった。

北極鉱区開発公社は、金星の北極エリアを中心に六百を越える鉱区を持っている。開発公社が直接採掘する三百五十一の鉱区は、大型機械を使った大規模採掘が可能なエリアだった。一方、残りの三百近い鉱区は、大型機械では良質な鉱石の採掘が難しくなった古い開発鉱区や、地面の下に溶融した鉛の池があるような危険な鉱区で、小回りの効く中小の鉱山会社に貸し出されている。アクバルの鉱区は、そんな鉱区の一つだった。

鉱区は、全体が半透膜のドームで覆われ、大量の二酸化炭素で満たされていた。地球で言えば深海に相当するような気圧のドームの中で、アップリフトのタコ労働者たちは、作業用の耐環境スーツと、強力な削岩機をアクバルから借り、ボンベを担いで鉱石を回収する。採掘した鉱石の品位と量で、タコ労働者たちの一日の稼ぎが決まる。十分な稼ぎがなければ必要な機材の賃貸料が払えないし、払えなければ、次の日の仕事にも行けない。それでもアクバルの鉱区に知性化されたタコたちが集まるのは、そこがタコによるタコのための鉱区だったからだ。

どうやってアクバルが採掘権を借りることができたのか、鉱区で働くタコたちは知らない。あるタコは、アクバルが本当はヒトで、鉱山での労働に耐えるためにタコの義体を手に入れたのだと言うし、あるタコは、人間の鉱山主の下で長年、良く働いた事が認められ、採掘権を借りる権利を入手できたのだとも言う。どちらにせよ、知性化されたタコにヒト並みの権利が認められているとは言い難い金星では、異例中の異例とも言うべき状況であり、タコ労働者に不満がたまって革命が起きるのを防ぐために、鉱山運営を任されているのだという者もいた。つまり、小なりとはいえ、鉱山主がいる以上、制度的差別には当たらないという金星政府のエクスキューズを成立させるために、北極鉱区開発公社が認めているのだという見解である。けれど、そのいずれであってもザイオンには関心がなかった。

アクバルの鉱区に行ってすぐに、ザイオンは働き始めた。アクバルからの最初の千クレジットの貸し付けを元手に、耐環境スーツと削岩機を借り、見込みのありそうなところを掘っていく。ザイオンの義体のスペックは悪くなく、毎日の酷使にも良く耐えた。

アクバルの鉱区にいれば、追っ手を気にしないで済むことも、とりあえずザイオンにとっては悪くない条件だった。アクバルの鉱区にいるのはオクトモーフだけで、平凡なヒト型の義体でも、アクバルの鉱区ではとことん目立つ。好んでオクトモーフを使うヒトもいないから、まわりはすべて知性化されたタコばかりだった。

ザイオンは、鉱区にあるアクバルの事務所に来ていた。鉱石の換金も必要だったが、削岩機の充電と、タンクの補給のために、一定時間ごとに事務所には顔を出さないといけない。そんな理由で事務所には何体もの知性化タコがいて、脱ぎたての耐環境スーツからは、オクトモーフ独特の生臭いにおいが上がっているが、そんなことを気にしていたら始まらない。

アクバルを見つけるのは簡単だった。ヒトとのつきあいが多いアクバルは、ヒトのように直立している事が多かったからだ。

「随分まともな見た目になってきたじゃないか」

近づいて声をかけるか、それとも隠れたままでいるべきか、迷っている間に、アクバルの方からザイオンに声をかけてきた。

「何とかここにも慣れてきました」

鉱区に来てから一週間くらいか、付け根から切り落とされた右の第一触腕も、新しい触腕が頭を掻くのに使える程度まで伸びてきていた。栄養さえ良ければ再生は速い。

「それは良かった」

ザイオンは、自分の体型を、素のタコから直立したヒト型のタコに変える。背の高いアクバルと、視線の位置が違いすぎるからだ。その変化を見て、アクバルが言う。

「ところでおまえは誰なんだ？　そんな恰好を簡単にできるのは、ヒトがオクトモーフを義体として使っているんだろ？」

ザイオンは答えなかった。どう答えるべきかが判らない。

「答えたくないならそれでいい。いやなに、最近、公社の保安部の連中が、誰彼なしにタコたちを尋問してる。どうやら逃げ出したオクトモーフを探しているらしい。おまえのように、右の第一触腕のない奴を見つけて連絡すれば、賞金は千クレジットだそうだ」

ザイオンはだんまりを決め込む。

「何も言いたくないか。まあ、それもそうだろうな。だが、呼び名もないのは困る。それくらいは考えてあるんだろうな？」

そう言ったアクバルは、ザイオンを見据えた。

「……タージです。そう呼んでください」

とっさに思いついた名前は、地球にいた頃の、できの悪い部下の名前だった。

「判った。じゃあ、タージ、ちょっと頼まれごとをしてくれないか？」

「えっ、何ですか？」

「経理担当をクビにした。つまらん遊びにはまって、俺のクレジットを使い込みやがった」

「なぜ、私に？」

「おまえは俺を裏切れないからだよ。俺を裏切れば、公社の保安部がおまえを捕まえることになるだろう。まあ、まじめに働くことだな」

そう言って笑ったアクバルだった。

「俺のところに医者がいるのは知ってるな？」

突然の質問に、ザイオンは戸惑う。

「口は堅いヤツだ。五千で触腕の付け替えができるそうだ。この現場じゃ触腕を切り落とすような事故は珍しくないし、訳ありの手術を受けに来る連中も多いから、詮索されることもない。それから、新しいＩＤも用意しておこう。俺の右腕になる奴が、まともなＩＤが無いのも困るからな」

＊＊＊＊

「……ちゃんと報告するんだぞインドラル。タージはかつかつでやってる。まだ搾り取れるってな」

その時タージは、もはやインプラントにインストールされた擬似人格であるタージではなくなっている。青ざめていた表情は自信にあふれた表情に変わっている。タコなりに背筋をまっすぐに伸ばし、遠ざかるフライヤーを見ている。その表情には恐怖感や安堵ではなく、満足感が見て取れる。タージは、与えられた役割を果たしたのだ。

このバルーンハウスにいるのは、ソラリスのデータベースに資金繰りに苦しんでいる顧客の一人として登録されているアップリフトだ。それがタージの影に隠れているザイオンにとっての安全保障になる。しばらくは、この安全保障装置に機能してもらわなければならない。

タージの仮面を脱ぎ捨てたザイオン・バフェットは、満足げだ。

オクトモーフの身体は自由度が高い。左右の第一触腕は、手としての機能を果たすために、先端が四本の触腕に分かれていたし、顔もヒトらしく変形させている。金星に、新しく台頭してきた、財力があるアップリフトの特徴だった。

北極鉱区にアクバルがいたように、金星のあらゆる地区で知性化タコへの採掘権の供与が行われていた。

金星政府による、まやかしのアップリフト地位向上政策は、タージのような階級を作り出しつつある。ザイオンは、アップリフトのタージとして、新しく勃興しつつある階級の中に収まっている。

タージとして採掘権を有している鉱区は、インドラルを介したソラリスからの融資もあって、三つにまで増えていた。タージは、調子に乗って鉱区を増やしてはみたものの、借金が増えて首が回らないという役割を演じているところだ。

アクバルとは、今でも上手くやっている。ザイオンのおかげで、一時は、十二の鉱区の採掘権を所有するところまで行き、随分といい思いをしたはずだ。

ザイオンの独立をしぶしぶ認めたあとで、アクバルは、見事に事業運営に失敗した。ろくに貸借対照表すら読めないようなアクバルが、ザイオンの助けなしに、十二に増えた鉱区の財務管理ができるはずがなかったし、ザイオンがアクバルの下を離れる時に、何ヶ月か後に運転資金のショートが生じるように仕組んだのだ。アクバルはザイオンの仕組んだ落とし穴に見事にはまったし、そのことに気づきもしなかった。

ザイオンは、窮地に陥ったかつての恩人に手を差し延べて、救ったことになっている。アクバルのために、手に入れたばかりの二つの鉱区のうち、一つの鉱区の採掘権を売りに出し、もう一つの鉱区と、住んでいたバルーンハウスを抵当に入れることまでやって見せたのだ。

アクバルは、今ではザイオンの部下になっている。買い戻した鉱区の一つを任され、鉱区長としてよくやっている。アクバルは経営者としては平凡でも、鉱区長としては優秀で、タコ労働者を働かせる仕事に満足しているようだった。

インドラルに知られていないザイオンの資産は着実に

増えていた。北極地区を営業エリアにしているソラリスのパートナーであるマデラ・ルメルシェは、ザイオンがソラリスに持っている別名義の口座を知らない。ソラリスは横の連携が悪い上に、インドラルの報告を鵜呑みにしているから、タージ＝ザイオンの資産状況をちゃんと把握できていないのだ。顧客の資産を把握することが、金融のイロハで、マデラはそのイロハができていない間抜けだ。

　ザイオンは、ザイオンの魂(ego)をオクトモーフの中に復活させたのは、マデラではないかと疑っている。拷問で受けた苦痛は、膨大な凍結情報の中からザイオンを復活させてくれたことで帳消しにしてやってもいいが、マデラのような無能な者が、かつてザイオンが築いたソラリスの中にいること自体が腹立たしい。

　今でも、マデラはザイオンの義体の所有権を主張できる立場にいる。つまり、現在のザイオンは、オクトモーフの義体と金星という惑星に、二重に囚われているのだ。だが、それもあとわずかな時間だけだ。登録情報の書き換えの準備はできているし、そうなれば、ザイオンは、ザイオン・バフェットの全資産にアクセスできるようになるだろう。ザイオンの資産があれば、ソラリスに復帰して、能力の低い中級パートナーを一人降格し、金星の地表に送り込むのは簡単なことだ。

　けれど、ザイオンは、今のところソラリスに復帰するつもりはなかった。金融企業体として大きくなりすぎたソラリスは、生まれついての起業家であるザイオンにとって、つまらないものに変わってしまっているだろうし、オクトモーフのままでは、ソラリスに戻ることはできない。

　ザイオンは、タフで変幻自在な今の身体を気に入っていた。生体をベースにした義体、バイオモーフとしては、人の身体よりは、遥かに良くできている。それに、タコのままで新たなソラリスを築くのも悪くない。

　いつだって、どこにだって、カモはいるものだから。

COLUMN

タコの義体（モーフ）もラクではない!?

人間の精神が完全にデジタル化され、大脳皮質記録装置（コーティカル・スタック）と呼ばれる拳大のハードウェア——脊椎と頭蓋骨の間の接合部に埋め込まれている——に記録されているということが、〈エクリプス・フェイズ〉の大きな特徴となっています。

配信ドラマ化でも評判を集めたリチャード・モーガン〈オルタード・カーボン〉に「皮質メモリー・スタック」（田口俊樹訳）が登場するのですが、これがSF史的には大脳皮質記録装置（スタック）の着想源の一つと言えましょう。

それ以外にもバックアップ保険の契約を結べば、オンライン・ストレージのような形での保存も可能ですが、常時保存がなされているわけではなく、魂（エゴ）のバックアップを取るには、いちいち手続きが必要です。

大脳皮質記録装置（スタック）を備えた身体が、義体（モーフ）を状況に応じて取り替えることを、再着装（リスリーヴ）と呼びます。一見、便利そうですが、いつでも好き勝手に再着装（リスリーヴ）できるわけではありません。まずもって義体（モーフ）を入手する必要があります。ザイオンが着装することになる蛸型義体（オクトモーフ）は非常に高価で、スポンサーでも付かなければ容易に入手することはかないません。もっとも、中身が人間やAIではない、生まれながらのタコ、つまり知性化種（アップリフト）の場合は別ですが……。

というのも〈エクリプス・フェイズ〉宇宙における住人は——義体（モーフ）の外見はどうあれ——一〇年前に起きた〝大破壊（ザ・フォール）〟前後に、地球から移住してきた人間なのです。

けれども、五〇年ほど前から、イルカやチンパンジー、オウムやタコ等が知性化されるようになってきていますが、彼らは往々にして、まともな人権を認められず二級市民のような立場を余儀なくされ、権利獲得を訴えています。コードウェイナー・スミス〈人類補完機構〉を彷彿させる世界観ですね。

それでは以下、オクトモーフについての設定をまとめますが、本書の読みどころは、そんなオクトモーフの特徴を捉えたストーリーにもあります。（晃）

・**オクトモーフ**：タコ型の生体義体（バイオモーフ）。無重力環境に適応している。八つの把握足と肌の色を変えるカメレオン能力、墨液嚢や鋭い嘴を持つ。通常のタコより寿命は長く脳の体積も増え、空気中と水中の両方で呼吸ができる。骨格構造の欠如により窮屈な場所にも押し入って進める。無重力でも吸盤を駆使して這い進み、空気を吐き出すことで推進力とし、低重力下では二本の腕足を使って歩くこともできる。視界は三六〇度を見渡せ、遺伝子導入（トランスジェニック）での発声機構により人語を喋ることも可能。しばしば間違えられるが、合成義体（シンセモーフ）のタッコとは別物。

ザイオン・イズ・ライジング

ゆっくりと、濃密な大気の底に向かって降りていく。金星大気の上層部に浮いているノースポールハビタットの基部、地表へと降りるエレベータに、タージはいた。

エレベータと言っても小さな箱ではなく、直径二十メートル、高さはその倍くらいある円筒系のメインカーゴの上下に円錐形の動力部があって、五千トンの積載量がある。鉱山用の掘削機械や、大量の生活物資を地表に下ろし、精錬した多様な金属のインゴットを運びあげるための設備だから、速度も遅く、乗客を乗せるのは、そのうちのごく一部、円筒形部分の上部がわずかに膨らんだところに限られていた。

「ぞっとしねぇナッ」

落ち着かない様子で床を蹴るのは知性化された巨大なカラス、インドラルである。

「すいません、すいません」

ぶつぶつとつぶやき、身をすくめるタージ。オクトモーフのタコの肌が青白く変色しているのは、明白なストレスの証拠だった。

「おまえに文句を言ってるンじゃねぇ、このタコッ！」

インドラルの甲高い罵声が響く。

そもそもなぜ天敵と言ってもいい借金取りのインドラルと一緒に地表に向かわなければならないのか。そこのところの経緯をタージは全くといっていいほど覚えていない。仕事に没頭しているうちに時間の経過を忘れるという経験は何回もあったけれど、そもそもインドラルと一緒に行動するなど、正気の沙汰とも思えない。タージにとっては八本ある触腕の一本、いや、二、三本差し出してでもお引き取り願いたい相手だった。

「す、す、すいません」

きっと、強引に同行を要求され、嫌々同意したのだろうと思う。いやなことを忘れたいという、いわば自己防衛本能のようなものが働き、記憶から消し去ってしまったとしか思えない。タージは記憶の欠落に、やはり精神科の診察を受けた方がいいかとも思う。記憶の欠落は初めてではないし、タフな身体を持っているとはいえ、長時間労働と借金の重圧により、精神的なストレスがかかっているのも事実なのだ。

つい、一時間ほど前、地表に向かうエレベータのステーションでインドラルに声をかけられたとき、タージのタコの心臓は、それこそ発作を起こすのではないかと言うほどに縮みあがった。そのときまで、地上への移動にインドラルが同行することを、きれいさっぱり忘れ去っていたのだった。

「だからァ、おまえに文句を言ってるンじゃねぇッ！」

客室に響くカラスの声に、タージはさらに身をすくめる。混みあった二等客室の乗客は、誰もが見て見ぬ振りだ。カラスの胸のソラリスのエンブレムは、インドラルの尊大さをことさら際立たせている。誰もが、金星、いや太陽系の金融システムを牛耳るソラリスとのトラブルは避けたいのだ。

「すいません、すいません」

タージの消え入りそうな声。

「タコ臭ぇんだよなッ！」

怯えきったタージでなければ、凍り付くような二等客室の雰囲気に気づいたろう。二等客室に乗っているのは、大部分がアップリフトであり、そのほとんどがオクトモーフ、下界の鉱山で働くタコなのであった。

カラスの身体、エイヴィアンモーフの黒くて堅い嘴は、薄笑いを浮かべるような構造ではない。しかし、インドラルの黄色い目は、ひきつったような客室の空気を面白がっているようにも見える。

「わざわざタコツボに降りなきゃいけねぇなんてヨッ。ドツボだァ、ドッ、ツッ、ボォ！」
カ、カ、カァと笑う声が、静まり返った客室に響く。萎縮する青白いタージとは対照的に、周囲には怒りを抑えた赤いタコが取り巻く。一触即発の雰囲気ではあったが、インドラルは無頓着だった。
上司であるマデラの命令がなければ、インドラルはこんなところにはいない。取り立て専門のインドラルが、追加融資のための担保査定に赴くことなど、本来はあり得ないことだった。

「胸ッくそ悪りぃぜ」

もともと人型のモーフ用に設計されたシートに収まったインドラルは、まるでイスの形をした罠に捕まったカラスのように、宙に両足を投げ出した形で固定されている。エイヴィアンモーフの身体には、オクトモーフのような柔軟性がなく、そのせいでことさら不機嫌なのだった。

「タージ様とインドラル様でしょうか？」

タージとインドラルの席の前で足を止めたのは、二本の足で歩く人型の金属物体だった。見下ろすようにその物体が言う。ケース。最下級の義体だった。

「なんだァ？」

カラスの声が裏返る。ケースのキャビンアテンダントの胸には、エレベータの運行管理を行うノースポール公共交通のロゴがあった。

「私どもの手違いで、本来、一等のコンパートメントにご案内すべきところ、連絡が行き届かず、このような席にご案内してしまいました。よろしければ、席をお移りいただけます」

ノースポールハビタットは、高度約五万メートルの金星大気上層部に浮いている。大量の貨物を積んだエレベータは遅く、地表までおよそ三時間の行程だった。

「一等のコンパートメントォ？？　それなら、さっさと案内しろッ！」

安全ベルトをはずしたインドラルは、まさに席から飛び出しそうな勢いだ。

「タージ様もおいでください」

キャビンアテンダントの言葉は、タージには予想外だった。タージは二等のチケットしか買っていない。

「わたしは、ここでいいです」

インドラルと離れていられるのなら、どんな居心地の悪い場所でも我慢できる。何なら貨物コンテナの中だっていいくらいだ。

「逃げようッてんじゃないよな？」

タージを睨みつけるように、インドラルが目をむく。

「めめめ、滅相も……」

立ち上がろうとしたけれど、触腕に力が入らず、よろよろとよろけるタージだった。

「ケッ！　タコはタコツボでいいって言ってんだヨッ。おまえが一緒じゃ一等のコンポーネントがタコ臭くならァ」

カカカカァとカラスが笑う。わずかな時間でも、インドラルから離れられるという想いで、タージは思わず体中の力を抜いた。

「お二人ご一緒に来ていただきたいとのことです」

目の前のキャビンアテンダントの一言が、タージに芽生えた安堵の気分を吹き飛ばし、改めてタージの体内で体液を循環させているタコの心臓が縮みあがる。健忘症の脳に加えて、負担をかけている心臓の方も医者に診てもらった方がいいかもしれないとタージは思った。

「ケッ、コンパートメントがタコ臭くなるぞ！」

「ご心配には及びません。一等客室コンパートメントには循環式プラズマ分解脱臭装置が装備されており、オクトモーフの体表から分泌されるペプチド類やアミノ酸誘導体を始め、フェロモン様物質等のあらゆるバイオモーフの分泌物を瞬時に分解、消臭し、快適かつ清浄な居住環境を提供させていただいております」

キャビンアテンダントの淀みない説明に、嘴を開きかけたインドラルは、結局、なにも言わなかった。

「こちらでございます」

慇懃に頭を下げたケースを睨み付けると、インドラルはのけぞるように胸を張って歩きだした。タージは、その後を少し遅れてずるずると進む。

そう、地表には投資案件がある。ずいぶん前に開発された鉱区だったが、採掘される鉱石の品位もよく、賦存量も多い。鉱脈も地表に露出しているから、採掘が容易で鉱区としての価値も高い。競売で売り払うのも簡単だろうが、どうしてもアップリフトの鉱山主に売りたいというのが売り主の希望で、ソラリスを経由して、タージのところに連絡が来た。タージは呼び出されたのだった。

もちろん、タージには鉱区を買い取れるような資金はない。逆さにしたって出てこない。鉱区を買い取るなら新たに多額の融資を受けるよりなく、融資元になるのは話を仲介したソラリスしかない。鉱区の状態が伝えられたとおりなら、それこそおいしい話なのだが、タージは罠にでもかかったような気分がして仕方がなかった。


水平線方向からの陽光に照らされ、黄金色に雲が輝いている。金星の北極近傍の大気は安定していて、ハビタットが宙に浮いていることを忘れさせるほどだった。この風景を見るために、この地を訪れる観光客もいるほどだったが、マデラが待っている客はそうではない。

金星の北極にある複合ハビタットの一室、金星の水準でいえば豪華な執務室の中を、マデラ・ルメルシェは落ち着かなげにうろうろと歩き回っていた。

踵が沈み込むような分厚い絨毯が敷き詰められ、壁面には火星のマリネリス渓谷の眺望が投影されている。別の壁面ではアイスランドの火山が溶岩を吹き上げ、もうひとつの壁面では、サバンナをライオンが走っている。部屋の一角にある執務机の天板は地球産のマホガニーが使われ、その背後の壁面には、巨大なソラリスのエンブレムがある。燃えるような金色のフレアは、太陽系最大の金融企業複合体であるソラリスコーポレーションの威光を表している。

ソラリスの中級パートナーで、金星の北極地区を担当するマデラは、何日か前に通告を受けた来客を待っていた。

「まだ、到着時刻はわからないのか？」

マデラが怒鳴りつけたのは、執務室に投影されたブルーの髪の少女だった。マデラ自身のサポートＡＩであるミューズにインストールされたセクレタリーで、マデラのスケジュールを管理するだけではなく、アポ取りや簡単な調査を任せることもできるし、マデラの状態をモニターし、必要なアドバイスをすることもある。最高レベルではないが、十分に実用的なセクレタリーＡＩだった。

「引き続き照会しておりますが、本部から到着時刻の連絡は入っておりません」

金星の自転周期は余りに長いため、金星で採用されているカレンダーは地球基準のものだった。それでも一日は二十四時間あり、通告があった一日を、ずっと待機して過ごしているわけにはいかない。

「待ってるだけじゃだめだ。こちらから確認しろ」

「了解しました。改めて先方に連絡します」

マデラは執務室をうろうろと歩き回る。待っているのは歓迎できる来客ではない。訪問を受けることすら避けたい客だった。

「興奮しておられるようです。鎮静剤を用意させていただきましょうか？」

マデラはセクレタリーを見る。来客がきたときには、まともな状態でいたい。素面で、クールでいることが、今日の来客を無事にやり過ごすための必須条件だ。

「本部からの客がきた時点で、影響が残っていないようにできるのか？」

マデラが尋ねた。

「鎮静剤を投与した場合、選択するオプションにもよりますが、適用を解除しても、およそ二十分から三十分程度の残存効果が見込まれます。中和剤を使用することによって鎮静剤自体の影響は、より短時間で中立化できますが、中和剤自体の影響は回避できません」

大きく息を吐くマデラ。作られた魂の入れ物、義体ではあっても、ヒト型のバイオモーフは、人体の持つ身体から精神へのフィードバック機構を維持している。深呼吸で心が落ち着くのなら、精神を制御するソフトウェアに依存する必要はないのだけれど。

「強くないのにしてくれ」

つい、そう言ってしまう。強くないことを言い訳にしているが、結局、自分で気分をコントロールするよりは、はるかに簡単な手段に頼ってしまう。

「判りました。いつものようにオーシャンブリーズでよろしいですか？」

マデラはＰＲのフレーズを覚えてしまっていた。

……海辺の穏やかな風があなたの心をリラックスさせてくれるでしょう。オーシャンブリーズは、ビジネスシーンの最前線で戦うあなたに、心安らぐひとときを提供します……。

「それでいい」

マデラ自身に実装されたサポートＡＩであるミューズを経由して鎮静剤がインストールされる。そのとたんに、さわやかな海風を感じ、ついさっきまでのいらだった気分が、嘘のように静まっていた。

直接、精神というソフトウェアを書き換えられたマデラは、すがすがしい気分で壁に投影されたニューカレドニアのビーチを眺める。いつの間にか、緊張していた心が落ち着く。

そう、落ち着いてさえいれば、窮地を脱することもできるだろう。

マデラにとって、状況は良くなかった。ティターンズ戦争後の復興需要に支えられた金星全体の経済が好調で、各営業区は営業利益を積み増しているのに、マデラの管轄する北極エリアの伸びが低い。もちろん営業区で最大の企業体である北極鉱区開発公社は大きな利益を上げている。鉱区の拡張のためにインフラ投資がかさむのは、マデラにとっては融資残高の増加を意味していたし、配当も高水準で、抵当である鉱区の資産評価もあがっている。にもかかわらず、営業区全体としての業績がさえないのは、公社向けを除いた融資先に問題があった。

公社への貸し出しをのぞいた融資残高は、横ばいどころか減少傾向にある。せっせと働き、金利を吐き出してくれる顧客の数が、このところ減っているのだった。

公社は開発した鉱区の採掘権を、多くの個人鉱山主に売りに出している。鉱山主は鉱区の採掘権を手に入れるために金を借りるし、採掘のための重機の購入や、労働者の給与などの運転資金で、資金需要も旺盛になっているはずだった。公社向け融資の拡大で油断していたのも事実だったが、営業成績の評価が金星全域で最低という状況で、ソラリスの本部から監督官がやってくる。利益は伸びているのだから降格はないだろうが、事情の説明は求められることになるだろう。

「そのとおりよ、マデラ・ルメルシェ中級パートナー」

突然の声に驚かなかったのは、マデラの精神に組み込まれたオーシャンブリーズの効果だ。

「？？」

マデラは執務室の中を見回す。

「驚かせてしまったかしら？」

声はもはや存在しないニューカレドニアのビーチを映し出す壁面から聞こえた。白い砂とコバルトブルーの海から歩いてくるのは、背景に似つかわしくない無粋な灰色のボディスーツ姿の女性だった。

高飛車にマデラのミューズに送りつけられてきたＩＤ情報は、ソラリス監督官のものだ。

「ミューラー監督官ですね。こんな形でのご訪問になるとは連絡いただいていませんが」

「ええ、ここまでリンクの確定に手間取ったけど、ちゃんと金星についたようね」

応答に遅れはなかった。距離を隔てた通信ではなく、エゴキャスト。監督官の魂（ego）が、ここに来ている。

「お待ちしておりました」

そう言って小さく会釈をしたマデラに、背の高い女性の姿が応じる。情報体（インフォモーフ）だ。マデラのところに来たのは、ネットワークを飛び回る魂だけの存在で、物理的な実体としての義体を持たない。マデラより高い地位にあるはずの監督官がそんな姿で来たことに、マデラは落ち着いた心で驚いていた。

「普段の身体はシンスを使っています。金星まで来るのに、無駄に時間は使いたくなかったし、慣れない義体を使いたくなかったの」

監督官は金星にはいない。金星に分岐体を送るために、魂の転送（エゴキャスト）を使う事までは予想しても、情報体のままで現れるとは予想していなかった。

「金星をご案内できるかと思っていました」

インフォモーフを連れ歩くわけにはいかない。実体を持たないインフォモーフは、ある意味で住む世界が違うのだ。

「そのとおりです。情報体には情報体なりのメリットもあるのよ」

マデラは目の前にいる監督官が、自分の言葉ではなく、思考に反応したことに気づいていた。なぜ、思考を読まれたのか。読めるのは思考だけなのか。もしかすると、＊＊のことまで。マデラは、思い出すべきではない記憶を押し込める。

「あなたのミューズにアクセスできることは知ってるで

しょ？　ミューズはあなたの思考に対応しようとする。だからあなたの思考を推測するのは難しい事じゃないのよ。それに、ソフトドラッグの起動中は、ミューズも思考のモニターを強化するようになっているの」

あわててオーシャンブリーズの効果を消しにかかるマデラ。けれども、マデラの意識の中で起動した鎮静剤は機能停止を受け入れない。

「そんなに心配するには及ばないわよ。あなたの個人的な趣味にまで立ち入るつもりはないから」

監督官の言う個人的趣味が、いったい何をほのめかしているのか……。だが、今は、考えてはいけない。

「さわやかな風に、さざ波がビーチの砂を洗う音。落ち着くわね。でも、副作用についても知っておいた方が良いんじゃないかと思って」

丁寧な言葉は、しかし、マデラを安心させてくれるようなものではない。

「精神はソフトウェアよ。良い気分になるためにちょっとした書き換えをしてくれるソフトドラッグは悪くない。でもね、過度の依存には本来の能力にネガティヴな影響を与えるリスクがあるの。たとえば、注意能力の低下とか」

にこやかな笑みが向けられる。

「あなたの場合はソフトドラッグの利用頻度の上昇と同じ時期に、営業区全体の経済成長と、利益の伸びに乖離が生じている。なにか心配事でもあるのかしら？」

そんなに頻度が上がっているとは思わなかった。頻度が上がっているのだとしたら、その原因は……考えてはいけない。マデラには、知られてはならない秘密があった。

「そんなに警戒しなくてもいいわよ。私はあなたの意識をハッキングするつもりはないの。問題があることに気づいてほしいだけ」

現在の営業成績に問題があるのはわかっているし、問題に気づいてすぐ、対策をとるための調査も始めている。手詰まりなのは、ザ……考えてはいけない。……のことは、誰にも知られてはいけない。

「ずいぶんと大事な秘密があるようね」

……あのことを考えてはいけない。考えなければいけないのは営業区のこと。利益をあげ、いずれはソラリスの上級パートナーに。

「そう、その通り。野心を持つことは悪くないわ」

「大丈夫です。最近の営業成績の伸び悩みは認識しておりますし、原因調査も進めています。次の四半期には、状況を改善できるでしょう」

　マデラは何とか言葉を絞り出す。

「金星は恵まれた惑星です。中でも、北極エリアは経済的なポテンシャルが高い。ですから、現状のような成績が続けば、営業区の再調整を検討する必要に迫られるかもしれません」

　婉曲な物言いだったが、要は、成績が上がらなければ今のポストから解任するということだ。マデラの中に頭をもたげかかった屈辱と怒りを、穏やかな海風がなだめる。オーシャンブリーズの影響下で、マデラは否定的な感情を抑制されていた。

「ご心配をおかけして申し訳ありません。必ず事態は改善するように致します」

「ええ、そうですね。ソラリスの中級パートナーとしての十分な実績と能力には信頼を置いております。その信頼を裏切ることはないと期待しています」

　事務的に言った監督官の姿が揺らぎ、背景に溶けるように消えていく。同時に、オーシャンブリーズの効果も消え、押さえようのない怒りがわき上がってくる。営業区を奪うという警告は、いままでのソラリスへの貢献を踏みにじるもので、とうてい受け入れられるものではないし、金星を離れることになったら、今までの投資が無駄になる。

「興奮しておられるようです。鎮静剤を……」

　セクレタリーの言葉は、マデラが一瞥した瞬間に、投影像とともに宙に消えた。

　監督官が言うように、依存度が高まっているのだとしたら、原因ははっきりしている。ケチのつきはじめはタコだ。ザイオンという名の魂（ego）をダウンロードしたタコ。マデラの手からするりと逃げ出したタコの所在は、公社の保安部を動員した捜索にもかかわらず、つかめなかった。

　地表では、毎日のように多くのタコが死んでいる。死体が回収されないことも珍しくないから、のたれ死んだ可能性もあるのだろうが、マデラはそうは思っていない。だからこそ捜索の規模は縮小したものの、金星から逃れることのないように、網は張ったままにしてある。そんな状況が、マデラの精神状態に悪影響をもたらし、営業成績にも反映しているのに違いなかった。

　けれども、今は、ザイオンに関わっている余裕はない。営業区を奪われたらマデラがザイオンのために使った支出がすべて明らかになるし、金星の外にとばされたら、それこそザイオンの資産に手が届かなくなる。

顧客が減っている。数字に表れた事実は否定できなかったけれど、原因はわかっている。そして、その原因は、ソラリスに新たな利益をもたらし、ほどなく金星からいなくなるはずだった。


一等コンパートメントでの拷問のような時間で、タージはぐったり疲れ切っていた。

金星の地表に降り、北極鉱区の地表ステーションに着いたタージたちを、ノースポール公共交通のロゴを胸につけたキャビンアテンダントが先導し、明るく空調の整った専用通路を歩いていく。その後に意気揚々と歩くインドラルが続き、タージは後ろから、とぼとぼとついていく。

「ようこそいらっしゃいました。アルマド様の代理人を務めております、コジーグと申します」

通されたVIP用のラウンジで、もう一体のケースが迎えた。アルマドというのは、タージに鉱区を売却しようという鉱山主で、目の前のケースは、その代理人らしい。慇懃な態度は安っぽい義体には似合わず、磨きあげられたボディの状態もいいように見える。

「うるれぇ、早く案内しろッてんだ」

一等コンパートメントで提供されたワインに、インドラルはすっかりできあがっていた。カラスの体は小さく、その分、アルコールの回りが早い。

「はい。主人も一刻も早くお話をしたいと申しております」

今の状況を幸運と言うべきか、タージはまだ迷っていた。契約ができれば、事業規模は一気に倍になる。乾いた雑巾のような今の鉱区に比べて多くの生産量が期待できるし、借入金は増えても資産評価があがれば財務体質も改善する。おいしい話だが、それでもどこかに落とし穴があるのではないか。

「行くろぉ！」

「タージ様、休憩はよろしいでしょうか？」

インドラルを無視し、コジーグが言った。タージはインドラルと離れる時間がほしかった。しかし、言えない。

「こいつはろうでもいいろ、早く行くんら！」

「……ええ、すぐにでも伺えます」

インドラルと同時にタージは答える。離れられないのなら、一刻も早く用件を終わらせたい。雲の上のバルーンハウスに、一刻も早く戻りたい。

「失礼ですが、体色がよろしくないように見えますが。体調はよろしいのですか？」

　コジーグがタージに尋ねた。

「……ちょっと緊張しているようです」

　緊張して、色素胞が収縮すれば、オクトモーフの体色は白っぽくなる。大きな契約を前に緊張しているとしたら、当然の反応だった。

「リラックスしてください。緊張には及びません」

　ここまで来たら先に進むよりない。タージはコジーグにはっきりと頷く。

「大丈夫です。早くすませましょう」

　コジーグは、タージたちを鉱区へと向かうクロウラーへと案内した。巨大なクロウラーは採掘した鉱石を精錬基地に搬送するためのもので、乗り心地はさほどよくない。狭いスペースに押し込まれたインドラルがおとなしくしているのは、座った瞬間から熟睡しているからで、タージもまた、しばらく続いた緊張が解け、眠り込んでしまった。

　その夢の中でタージは、金星の地表を走るクロウラーを運転していた。鉄の駆体は高温の大気に熱せられ、無数の脚部が踏みしめる大地は荷重に沈む。流れる川は溶けた鉛で、時には細かなしぶきをあげる。黙々と地面を掘る無愛想な採掘機械とすれ違う。操縦しているのは、タージのようなアップリフトか、それとも低俗なポルノのために働く堕落した魂(ego)だろうか。濃厚な大気に鉱物の粉塵が舞い、見通しも悪い。突き刺すような強力なビーコンだけが位置を知る手がかりで、愚鈍なクロウラーは、ビーコンに導かれるように地表を這う。

　夢の中でタージは、タージのものではない苦痛と恐怖と屈辱の記憶を思い出していた。なまくらな刃物で触腕を切られる瞬間の痛み、皮膚が裂けるときの燃えるような痛みを感じていた。タージ自身のものではない痛みだったが、痛みはまるで実際に体験したことのように生々しく感じられる。

　記憶は実際にあったことなのか、なぜ、そんな経験をすることになったのか、タージは知らない。タージ自身が経験したことではなかったし、タージが持っている記憶にも関わらず、タージが存在している時間が短いからだ。

　繰り返す苦痛にも関わらず、タージが目覚めることはない。今は、ザイオンが必要としていない。

マニエル・ド・アルマド。マデラが調査を開始してすぐに、その名前が浮上していた。ソラリスのような金融事業者ではない。アルマド自身は、北極鉱区の開発の初期に金星に入植しており、マデラが北極鉱区を任される以前からソラリスの顧客名簿にも入っていた。

記録によれば、つい最近までアルマドは平凡で、取るに足らない零細鉱山主だった。それが、ここ数ヶ月でいくつもの鉱区の採掘権を買い取っている。過去の融資記録にある財務状態からではあり得ないにも関わらず、潤沢に資金を使っているし、その資金の出所もはっきりしない。

アルマドが買い取ったのは、借金漬けの、それこそソラリスの優良顧客だった鉱山主たちの鉱区だった。アルマドへの鉱区の売却と同時に鉱山主たちの負債は完済され、ソラリスとも、きれいさっぱり縁が切れている。アルマドに鉱山を売り払った元鉱山主たちは、身ぎれいになるどころか、少しばかりの余剰資金を得て、上層大気に浮くハビタットで新しい商売を始めたりと、金星を離れたりしている。そのせいで、営業区全体の融資残高が目に見えて減少しており、資金の回転が悪くなっている。

どこかに資金提供者がいるはずだった。アルマドに資金を提供するルートがあり、これがソラリスの顧客を奪っている。最初にマデラが思いついたシナリオは、上級パートナーの地位を狙っている誰かが、アルマドに低利の資金を回し、マデラの足を引っ張ろうとしているというものだったが、手段としては回りくどく、あまり現実味がなさそうに思えた。

監督官訪問の連絡があった時点で、ここまでのことがわかっていた。それからまもなく、監督官の訪問の直前に、アルマドの方からコンタクトがあった。アップリフトの鉱山主を探してほしいという依頼があったのだ。

マデラは、地表から投影されたアルマドの代理人との会見を思い出す。

「今回、お願いしたいのは、私どもが進めているプロジェクトへの協力です。この北極鉱区で鉱山主をしているアップリフトの事業主を紹介いただき、彼らに事業拡大の機会を与えようというものです。もちろん、ソラリスにとっても、顧客との取引を拡大するいい機会となるでしょう」

アルマドの代理人は、コジーグと名乗った。安っぽい義体、ケースを身にまとっていたが、金属の表面は磨き上げられ、物腰も穏やかだった。

「どうして好きこのんでアップリフトの事業主に限定するのですかな？　北極鉱区には多くの個人事業主がいるわけですし、通常通りに競売を行えば、利益を最大化できるでしょうに」

鉱区の売買となれば大きな資金が動く。資金の動くところにソラリスの利益はある。

「主人は、今までの事業を縮小し、近い将来に金星を離れる計画を持っております。今まで、多くのアップリフトを使って事業を大きくしましたが、そろそろ新しい環境に移りたいと申しております。大気の底は、あまり居心地のいい場所ではありませんから」

コジーグは予想外のことをマデラに告げた。今まで鉱区の買収を続けていたのが、一転してアップリフトに売り払うと言う。借金漬けにしたアップリフトを紹介すれば、新しい融資案件につながるし、マデラの営業成績も上がるだろう。

「当然、ご存じかと思いますが、融資可能な額は、鉱区の担保価値まででですよ。鉱区の開発権を買い取るには、一定の自己資金が必要ですが、アップリフトの鉱山主に、そんな自己資金が用意できますかな」

慎重な物言いは、ちょっとしたジェスチャーだった。金属相場が上昇傾向にあるうちは、アップリフトであろうと無かろうと、鉱山主への融資は安全な案件なのだ。

「採掘権を高く売ろうとは思っておりません。従業員の雇用を維持し、事業を継続させるために、経験のあるアップリフトの事業主への売却を進めたいのです。そのためであれば、当然、相場より安い対価で譲渡することも考えております」

ケースの表情は読めない。うまい話には裏があり、いつもなら疑ってかかるマデラだったが、その一方で変人はどこにでもいる。現に、金星の議会では、声高にアップリフトの地位向上を訴えるグループが支持を伸ばしている。アップリフトを人並みに扱おうなどという考えは、マデラには皆目理解できなかったが、アップリフトの経済的プレゼンスが拡大している以上、ビジネスのためにはつき合っていく必要がある。

「そういう条件でしたら、こちらの顧客を紹介できるでしょう」

マデラは、顧客リストを検索する。探しているのは良い顧客、別の言い方をすればカモだ。利益の大半をソラリスに吸い上げられながら、かつかつでやっているような鉱山主。そんな鉱山主であれば、新たな鉱区を手に入れた後も、いいカモとして利益を吐き出し続けてくれるだろう。

「それでは、主人の計画にご協力いただけるのですね?」

アップリフトの鉱山主が少ない中、紹介できる鉱山主は、多くの顧客の中でもほんの一握りだ。

「ええ、何人か紹介することは可能です。従業員にも信頼され、ソラリスとも長期的な関係を築いているタ、いや、鉱山主を紹介できるでしょう」

ソラリスの顧客であろうと、マデラ自身が、アップリフトの相手をすることはない。けれども、マデラの管理するデータベースには、ソラリスにとって都合の良さそうな顧客がいるし、簡単にリスト化することもできる。

「それは良かった」

「ちょうどいい心当たりがあります」

短いリストのトップにあるのは、かろうじて利息を払い続けているタージという鉱山主で、鉱区自体は悪くないのに経営センスが最低で、いつ破産してもおかしくない状態だった。

「では、まずその方をお招きして、私どもの鉱区を見ていただくことにしましょう。もちろん、鉱区の担保価値を評価いただくために、ソラリスの代理人の方に同行いただけると良いのですが」

コジーグの言葉は、マデラにとって願ってもないことだった。マニエル・ド・アルマドが、どんな条件で自分の鉱区を売り払うにせよ、必ずソラリスが一枚かむことになる。そのためには、契約の現場にいた方がやりやすい。

「わかりました。私自身が伺えるかどうかわかりませんが、ソラリスの代理人を必ず同行させましょう。顧客側の了解が得られ次第、セクレタリーに連絡させます」

タージの担当は、カラスのアップリフト、インドラルだった。出来のいい部下ではないが、アップリフトに好意的な鉱山主なら問題にならないだろうし、いざとなればマデラ自身が魂(エゴキャスト)を飛ばし、インドラルの義体を使うこともできる。カラスの体を使うことなど考えたくもなかったが、エージェント契約に一時借用条項を入れるのは標準的な措置だった。

「ありがとうございます。早急なご連絡をお待ちしております」

一礼したコジーグに、マデラは鷹揚にうなずいた。レベルの低い義体であるケースと握手を交わすことはないし、そもそも投影像とは握手できない。


クロウラーの行く先に小さなドームが見えてくる。

ザイオンのオクトモーフの身体にインストールされた疑似人格であるタージはシャットダウンされ、ザイオンはオクトモーフのコントロールを取り戻していた。

ここまでは順調だった。アーカイブされたザイオンをオクトモーフの中に復活させ、容赦ない拷問で苦痛を与えたマデラ・ルメルシェを罠にかけ、ザイオンが味わった苦痛を味わわせる。準備は着々と整いつつあった。

だが、ザイオンの計画は、復讐を意図したものではない。復讐は、所詮は自己満足にすぎないからだ。

太陽系有数の富豪だったザイオン・バフェットの復活を知っているのはマデラ一人だ。そのマデラは、まだザイオンを追っている。タージの陰に隠れて得た社会的地位はあっても、金星の外にあるザイオン・バッフェットの資産、惑星政府を丸ごと買い取れるほどの資産には手が届かない。ザイオンが、ザイオン・バッフェットとして復活するには、どうしても一定の時間、マデラを排除しておく必要があった。

オクトモーフとしての身体能力を活用し、なんとかマデラの元から逃げ出したザイオンは、アップリフトの鉱山主、アクバルに拾われ、新しい身分を手に入れた。そのザイオンが、タージという仮面を用意したのも、マデラに気づかれることなくソラリスに近づくためだ。

マデラの排除が、本当のザイオンの復活に向けた一歩になる。その時は、すぐにやってくる。

「……くっ、カァ……」

突然のインドラルの寝言に、ザイオンはオクトモーフの身体を縮めた。タージではないのだから、怯える必要はないというのに、つい、身体の方が反応してしまう。

インドラルには、まだ眠っていてもらわなければいけない。これから数時間、ザイオンにはやらなければならないことがあり、うるさいカラスの相手をしている余裕はないのだ。

ザイオンは、コジーグとしてマデラに会った時の事を思い出す。あからさまにアップリフトを見下した様子は、この金星では珍しい態度ではない。そのマデラがカラスのアップリフトであるインドラルを使っている。

マデラがインドラルのことを信頼しているとはとうてい思えなかった。それを考えれば、インドラルに与えられている権限は、取り立てに必要な最低限のものに限られているだろう。これから先のザイオンの計画は、その一点に依存していた。

＊＊＊＊

「ボボボ、ボス、大変れす、すげー大きな契約になりそうれす」

セクレタリーが通信を取り次ぐと、大きな黒いカラス、インドラルの姿がマデラの部屋に投影された。

「ろれつが回ってないぞ。また安い酒でも振る舞われたのか？」

それともくだらない薬でもやって（インストールして）いるのか。

インドラルはマデラの部下である。アップリフトとのビジネスを担当し、主に貸付金の回収に当たらせている。カァカァと耳障りな声は、のろまなタコを脅すのにちょうどいいが、支払いを逃れようという顧客に、安酒を飲まされて手ぶらで帰ってくることも多い。

「いえっ、素面でさァ。ちぃっとのどを潤す程度じゃ酔ったり、すませン」

何回か注意はしたが、インドラルは変わらない。知性化してあっても、カラスは所詮カラスなのだ。

「まあいいが、なにが大変なんだ？」

「くそタコのタージの奴、うまいことアルマドの野郎に取り入りやがったんで」

契約が進みそうならそれでいいはずなのに、あわてることはなにもないはずだった。

「契約はうまく行きそうなのか？」

「そりゃあもう、そのとおりで。アルマドの野郎、どういうわけか、タージのタコ野郎が気に入ったみたいで、鉱区一つじゃなく、全部の鉱区の開発権を譲る気になったんでサァ」

「全部？」

マデラは聞き直す。

「へぇ、ぜーんぶでさァ。アルマドの奴、鉱区を百以上もっていやがって、それをタコ野郎に譲るって言うんで」

「百だと？　アルマドは、鉱区を百も持っているのか？」

マデラはアルマドのことを調べていた。今までわかっていたところで、所有する鉱区は二十程度だった。それを何人かのアップリフトに売却する。そういう話ではなかったのか。

「へぃっ、自分の名義で二十三あって、その他に会社を四つも持っていやがったんで」

インドラルは、四つの鉱山会社の名前を言う。そのどれもが、ソラリスからの借り入れを減らしている企業だった。

「本当なのか？」

北極鉱区で、公社以外の鉱山主が持っている鉱区は、総数で三百程度だったはずだ。その三分の一が、実質的に一人の鉱山主に支配されていたとは。そのことに気づかなかっただけでも、自分の営業区をないがしろにしたということで、厳重注意処分を受けかねない。

「へいっ、地図を見せられました」

インドラルが送ってよこした地図は、色分けされた北極鉱区全体の地図だった。公社の所有するのが赤で、ピンクが売りに出されているもの。逆に緑がアルマドが直接所有する鉱区で、薄緑が間接所有、残りのブルーは他の鉱山主が採掘権を持っている鉱区だろう。

「これを全部譲るというのか？　……ちょっと待て」

マデラは、インドラルが同行したタージという鉱山主の記録をあわてて調べる。最初に紹介するのは、ソラリスのカモだったはずで、記録上では、まさにその通り。ビジネスセンスのかけらもないタージという鉱山主は、間の悪いときに手持ちのインゴットを売りに出しては、損ばかりしている。増産のための投資には計画性がなく、そのせいで借入金がかさみ、まさに首が回らなくなっている。ソラリスの融資で生きながらえている、まさにシャブ漬けの顧客だ。

顧客プロファイルは、そんな情報を伝えてきた。

「……こんな奴に、鉱区を百も売るって……」

絶句するマデラ。まともな経営判断としては、あり得ない。だが、タコに鉱区を売ろうということ自体があり得ないことで、それを言っても始まらない。もともと頭がおかしいのだ。

「その通りで」

不満そうにインドラルが言う。タコが、北極鉱区で最大の鉱山主になる。想像もつかないことだが、それが実現しようとしているというのだ。

「それで、いくらなんだ」

膨大な金が動く。それは確かだ。

「まだはっきり決まっちゃぁいないんスが、少なくとも＊＊＊＊位で……」

インドラルの告げた金額に、マデラは改めて絶句する。百に及ぶ鉱区の採掘権の対価にしては高くはないが、それでも、今までにない額の契約になる。顧客プロファイルにあるタージの資産状態からすれば、払えっこない大金で、その分を実質的にソラリスからの融資が埋めることになる。マデラが経験した案件では、今までに最大の規模になるし、ソラリスでも、中級パートナーが決済できる金額の上限に近い。

「わかった。おまえには任せられない取引だ。そのアルマドとおまえの客に、こっちに来てもらえ。俺が契約を確定する」

紙の契約はない。そのかわりエゴID、すなわち唯一無二である魂(ego)の特定のパターンが契約の為に使われる。アルマドとタージの間の鉱区の売買契約と、マデラとタージの間の融資契約。二つの契約があって、鉱区の開発権の引き渡しは完了する。

「それが、ボス、その……」

口ごもるカラス。

「はっきり言え、はっきり！」

「アルマドの奴が動きたくないって言うんで」

「えっ？」

「それが恐っそろしいデブなんですわ。だから、何年も地表を離れたことがなく。それに、この重力では動けないんで、金星を離れようと」

インドラルの言葉に、マデラは耳を疑う。義体はいくらでも取り替えができる。百の鉱区の開発権を持っているなら、身軽な身体に乗り換えればいい。

「金星を離れるときは、こっちに来るんだろう？」

移動の途中に契約をしたっていいはずだ。

「特別製の舌なんだそうで。味覚の解像度が通常の二千倍だって言ってました」

味覚の解像度が、舌のスペックを表す方法だと理解するのに、一瞬の時間がかかった

「それだから、アルマドの奴は、義体全体を変えるつもりがなく、地表を離れるときは首だけになっていく予定だそうで……」

マデラは混乱する。生体義体であれば、首だけになって生きていることはできない。何らかの保存措置がなされるのだろうが、その間、魂はインフォモーフとなるのか、あるいは凍結されるのか。

「首だけって……」

特別製の舌のために、首だけになって惑星の間を移動

する。そんなことが本当にありうるのか。食べ物に執着心のないマデラにはわからないが、やはり変人はいるのだ。

「でもって、一刻も早く契約をしたいと……」

マデラは時間を確認する。いくつか予定をキャンセルしなければならないが、物事には優先順位がある。優先すべきなのは、より大きな契約だ。

「わかった。今すぐそっちに向かう。五時間、いや七時間もあれば着くだろう」

エレベータで降りるだけではなく、地表での移動も考慮しなければならない。

「ボス、それじゃぁ遅いんで。この俺に、今、ここで契約しろって……」

ソラリスの内規は厳格で、パートナーでもないインドラルには、大きな契約を結ぶ権限はない。

「無理だ。おまえにはそんな権限はない」

インドラルどころかマデラ自身の分岐体に扱わせるわけにもいかない。オリジナルのエゴＩＤが必要になる額だった。

「へぇ、俺もそう言っちゃいるんですが……」

弱ったようなインドラルの口振り。

「契約のために呼んだんで、契約しないなら、別の融資元と話を付けるって言ってますがァ……」

アルマドの資金源だ。ソラリスの顧客を奪った資金源に、ここでまた契約を奪われたら、マデラの受けるダメージは計り知れない。

「ちょっと待て。どうするか考える」

北極鉱区で個人所有の鉱区の三分の一を握るビジネスセンスのかけらもないタコ。それこそ優良な顧客で、この機会を逃がすことなどあり得ない。契約さえ終われば、いつでも身ぐるみを剥いで、全てをソラリスのものにできるだろう。これだけおいしい契約をみすみす失うわけには行かない。

方法はある。一時的にしてもカラスになるのは気に入らないが、インドラルの義体に、マデラがエゴキャストすればいい。マデラの魂（ego）が契約に臨むことができるのだ。

通信ファシリティはある。ちゃんとリンクさえ確立し、インドラルの魂（ego）さえおとなしくしていれば。

「わかった。これからおまえにエゴキャストする」

「えっ、俺にですカァ？」

カラスの声が裏がえる。

「少し義体を借りる。その間おとなしくしていろ。それも契約のうちだ」

　マデラはインドラルのボスだ。義体へのアクセス権を握っている。今の義体に比べれば処理能力は劣るだろうが、契約を結ぶだけの間なら、十分なはず。マデラはそう考えた。

「インドラルにエゴキャストする」

　マデラは姿の見えないセクレタリーに告げた。

「登録されていない通信リンクになります」

　セクレタリーからのセキュリティ警告。

「気にしなくていい。ビジネスにはスピードが必要だ」

　マデラはそう言い放った。

＊＊＊＊

　愚か者はどこまでも愚かだ。安全の確保されない通信リンクでエゴキャストするなど、欲に目のくらんだ愚か者しかやりそうにない。

　ザイオンは、目の前のカラスを見てそう思う。

　小さなイスに縛り付けられ、両足をばたばたさせているのは、エゴキャストが終わったところでリンクを切り、インドラルをおとなしくさせていた薬の効果を終わらせたからだ。

「おまえは、ザイオンなのカァ？」

　カラスが言う。インドラルの中のマデラだ。

「どうだね、慣れない体の中にいる気分は。まあ、しばらくすれば慣れると思うが、それまでの辛抱だ」

「こんなことをしてどうなると思ってるんだァ。俺はソラリスの中級パートナーだッ。ソラリスがすぐに俺を捜しにくるゾッ！」

　ザイオンは、慣れないカラスの体の中で、よく言葉を話していると思う。新しい義体を使うのは、それほど簡単なことではない。

「ここはただの廃坑だ。探しに来たって見つかるのは機能を止めた義体だけだ」

　ザイオンは、動きを止めた義体の方を見る。一方は、コジーグとしてタージとインドラルを案内したケース、もう一方は、インドラルのふりをして、ついさっきまでマデラと話していたカラス。ともに、ザイオンが使っていた義体だったが、カラスの義体には用がない。

「……全部が、嘘だったってのかァ？」

　インドラルの口調で、マデラが言った。イスに縛り付けたインドラルと、ぐったりしたカラスの義体は、ザイオンには区別できない。それはマデラも同じだったようだ。

「アルマドが鉱区をいくつか持っているのは事実だよ。アルマドは、たまたま最近使いはじめた名前なんだがね」

ザイオンには二つの顔があった。インドラルにつつき回されるさえない鉱山主のタージと、次々と鉱区の買収を進め、ソラリスの顧客を奪ったアルマド。

「俺をどうするつもりだァ？」

耳障りな声でわめく。

「私の持っている鉱区で、人手が足りていない鉱区があってね。機械を導入しようと思っているんだが、オペレーターが必要だ。その体は居心地もよくないだろうから、そっちに移ってもらおうと思っている。もちろん、報酬も払わせてもらうよ。最新の＊＊＊だが」

そう言ったザイオンは、インドラルの使い道を考えていなかったことに気がつく。インドラルにいびられ続けていたタージに任せても良かったが、お人好しのタージには難しい課題かもしれない。

「なあ、インドラル、聞こえているだろ？　鉱山の現場監督をやってみるつもりはないか？　魂（ego）をインストールした採掘機械を監視するだけの仕事だ。突つき甲斐のある部下になるぞ」

カラスの義体は、ひきつったような表情をしているように見えた。もっともそれは、ザイオンの勘違いだったのかもしれない。カラスの表情を読むのは、それこそカラスでなければ難しい。

ザイオンズ・チケット・トゥー・マーズ

頭の芯に鉛を突っ込まれたようで、まともに考えることができない。考えるという行為を忘れてしまったのか、ぜんぜん頭が働かない。意識というソフトウェアが、脳というハードウェアの使い方を忘れてしまったような感覚だった。

……俺は、マデラ・ルメルシェ。金融企業複合体、ソラリスコーポレーションの中級パートナーだ。俺は俺、なのに強烈な違和感があった。

「……覚醒プロセスを完了しました」

そんな声が聞こえた。聴覚領域への直接入力なのに、マデラには妙に遠く聞こえていた。

……俺はなにをやったんだ？

不安、恐怖、焦燥、そういった感情のカクテルがマデラの義体を強ばらせ、効率化されているはずの心臓を締め上げる。覚醒プロセスとは、ダウンロードされた魂(ego)が、新しい義体の中で目覚めるプロセスだった。

「俺はなにをやったんだ？」

マデラは、両手を見て、顔に触る。感触は記憶通りで、違和感はない。マデラがいるのも金星の大気上層に浮かぶ北極ハビタットにある執務室で、周囲に見えるものも記憶にあるとおりだった。

マデラは地球産の高価なマホガニーの机に向かい、投影されたアマゾンの熱帯雨林や木星の大赤班といった太陽系中の絶景に囲まれている。そんな状況は、記憶にある執務室と何の変化もない。マデラの背後には燃えるような金色のフレアを模した巨大なソラリスのエンブレムがあり、訪れる者に太陽系の金融市場を支配するソラリスの威光を知らしめているはずだった。

豪華な執務室は、ソラリスの中級パートナーとしてのマデラのステイタスを示すものであり、徹底的に情報武装されたマデラを守る砦でもあった。

それでも、マデラは落ち着かない。

最後の記憶ははっきりしていた。定期的な魂(ego)のバックアップ。万一の事態に備えた安全保障措置で、ちょっとした保険のようなもの、だったはずだ。

……けれど、今の俺は、そのバックアップだ。そんな認識が、マデラに重くのしかかる。

「俺がなにをやったのか、ちゃんと説明しろ。俺はおまえに言ってるんだ！」

突然、マデラが怒鳴りつけたのは、執務室に投影されたブルーの髪の少女だった。マデラ自身のサポートＡＩであるミューズにインストールされたセクレタリーで、スケジュール管理だけではなく、アポ取りや簡単な調査を任せることもできるし、マデラ自身の状態をモニターし、必要なアドバイスをすることもある。最高レベルではないが、十分に実用的なセクレタリーAIだ。

「覚醒プロセスは正常に終了しましたが、強度の緊張と、興奮状態にあります。いつものオーシャンブリーズを処方（インストール）しましょうか？」

　マデラは鎮静剤ソフトウェアのPRフレーズを思い出す。……海辺の穏やかな風があなたの心をリラックスさせてくれるでしょう。オーシャンブリーズは、ビジネスシーンの最前線で戦うあなたに、心安らぐひとときを提供します……。それだけで、まるで条件反射のように、マデラの中の緊張が薄れていく。

「そうしてくれ」

　唐突に海を渡るさわやかな風がマデラの肌を撫でる。

　……今の俺は覚醒したバックアップで、バックアップをとった方の俺ではない。

　鎮静ソフトウェアの影響下で、新たにダウンロードされたマデラは、冷静に考えることができるようになっていた。

　……ということは、そのバージョンの俺は死んだのだ。なぜ死んだのか、なぜ死ぬようなことをやったのか。最終のバックアップ時点、つまり、今の俺を記録した時点から、現時点までの間に何があったのか。

「状態に改善が見られました。ところで、先ほどの指示は、まだ有効でしょうか？」

　小首を傾げてセクレタリーが言った。

「ああ、早く始めてくれ。俺に、前のバージョンの俺に何があったのか知りたい」

　最後のバックアップからの時間経過は、およそ三百時間だった。金星の上層風が赤道を一周するスーパーローテーションを基準にしたとしても半日に満たないが、失われた地球を標準とする標準時間では約二週間程になる。

　……俺は、どのくらい不在だったのか。標準時間で三日もあれば、状況が変化するには十分だ。

　そう、バックアップの直前、マデラは監督官の訪問を予告されたのだった。

　ソラリスのエージェントにとって、監督官の訪問自体はさほど珍しいことではない。各惑星の営業区の状況把握のために、標準年に一回程度はあることだったが、タイミングが悪かった。マデラの記憶に不愉快な緊張感がよみがえる。

　ティターンズ戦争後の復興需要に支えられた好調な金星経済にもかかわらず、マデラの管轄する北極エリアの利益が伸びていなかった。営業区で最大の企業体である北極鉱区開発公社からは、大きな利益を上げていたにもかかわらず、営業区全体としての業績がさえない。せっせと働き、金利を吐き出してくれる公社以外の顧客の数が、このところ減ってきているのだった。

　事前に通告された営業成績の評価が、事業環境を加味すると金星全域で最低になるというのは、ありがたくない評価だった。そんな状況で、ソラリスの本部から監督官がやってくると予告されるのは、余計なストレス以外の何者でもなかったろう。

「バックアップ直後の監督官との会見以降の記録を再現します。目を閉じリラックスしてください」

　セクレタリーに促され、マデラが目を閉じると、ゆっくりと椅子の背が倒れていく。マデラはさわやかな潮風を感じながら大きく息を吸う。

　マデラをサポートする情報システムであるミューズは、マデラの義体に起きたことを全て執務室のシステムに記録している。蓄積された記録が、ミューズを介して新たにダウンロードされたマデラの意識に流入し、再生される。それは、まるで、他人の記憶を盗み見ているような感覚だった。

「……金星は恵まれた惑星です。中でも、北極エリアは経済的なポテンシャルが高い。ですから、現状のような成績が続けば、営業区の再調整を検討する必要に迫られるかもしれません」

　監督官の声が聞こえた。実際にそんな言葉をかけられたら、マデラは義体を強ばらせ、沸き上がる屈辱感を必死で押さえ込むことになるだろう。けれど、それはこのバージョンのマデラに起きたことではなかった。傍観者であるマデラは、直接の体験でなかったことにほっとする。

「……ボボボ、ボス、大変れす、すげー大きな契約になりそうれす」

　あわてた様子のインドラルからの連絡だった。マデラの部下で、アップリフトとのビジネスを担当させているエイヴィアンモーフ、カラスの義体が小刻みに翼を動かしている。

「……くそタコのタージの奴、うまいことアルマドの野郎に取り入りやがったんで」

マデラは覚えていた。アルマドは北極鉱区の独立した鉱山主で、何を好き好んでか、アップリフトに鉱区を売ろうとしていた。そう、アルマドの部下からコンタクトがあり、鉱区の譲渡先になりそうな鉱山主の紹介を頼まれたのだった。

マデラが紹介したのは、後々、搾り取るのに都合の良さそうなタコ、アップリフトのタージだった。本来なら、もっと稼いでいていいはずなのに、いつも借金漬けで、金利を払い続けている。言ってみればマデラの上得意だった。アップリフトにしてはよくやっているのかもしれないが、しょせんはその程度の鉱山主だ。

今のマデラは、タージを紹介したところまでは記憶している。それから先は、バックアップである現在のマデラにとっては未知の領域だった。

「……アルマドの野郎、どういうわけか、タージのタコ野郎が気に入ったみたいで、鉱区一つじゃなく、全部の鉱区の開発権を譲る気になったんでサァ」

その後の展開は予想外だった。今のバージョンのマデラにとって予想外だったし、前のバージョンのマデラにとっても驚きだったろう。

アルマドは保有する百以上の鉱区をすべてタージに売ろうとしていた。もちろん、毎月の金利の支払いにも苦労しているタージは、契約のために膨大な額の融資を受けるより他なく、融資元はソラリスコーポレーションしかいないはずだった。

ソラリスの内規は厳格で、パートナーでもないインドラルには、大きな契約を結ぶ権限はない。一方で、アルマドは、すぐに契約しないなら、別の融資元と話を付けると言う。

前のバージョンのマデラは焦ったことだろう。今のマデラにもよくわかる。営業成績が振るわないのは、マデラ以外の資金源に顧客を奪われていたからだし、この契約を奪われたら、マデラの受けるダメージは計り知れないと思ったはずだ。

「……わかった。これからおまえにエゴキャストする」

その言葉がマデラを驚かせる。どう見ても安全なエゴキャストには思えない。一方で、前のバージョンのマデラが切羽詰まっていたのも事実だった。

……俺は、はめられたのか……？

リスクを取らなければ、ビジネスの成功はおぼつかない。成功したければリスクをとれ。ソラリスのエージェントとしてマデラに叩き込まれた信条の一つだったが、それにしても大きすぎるリスクだった。

「……気にしなくていい。ビジネスにはスピードが必要だ」

前のバージョンのマデラが言い放った。

記録はそこで途切れていた。エゴキャストしたマデラに何があったのか、インドラルの義体を見つけだし、記録のサルベージをしなければ確認できない。


ささやかな勝利と言ってもいい。ザイオンは足下に横たわるカラスの義体を見下ろす。翼が妙な方向にねじ曲がり、胸郭は押しつぶされ、頭にも大きな陥没がある。生体義体(バイオモーフ)に生命兆候はなかったし、こうなっては魂(ego)の器として機能しない。

復讐には自己満足以上の意味はない。ザイオンはよくわかっている。ソラリスのエージェントであるマデラは、当然のようにバックアップを取っているだろうし、インドラルですらバックアップをとっているだろう。ささやかな屈辱と恐怖の時間を与え、貴重な財産でもあるインドラルの義体を破壊したことで、ちょっとした復讐になったとザイオンは思う。破壊された義体の後始末は、鉱区を流れる水銀の川にでも放り込めばいい。

マデラのバックアップの起動がどれくらいのタイミングになるか、ザイオンは自問する。破壊された義体が発見されれば、その時点でマデラの魂(ego)とインドラルの魂(ego)も破壊されたと判断されるだろう。そうなれば、時間をおかずにバックアップが起動される。一方で、義体が発見されなくてもバックアップが起動されることもある。金星の大気の底であってもネットワークは存在し、いつまでも接続を絶っているという状況は、異常な状況だと判断されるだろう。公式の捜索が行われるし、それでも発見されなければ死亡宣告がなされるのだった。

これからが勝負だった。ザイオンは、マデラによって金星に閉じこめられている。言ってみれば金星の虜囚。美の女神であるヴィーナスの虜囚というよりは、冥界の支配者たらんとしたイシュタルの虜囚だ。そんな状態で、いつまでも縛られているわけにはいかない。

ザイオンが普段使っているオクトモーフのＩＤは改変が終わっており、金星内では自由に行動できるのだが、惑星外に出るとなると義体のＩＤだけではごまかせない。ザイオンの魂(ego)は、オクトモーフへのダウンロードの際に多額の債務を負っており、マデラとの契約が解除されない以上、ザイオンが金星から出ようとすれば、必ず通報がいくことになる。結局のところ凍結状態からザイオンを復活させたのはマデラだったし、権利関係からすれば、マデラの方が圧倒的に有利だった。

「これで満足なのか？」

磨きあげた金属のボディが横にいた。機械の義体としては最下級のケースでも、手入れが行き届いている。見えないところもアップグレードされているのだろう。膝がきしむ音もなく、声をかけられるまで気づかなかった。

「いや、まだこれからだ」

ザイオンが答えた。マデラの魂のバックアップが起動されるまでに、必要な準備を終えなければならない。

「あまり時間があると思わない方がいい。北極鉱区開発公社の保安部はそれなりに優秀だ」

マデラのオフィスには、インドラルの義体にエゴキャストした記録が残っているはずだった。となれば、直ちにインドラルの痕跡の追跡が始まるだろう。

「自分の経験から言っているのかな、カザロフ？」

カザロフは、北極鉱区開発公社の保安主任だった。表向きは契約期間の満了との説明だったが、公社の上層部との軋轢もあって、実質的には解雇されたらしい。

「気を抜くなと言っている」

アクバルが公社を離れたカザロフを拾ってきた。多くの作業員を抱える鉱山では、事業規模の拡大に伴い、必然的にトラブルが増える。優秀な保安要員の確保は、鉱区の管理には不可欠で、カザロフは拾いものだったと言っていい。なにしろ、一人で公社を離れたのではなく、優秀なチームを連れていたのだ。そのおかげで、今、ザイオンが管理する鉱区は、アップリフト解放戦線による扇動の影響を受けていない。

「わかっている。これからが本番だ」

いくつもの鉱区の開発権を有しているとはいえ、金星にいては、所詮、アップリフトの鉱山主でしかない。持ち前の経営感覚で北極鉱区では有力な鉱山主にのし上がってきたものの、太陽系規模でいえば、やっと最底辺を脱したところだ。ティターンズの攻撃により地球が失われる前にザイオンが築いた金融帝国が、今、どうなっているのか。ザイオンが静的なデータとして凍結されていた間に何が起きたのか、金星にいては知りようがなかった。

「うまくやるんだな。マデラは間抜け野郎だが、それなりに鼻がきく。奴の魂に何回でも屈辱を味わわせてやってくれ」

　そうカザロフは吐き捨てる。

「嫌な思いをさせられてきたようだな」

　金星には階級があり、階級があれば搾取がある。搾取があれば、搾取に対する反抗があり、反抗があれば抑圧がある。そして、抑圧は多くの場合、非人道的な汚れ仕事を意味している。以前のカザロフは北極鉱区開発公社の保安主任であり、汚い現場はいやと言うほど見ているだろう。

「おまえには関係ない。マデラがなぜおまえに執着しているのかは知らないが、おまえが手の届かないところにいけば、奴は歯がみして悔しがるだろうな」

　カザロフは、マデラの指示でザイオンを追っていた。あと一歩のところまで迫っていたと言っていい。だからだろう、公社を離れたカザロフは、アクバルに拾われてすぐに、自分が追いかけていた獲物に気づいた。

「そうだな。おまえの言う通りだ」

　一時的にせよマデラの魂(ego)に死をもたらし、空白の時間を作る。それは、ザイオンが完全な自由を手に入れるための計画の一部だった。


「タタタ大変でサァ！」

　がなり立てるインドラルの声が、マデラの耳に突き刺さる。不在の間に積みあがった処理すべき案件に取りかかっていたところを邪魔されて、マデラはいらついていた。

「もう少し落ち着いて話せないのか！」

　インドラルのバックアップを起動し、新たな義体を与えたのが、間違いだったような気分になる。インドラルに任せているアップリフトの顧客は多く、ビジネスを動かすには必要なことだったが、カラスの義体の発する不愉快な声にはいつまでたっても慣れなかった。

「でもボス、大変なんでサァ」

「どうでもいいから、落ち着いて話せっ！」

　つい、マデラの声も大きくなる。

「ヤツが、タージのタコやろうが」

　前のバージョンのマデラ自身に何が起きたのか、その答えを知っていそうなのが、タージというタコの鉱山主だった。前のバージョンのマデラは、タージとの融資契約のため、地表へとエゴキャストした。エゴキャストした先は、アルマドという鉱山主の持つ鉱区の一つで、タージへの鉱区の開発権譲渡契約に立ち会い、タージが代金を支払うための融資契約を締結する予定だった。

　そこで何があったのか。記録上、融資契約は締結されておらず、インドラルとタージの間の契約は、従前の契約のままだった。

「タコがどうした？」

　新たな融資契約は行われず、インドラルとマデラの魂(ego)が失われた。売買されるはずだった鉱区の開発権はどうなったのか、それすら今のマデラは知らない。地表の開発権を管理している金星政府のデータベースは、最新の状況を反映していなかった。

「タージのやろうが、ローンの完済を通告してきやがったんで」

　資産管理情報の提供がローン契約の条件に入っていたから、アップリフトの鉱山主、タージの財務状況は、細部に至るまで把握していたはずだ。売掛金の回収状況や、精製前の鉱石の簿価、従業員への労働債務、掘削機械の残存簿価に至るまで、すべてが完全な監視下にあり、夜逃げされぬ程度に絞り取ってきた。そんな状況で、毎月の金利を払うのに汲々としていたタージが、多額の債務を完済できるはずがない。もし、完済したのが事実なら、それこそ宝くじが当たったとしか思えない。

「くそっ、何があったんだ？」

　ローンが完済されたことは大した問題ではない。顧客名簿からアップリフトが一人抹消されるだけで、マデラの管理する融資残高の総額からすれば微々たるものだ。けれど、完済の背後には必ず資金源があるはずで、その資金源は顧客を奪うことで、マデラの営業成績に影を落としている。

「ヘイ。耳をそろえて完済です！」

「そんなことはわかっている！」

　一番深刻な問題は、手がかりを失うことだった。契約が切れることで、マデラが持っていたタージに対する権利のいっさいが消失する。前のバージョンのマデラに何があったのか、それを知るための有力な手がかりであるタージに対して、マデラは何もできなくなったのだ。

「でも、これであいつのタコくさいハビタットに行かずにすみますんで」

　満足そうなインドラルの言葉に、マデラは愕然とした。

「完済はどうでもいいんだ、完済は！」

　重要なのはそういうことじゃない。

「一銭残らず完済です。タコ臭いタコ野郎ですが、立派なタコです。俺たちアップリフトにも立派なヤツがいるんでサァ」

インドラルのマジメくさった口調に、マデラの中で何かが音を立てて崩れていく。所詮はアップリフトに過ぎないインドラルは、結局のところ、ビジネスの本質を一切理解していない。

「もうタージのことはどうでもいい。次の客の取り立てにいってこい！」

マホガニーのデスクを拳で叩くと、マデラの腕の強化された骨が軋んだ。

「ヘイッ！」

飛び上がるようにして執務室から飛んでいくカラスを思わず睨みつけるマデラ。所詮、カラスはカラスでしかない。その意味では、タージの元へインドラルを行かせたマデラ自身の判断ミスだったのだが、マデラはそのことに気づきもしない。

「血流が冗進し、強度の興奮状態にあります。いつものオーシャンブリーズを処方（インストール）しましょうか？」

……海辺の穏やかな風が……。マデラの意識の中で始まったPRフレーズの自動再生を、意志を振り絞って押しとどめる。状況は変化しており、鎮静剤をゆっくり吟味している余裕はない。マデラの周囲では何かが起きており、結果として前のバージョンのマデラが破壊されている。

「それでいい。急いでくれ」

海を渡るさわやかな風がマデラの頬を撫でる。

かつかつでやっていたタージがローンを完済したのであれば、どこかに資金源があるはずであり、その資金源はマデラの顧客をごっそりと奪いかねない。不吉な兆候は、前のバージョンのマデラの時に、すでに現れていた。

冷静さを取り戻したマデラは、状況を正確に理解できるようになっていた。融資契約を奪われた金融エージェントには、はっきりと「無能」という烙印が押される。そうなってしまえば、今までソラリスの中で築いてきたキャリアが、中級パートナーという地位とともに瓦解するだろう。それどころか、もし本部の査察官に調査をされることになれば、過去の資金管理状況を細々と調べられるだろうし、ザイオンに関する不適切な、しかも少なからぬ支出を追求されることになるだろう。ザイオンの魂（ego）を発見しながら適切な対処をしなかったことで、最悪は、何らかの処分をされることにもなりかねない。

インドラルの報告は、そんなシナリオを想起させる。

マデラは追いつめられていた。そして、追いつめられた状況を打開する手がかりは、前のバージョンの死の手がかりでもあるタージというアップリフトだったが、そのタコもマデラの手からするりと、……いや、タコだからぬるりと逃げて行こうとしていた。

「マデラ様、地表からの優先メッセージです」

さわやかな気分にもかかわらず、ネガティヴなスパイラルを描いていたマデラの思考に、軽やかなセクレタリーの声が割り込んだ。

「誰なんだ。俺は今、忙しいんだ」

普段なら怒鳴りつけていただろうが、オーシャンブリーズの効果で、今のマデラはイラつかずにすんでいる。

「認証データによれば、カザロフ様からです」

「カザロフ？　誰だそれは？」

どこか聞き覚えのある名前だった。

「カザロフ様は半年ほど前まで、北極鉱区開発公社の保安主任でした。最新の情報では、北極鉱区の複数の独立鉱山主を顧客にした保安コンサルタントをされてます」

セクレタリーの説明を聞くまでもなかった。マデラを支援する情報システムであるミューズは、カザロフに関する詳細な情報をマデラにダイレクトに伝えてくる。

「ヤツが何の用事があるんだ？」

無能で、要求の多い保安主任。ザイオンを逃がした上、逃がした理由をマデラが十分な情報提供をしなかったからだと言い訳をした。その上に、逃げ出したザイオンを見つけだすどころか、暗に保安部門の予算不足を言い募り、保安業務の実施方針でも公社の幹部と対立していた。より効率的な保安体制の確立のためカザロフとの契約を更新しないという公社の方針は、マデラ自身が決めたことではなかったが、反対する理由は何もない。逃げ出したタコの捜索だけではない。いろいろな面でカザロフは甘かったのだ。

「情報が不足しています。ただ、捜し物が見つかったと」

マデラが探していたもの、カザロフに探させていたものは一つしかなかったし、それは、覚醒までの間に積みあがった下らない雑件よりも優先すべきものだ。

「なぜそれを早く言わない？」

マデラの言葉は、オーシャンブリーズの効果で、意に添わず落ち着いたものだった。

旧式の採掘機が、カラスの義体をくず鉱石ごと掴みあげ、クロウラーの荷台に放り込む。意識があったらギャーギャーとうるさくわめいたろうが、生命維持機構に障害を生じてぐったりしたカラスの義体は、義体と言うよりただの物体にすぎない。精製してもコストがあわない低品位の鉱石は、鉱区を流れる高温の水銀の川へと投棄され、いずれは自然の精製プロセスで鉱床を形成することもあるだろうが、有機物でできた生体義体はただ消えるのみ。くず鉱石ほどの価値もない。かつてはインドラルのものであり、マデラの魂を同居させていた義体は熱に焼かれ、痕跡を探すのも困難になるだろう。

「どれくらい時間がかかるかな」

クロウラーを見送りながらカザロフが言った。ケースの義体に表情がない上に、声のトーンもフラットで、何を考えているかわからない。

「準備は完ぺきなんだろう?」

ザイオンにとって、カザロフが北極鉱区開発公社から契約を解除されたのは幸運だった。北極鉱区開発公社の中には、まだ、カザロフの個人的なネットワークが残っていたし、それがなければ計画は困難だったろう。

「あそこをどう使うつもりか知らないが、準備はさせてある」

カザロフが言ったのは、公社の中にある独房、ザイオンが目覚めた場所のことだった。

「疑っちゃいない。公社がお前を追い出してくれてよかった」

「いい頃合いだったのさ」

吐き捨てるようにカザロフが言う。

「確かに、完ぺきなタイミングだったな」

ザイオンは、カザロフとの邂逅を思い出していた。

「そうか、おまえはタージというのか」

金星の地表、北極鉱区の一角に、ザイオンの雇い主である アクバルの鉱区があった。鉱区事務所を収容する薄暗い金属の耐圧ドームの中、ザイオンは旧式のデータコンソールに向かい、鉱区の財務状況を改めて確認していた。

「カザロフ? 新顔だな」

無表情なケースがドアのところに立っていた。貧弱なシステムが、名前と役職を示したところを見ると、ザイオン同様、アクバルに雇われているようだ。

「保安主任のカザロフだ。昨日から採用された。前の職場から独立してコンサルタントを始めたんだが、あまり商売にならなくてね。ここに営業に来たところでスカウトされた。まあ、言ってみれば渡りに船って奴だな」

分厚い大気の底で働くタコ労働者は、社会的にも金星の最下層にいる。経済的にも恵まれない最下層の労働者は、アップリフトの地位向上を目指す活動家にとって、不満を煽るいいターゲットだった。鉱区のオーナーであるアクバル自身がタコであっても、扇動活動のターゲットから除外される理由はない。アクバルが保安体制を強化するのは、最近の状況からすれば当然のことだった。

「で、保安主任がわたしに何の用だ？」

触腕の先端が機敏に動き、システムからカザロフの人事ファイルを探すが、本人が説明した以上の情報はなかった。

「ちょっとした挨拶だと思ってほしい」

アクバルに雇われるのは、北極鉱区開発公社を追われたものばかりで、それぞれに何らかの事情を持っている。アクバルなら事情を知っているかもしれなかったが、ザイオンにアクセスできる範囲では情報がなかった。

「財務を担当しているタージだ。ちょっとややこしい作業をしていて、あまり話をしている余裕はないんだが」

ザイオンは、カザロフを無視して触腕を動かす。先端部を分岐させた触腕は、指のないオクトモーフのハンデを十分に補っており、旧式のキーを叩く速度に遜色はない。

「不審なものが紛れ込んでいないか調べるように頼まれている。ここもアップリフト解放戦線のターゲットになっているかもしれない」

北極鉱区開発公社の鉱区の一つが、タコ労働者に占拠されたのは、そんなに前のことではない。待遇改善を求めるちょっとしたストライキが、大規模な暴動になり、一時は鉱区全体が解放戦線に支配されるまでになった。

「解放戦線を探すなら採掘現場に行け。不満を言っている奴が簡単に見つかる」

膠着した事態がさほど時間をとらずに解決に向かったのは突発的な事故によるものだった。解放戦線による鉱区の封鎖は事故の犠牲者の救助のために解除され、同時に投入された武装した保安チームによって解放戦線は一気に排除された。流血は最小限に押さえられたという公社の発表を鵜呑みにしたものは少ないし、事故そのものの原因も疑われている。

「ここにくる前に寄ってきた。確かに食い物に対する不平は多いが、アクバルに対する不満は聞かなかった。公社の直轄鉱区よりは待遇が良さそうだ」

ザイオン自身は公社の鉱区の現状を知らないが、それでもカザロフの言葉には納得できる。いい鉱区を押さえているとはいえ、公社は非効率な管理部門を抱えており、しわ寄せは末端の労働者に行く。公開されている財務データからも歴然とした事実だった。

「それなら、別のところを当たってくれ。アクバルの利益は私の利益だ」

ザイオンの前任者は、さほど洗練されているとはいえない手段でアクバルから利益をかすめ取っていた。購入する資材価格は水増しされ、帳簿上の鉱石の売却額は不自然に低く抑えられていた。市況を無視した価格操作を疑われた前任者は解雇され、今は鉱区のどこかに埋まっているか、あるいは水銀の川に流され、熱分解されているのかもしれない。

「そうだな。今のところ信任は厚いようだ」

「何が言いたい?」

カザロフの言い方が引っかかる。財務管理を任されているザイオンも、一定の利益を抜いてはいたが、アクバルに損をさせているわけではなかった。

「公社から逃げ出したタコがいる。俺は、そのタコを探す命令を受けていた」

唐突なカザロフの言葉に、ザイオンは緊張する。物理的な傷は癒えていても、苦痛の記憶は消えはしない。タコの体の中に目覚めさせられ、耐えがたい拷問を受けたのは忘れようがない。

「前の雇い主との縁は切れているんだろう?」

オクトモーフの中に目覚めたザイオンを監禁し、拷問したのはソラリスのエージェントだった。そのエージェント、マデラ・ルメルシェが公社を支配している。ザイオンはそこから逃げ出してきた。

「北極鉱区は俺の庭のようなものだ。そこで逃亡者を見失ったとなれば沽券に関わる」

ケースには表情がないし、ない表情は読みようがない。

「それでクビになったのかな?」

ザイオンの発した言葉は、ちょっとした挑発だった。もし、目の前にいるカザロフがまだザイオンを追っているのなら、不用意な挑発には危険が伴う。

「契約を更新しなかった。それだけだ。だが、逃げ出したタコのことはどうしても引っかかってね」

その言葉が、端的にカザロフの動機を説明していた。

北極鉱区開発公社を介したマデラとの関係が切れた以降も、カザロフはザイオンを追い続けていたのだろうか。

「それで、その逃げ出したタコを見つけたらどうするつもりだ？」

ザイオンが尋ねた。答によってはちょっとしたトラブルが起きることになる。財務管理を仕事にしているからといって、オクトモーフ本来の身体能力が平凡なケースよりも劣るわけではなかったし、ザイオンも身を守る手段くらいは持っている。

「俺はもう、マデラのために働くつもりはない。逃げ出したタコ野郎がどんな奴なのか気になっただけだ。そいつがいつまでも隠れているだけの奴か、もっと骨のある奴か、見極めてみるのもおもしろいと思ってな」

もし、ケースに表情があったなら、カザロフはどんな表情を見せていただろう。

「タコに骨はない」

ザイオンの言葉を聞いたカザロフは、小さく肩をすくめて見せた。

「確かにそうだ」

ザイオンに背を向け、部屋から出て行く姿を見送ったザイオンは、タコの義体の緊張を解く。公社を離れたというカザロフの言葉は事実だろうし、マデラが逃げ出したタコを探す理由を、カザロフに教えたとは思えない。その意味で、カザロフの存在がすぐに脅威となることはない。


カザロフと会ったとき、すでにザイオンには金星を脱出するための大まかな計画があった。

マデラに近づき、マデラを騙してザイオンを金星に閉じ込めている契約を解除させる。その計画が、カザロフと出合ったことで、より具体的になった。

マデラに近付くには、ザイオン自身が独立した鉱山主としてソラリスの顧客になる必要があった。そのためにはアクバルを裏切ることにもなるが、もともとアクバルに経営の才覚はない。アクバルの鉱区経営を身近で見ているザイオンには、いずれは行き詰まることがよくわかっていた。

機は熟していた。独立の準備はできていたし、ザイオンとしての正体を気づかれずにマデラに近づく準備も整いつつあった。疑似人格のタージの手配も終え、すでにインストールするばかりの状態になっていた。

アクバルからの独立後も、ザイオンの計画は順調に進んだ。表向きの人格であるタージは、無謀な事業拡大をもくろんでマデラのカモとして借入金を増やす一方、裏ではザイオンが稼いだ資金を回してマデラの顧客を引きはがした。おいしい話を餌にして、営業成績の不振がプレッシャーになったマデラに危険なエゴキャストを選択させ、一時的にせよ魂を破壊した。

　計画は今、最終段階に入っている。

「どうして、協力するつもりになったんだ？」

　廃棄物となったインドラルの義体を乗せたクロウラーを見送りながらザイオンが言った。

「もう、このタコくさい金星は厭きた。おまえは金星を出るつもりでいるはずだ。そうじゃないか？」

　カザロフの言葉に、ザイオンは答えなかった。

「この金星はつまらないか？」

　逆にカザロフに問い返す。

「火星に行けば、この太陽系の状況もわかるだろうし、小惑星帯あたりに行けば、このケースの義体でもさほどバカにされないんじゃないかな」

　自嘲気味に言ったカザロフ。

「気に入らないなら取り替えればいい。それくらいの対価は準備している」

　協力の対価として、いくつかの鉱区の開発権を譲る約束をしてあったし、鉱区の開発権は、簡単に売り払うことができる。新しい義体を手に入れるには十分だ。

「この義体を気に入っているし、投資もしている。おまえも、そのタコの身体がまんざらじゃないんじゃないか？」

　丈夫で怪我に強いから、金星の鉱山でオクトモーフは重宝されている。それでも、オクトモーフは無重力状態でこそ能力を最大限発揮できる義体なのだ。タコが進化した海の中は無重力環境に近く、重力環境を前提にしたヒトの身体よりもうまく行動できる。

「さあな。あっさりと他の義体にするかもしれない」

　そう言いながらも、ザイオンが自由度の高いタコの身体を気に入っているのも事実だった。ただ、それを見透かされたと簡単に認めたくない。

「じゃあ、カラスにするか？」

「それもいいかもしれない。タコをつくには便利だ」

　金星を出たら、まずは火星に行くことになるだろう。そこでなら、ザイオン・バフェットとして築いた資産にアクセスできるはずだ。

「マデラがなぜおまえにこだわるのかは知らないが、ソラリスを敵に回すのはやっかいだぞ」

なぜ、マデラがザイオンを見つけることができたのか。マデラはザイオンを探している誰かから情報を手に入れたのかもしれないし、その誰かがザイオンに好意的だと考える理由も思いつかなかった。

「そのつもりはない。これは、個人的なことだ」

ソラリスの上層部がどうなっているのか、それも金星にいては知りようがない。

まだ、すべての準備が終わったわけではない。マデラの魂(ego)が再起動される前に、やっておくべき準備がある。


「久しぶりじゃないか。何か仕事でも探しているのか?」

執務室内に投影された姿に向かって話しかける。投影像は、いかにも喰いつめたケースらしく、金属のボディはくすんでいる上に、細かな傷やへこみも見て取れた。

「用事はわかっているだろう。俺は、つまらない用事で連絡などしない」

マデラは机に両肘をつき、カザロフの姿を見上げる。これはビジネス上の取引で、需要と供給が価格を決める。情報が欲しくても、ここで物欲しげな様子を見せるわけにはいかない。

「公社を離れて保安コンサルをやっていたんじゃなかったのか?」

カザロフは、公社から追い出されたのだ。投影像を見るだけでは周囲の様子はわからなかったが、くたびれた様子の義体を見ただけでも、金回りがいいようにはとても思えない。

「俺が何をやっているかは関係ない。問題は、あんたが対価を支払う用意があるかどうかだ」

「何の対価だ? ここの保安システムなら何の問題もないぞ」

ミューズが最新のデータを送ってくる。カザロフの立ち上げた保安コンサルは、開業してまもなく行き詰まり、今は独立鉱山主を相手に細々と個人契約でやっている様子だった。

「セクレタリーの出来も悪いようだな」

「心配してもらう必要はない。公社を辞めてからどうしているか、気になっただけだ。それで、おまえが逃がしたタコは見つかったのか? おまえが優秀さを証明できたのなら、再就職の口を利いてやってもいい」

カザロフの皮肉を無視してマデラが言った。独立鉱山主の多くは、公社から譲り受けた鉱区で採掘を行っている。いってみれば絞りかすを絞るようなもので、利益率も低い。保安業務に回す費用は微々たるものだろう。カザロフにとって公社との契約はいい餌になるはずだった。

「公社の仕事をやるつもりはない。対価は、この身体を荷物としてではなく、客として火星に運ぶためのチケットと、プラス同額のキャッシュで払って欲しい」

意識をシャットダウンした荷物ではなく、客として運ぶにはスペースがいる。それに加えて同額のキャッシュともなれば、無視できない金額になる。マデラは目の前に投影されたケースの言葉を考えていた。

「安くはないな。火星に行くだけなら、魂(ego)をとばして、新しい義体にすればいい。同じケースでも、最新のモデルにアップグレードできるぞ」

マデラが提示したのは、移動手段としては一番コストのかからない方法だった。顧客数が減っている上に、インドラルの義体を新調したことで、営業区の当期利益の悪化は確実になっている。よけいな費用はできるだけ避けたい。

「火星でインフォモーフになるつもりはない」

カザロフは、マデラの意図を見抜いていた。魂(ego)を送った上で、義体の代金を払わなければ、送られた魂(ego)は体を持たないインフォモーフになるよりない。

「信用がないな」

マデラは口の端をゆがめて笑った。カザロフが例のタコを連れてくるなら、少しばかりの支出は穴埋めできる。

「対価が払えないなら、別の売り先を探す。それでもいいようだな？」

「タコ一匹に大金を出す奴はいない」

「普通のタコならな。だが、マデラ・ルメルシェが探しているタコになら、興味を持ってくれそうな心当たりがあってね」

「どういうことだ？」

マデラは首を傾げる。

「この件では競争相手がいる、ってことだよ」

また見えない競争相手だ。独立鉱山主の顧客を奪うことでマデラのビジネスの足を引っ張っている競争相手が、ここでもまた足を引っ張るというのか。

「誰なんだ、その競争相手というのは？」

オーシャンブリーズの効果が切れかかっている。マデラの指が、神経質にデスクを叩く。

「ビジネスマンなら情報の価値はわかるだろう？」

そう言い放ったケースの表情は変わりようがない。

「いもしない競争相手をでっち上げられても困るな」

マデラはカザロフの位置を探させていた。発信元がわかれば、カザロフの身柄を確保できる。公社がカザロフとの契約を打ち切った後で、後任として契約したマスチフは、マデラの言うことをよく聞くし、汚い仕事もいとわない。カザロフを押さえれば、情報を吐き出させる手段はいくらでもある。

「じゃあ、残念ながら取引は不成立だな」

「そんなに結論を急ぐ必要はないだろう。情報が本物だという証拠が欲しい。それに、隠れたタコをどうやって見つけたんだ」

まだ、カザロフの位置は特定できていない。マデラは話を引き延ばす。

「ＩＤを書き換えた奴を押さえた。新しいＩＤさえ特定できれば、そんなに難しくはなかったよ」

マデラはカザロフの言葉に、得意げな響きを聞き取る。

「そうなのか。でも、どうやって新しいＩＤを手に入れたんだ？」

大気の底では、非合法なＩＤの売買が行われている。マデラがわかりきったことを尋ねたのは、答えを知りたいと言うよりは、カザロフの居場所を特定するための時間稼ぎだった。

「やはり下の状況には疎いようだな。鉱区で事故が多いことくらいは知っているだろう？」

高温、高圧の大気の底は、もとより過酷な環境だった。効率を優先して設計された大型の採掘機械が、耐用年数を無視して酷使されている。利益を生まない安全対策は後回しで、結果として事故率も高い。

「そうか、事故にあった義体のＩＤを流用したのか」

感心したような声の響きは、カザロフの虚栄心をくすぐり、より多く話させるための演技だった。

「北極鉱区全体なら、毎日のように事故が起きている。廃棄される義体も少なくない。その義体を使えば、いくらでも細工ができる。手間のかかる調査だったが、ＩＤを抜かれた個体を絞り込めばいい」

得意げに言うカザロフに、マデラは、ふと苛立つ。

「そこまでわかっているのに、ずいぶんと時間がかかったな。公社にいるうちに見つけだしていれば、特別ボーナスでも出ていたろうに」

つい、皮肉が口に出る。

「余計な仕事が多すぎた。まだ、あのタコを探させているのはわかっている。簡単に値切れるとは思うなよ」

カザロフの言葉に、大きくため息をついてみせるマデラだった。

「あれは私の財産だ。私以外の者にとっては価値がない。それで、あのタコは、新しい身分を手に入れていたんだな？」

通信元の位置の絞り込みが終わったという連絡が来る。カザロフがいるのは北極鉱区の管理ゾーンにある公共ブースで、数分で保安部隊を送ることができる。それに、管理ゾーン内であれば、一度捕捉してしまえば追跡も難しくない。

「あんたのタコは、独立鉱山主のもとを転々としていたようだ。ろくに労務管理をしてない連中ばかりだから、追いかけるのに苦労したよ」

マデラは、マスチフに身柄確保の指示を出す。

「ご苦労だったな。だが、あまり欲の皮を突っ張らせるのはよくないぞ。もう少し頭を冷やしてから連絡してこい。ただのタコ一匹で、大金が入ると思うなよ」

マデラが唐突に通信を終了させたのは、現場に急行させたマスチフが、公共通信ブースにいるケースの姿を確認したからだった。

「ご依頼の者の身柄を確保しました」

カザロフの後任の保安主任、マスチフは、これ見よがしの武器を身につけたフューリーを義体に使っている。頭の方は見かけどおりで、あまり優秀とはいえないが、ちょっと荒っぽいくらいが今の状況にはちょうどいい。

「独房に入れておけ。逃げられないように、両手両足を、しっかりボルトで固定してな。取り調べは俺が自分でやるから、誰も入れるなよ」

オクトモーフにダウンロードしたザイオンを監禁した独房だった。逃亡ルートになったダクトの補強は終わっており、もう、どんなタコでも逃がさない。柔軟性のないケースであれば、なおさら逃亡の可能性はない。

「ポンコツ野郎は、がっちり固定しておきます」

「武装解除は大丈夫か？」

「スキャンは終わってます。念のため、もう一度調べますが、特別なものは何も持っていません。おとなしいもんです」

「油断するなよ」

地表との通信を終えたマデラは、執務室の机に向かって一息つく。カザロフからどうやって情報を引き出すか。身柄確保のために強行な手段を使った以上、ちょっとした報酬で情報を引き出せるとは思わないし、拷問するにもケースの体に十分な苦痛を与えることができるかどうかわからない。けれど、魂（ego）のバックアップはあっても、現在の魂（ego）を失うことに対する恐怖はあるはずだ。

「地表に降りる。至急、手配してくれ」

マデラはセクレタリーに声をかけた。カザロフを尋問するには、ザイオンの時同様にボッドを使う手もあったが、機能の劣るボッドでは、相手の言葉や仕草の微妙なニュアンスをとらえきれない。ザイオンの尋問がうまくいかなかったのもそのせいだったかもしれない。義体を手配してエゴキャストする手もあったが、前のバージョンのマデラに起きたことを思えば、慎重には慎重を期した方がいい。

「二時間後に出発するエレベータの席を手配しました。一等コンパートメントです」

金星大気の上層部に浮いているノースポールハビタットから、地表へと降りるエレベータである。

「それから、そうだ。素直な気持ちになれるようなものがあるといいな」

「マデラ様がお使いになるのですか？」

マデラはがっくりとうなだれる。標準装備のセクレタリーに想像力はない。

「どうでもいいが、ちゃんと効くやつにしてくれ。気分が軽くなって、知っていることは正直に話したくなるようなものがいい」

苦痛と恐怖だけに頼ったザイオンの尋問は失敗だった。同じ失敗を繰り返すわけにはいかない。

「それでしたら、オネスティはいかがでしょう？」

……誰かにあなたの想いを伝えたい。オネスティはそんなあなたを応援します。臆病な心を解き放ち、勇気を持って素直な気持ちを伝えたいときに……。

「こんなものしかないのか？」

長々と続きそうなPRフレーズを押しとどめる。

「あまり、人気のないカテゴリーですし、非意図的な情報漏洩に伴う訴訟も起きています」

マスチフに指示すれば、もっとちゃんとしたものを探し出してくるだろう。けれど、ザイオンのことはマデラ一人の秘密であり、他のだれかに疑われるようなことがあってはいけない。忠実な犬のようなマスチフだとしても、あまり関係者を増やしたくなかった。

「役に立つかもしれない。パッケージ化してくれ」

ないよりはいいだろう、というのがマデラの判断だった。

「今、プレインストールして、待機状態にしておくこともできますが」

改めて肩を落とすマデラ。マデラ自身が使うわけではないのに、セクレタリーには考えが及ばないのだ。

「言われたことをやれ。おまえは余計なことは一切言わず、俺の指示に従えばそれでいい」

不愉快そうなマデラの一言は、セクレタリーの意志決定アルゴリズムに決定的な影響を残す。

もちろん、マデラはそのことに気づいていない。


タージは、ノースポールハビタットのスペースポートにあるホテルの一室で、ヴィーナスポートへと向かうシャトル便を待っていた。まるでタージを護送しているかのように、テーブルを挟んだ向かい側のソファには、磨きあげられたようなボディのケースが座っている。

「緊張する必要はない。タイミングがくればわかる」

そう言われても、緊張が簡単にほぐれるはずはない。なぜ、こんなところに、見知らぬケースといるのか。その上、まるでタージの正気をモニターしているかのように、タージはテーブルの上の小さな機械につながれている。

「心配はいらない。本当に臆病なヤツだな」

タージは混乱していた。飛び飛びの記憶のどこかで、出会っているのかもしれないが、思い出すのは、いつも漆黒の凶々しい翼を広げたインドラルの姿だけで、黄色い瞳を思い出すだけで記憶を辿ろうという意欲が失せてしまう。

「……私はどこかに連行されるのでしょうか？」

ありったけの勇気を振り絞り、かろうじて言葉を絞り出す。

「落ち着け。私はおまえのボディガードのようなものだ。ここでの安全は保証する」

タージは、ない首をいっそう縮める。

「何をおびえている。俺が怖いか？」

ケースの言葉には、面白がっているようなニュアンスがあったが、擬似人格にすぎないタージには、そこまでは聞き取れない。

「……めめめ滅相もございません」

体表の色胞は萎縮し、全身が青白くなっていることだろう。本来自由に扱える身体機能すら、今のタージにはままならない。ザイオンの仮面にすぎないタージは、とことん臆病に作られている。

「今はゆっくりしているがいい」

ソファでタコらしくなくかしこまったタージは、テーブルに無造作におかれたトランスミッターを介し、分厚い大気で隔てられた地表とつながっている。

一方、ザイオンは、地表のケースと接続した状態で、マデラの到着を待っていた。ケースからのインプットを視覚と聴覚に絞った状態で、緩やかに接続している。視覚インプットは、なじみのある部屋を映していた。

薄暗い照明にむき出しのコンクリート、天井を走るダクトには金属の格子が後付けされている。標準仕様のケースの視覚はオクトモーフに比べて劣っており、必ずしも記憶している部屋と同じようには見えていなかったが、確かに同じ独房だった。なにより、大気の上にいながらにして独房の中にいるケースにアクセスできているる。情報遮蔽が当然の独房に、ちょっとした細工ができたのはカザロフの協力があってこそだった。

ザイオンは、ケースの身体感覚を遮断していた。さもなければ苦痛でまともに考えることもできなかったろう。視野の隅で点滅している赤いアイコンは、ケースのボディに生じた重大な障害で、両腕と両脚に機能を失うような破損があることを告げている。何とか首をひねると金属の腕には太いボルトが無造作に突き立てられているのが見える。広げた手のひらにも太いボルトが打ち込まれ、妙な方向を向いた指先は動かない。この義体はもともと中古品を安く買いたたいたもので、さほど惜しくはなかったが、こうなっては部品取りに使う以上の価値はないだろう。

ザイオンは改めて独房のドアを見る。まるでアクセサリーのように武器を身につけたフューリーが現れるとは思わなかった。カザロフの後任者の仕事は、このケースの体を確保した時点で終わったはずだからだ。かつてザイオンを拷問したボッドが現れる可能性もあったが、ザイオンの尋問に失敗した経験から学んでいたとしたら、機能に限界のあるボッドを使うことはないだろう。前のバージョンのマデラの身に起きたことを考えれば、新しい義体にエゴキャストしてくる可能性も低い。

マデラ自身が姿を現すはず。さもなければザイオンの計画は失敗したと言うことだ。

ザイオンはケースの目で閉じられた独房のドアを見つめていた。

「惨めな姿だな。立場をちゃんとわきまえないからそうなるんだ」

マデラの目の前には、はり付けにされた金属のボディがある。マスチフが乱暴に扱ったらしく、手足には太いボルトが何本も突き刺さり、ケースの体をがっちりと固定している。以前はきれいだったボディにも、大きな傷やへこみが目立つ。

「こんなことをしてどうするつもりだ？」

目の前のケースが言った。

「手荒なまねをしてすまなかった。だか、苦痛はいくらでも遮断できたはずだ。不愉快な思いをしたとしたら、君の判断の間違いだよ。ケースのボディでフューリーには太刀打ちできない」

「さほど抵抗したつもりはないが、ずいぶんと手荒に扱ってくれたよ。これでは修理に出しても元には戻らない」

「そんなスクラップはさっさと脱いで、新しい義体にすればいい。私の申し出はまだ有効だよ。火星に行くには、どうせ邪魔な義体だ」

「俺はこのボディで行きたいと言ったはずだ」

「なぜそんな義体にこだわる。おまえのようなケースが、客として金星を出るなんてことはあり得ない。あり得ないんだよ！」

突然、予期しない衝撃がおそった。それが痛みだと気づく前に、ケースの意識が途切れる。

「さて、十秒というところだな。どうだった、ちょっとしたシャットダウンの経験は？」

マデラの手には棍棒のようなものがある。

「暴動鎮圧用の小道具だよ。ちょっとしたパルスが直接電子回路に負荷をかけ、シャットダウンさせる。すぐには決定的なダメージにはならないが、繰り返すと回復できなくなるかもしれない。今は公社を離れているとはいえ、いろいろと貢献してくれた君に、手荒なことはしたくないんだが、分不相応な要求をするから、こういうことになる」

衝撃。シャットダウン。

「どうだ、そろそろ情報提供する気になったか?」

「俺にはバックアップがある。こんなことをしてただですむと思うなよ」

「そうだな。おまえのバックアップが、私と会うことを知っていたら、多少は問題になるかもしれない。だが、バックアップしたのはいつだ?」

バックアップをするのもただではない。はり付けにされたケースはみすぼらしく、頻繁にバックアップできるようには見えなかった。

「いいところに気づいたな。そうだよ、俺のバックアップは今の状況を知らない。だが、同じようにおまえが探しているタコのことも知らないんだ。俺に何かあればあのタコの情報は失われる。それでいいのか?」

衝撃。ブラックアウト。自己診断と再起動のプロセス。

「回復にちょっと時間がかかったな。そろそろ危ないかもしれない。まあ、おまえのバックアップが起動されたら、今度は俺が雇ってやることにしよう。正当な対価を払ってな。もっともその貧弱なブレインから情報のサルベージに失敗した場合の話だが」

「サルベージはあきらめろ。俺がシャットダウンした瞬間に、情報は消去される」

「通常の保安措置だな。だが、おまえのバックアップなら同じことができるはずだ。ちゃんと調査のヒントももらってあるしな」

「ああ、俺ならできるだろうな。でもその前に、このバージョンの俺に何があったのか調べるはずだ。前のバージョンのおまえがどうなったのか気になったろ?」

その言葉にマデラの顔色が変わる。

「なぜそのことを知っている? この俺をどうした?」

前のバージョンのマデラの死。ロジカルには今のマデラと関係ないはずなのに、恐怖は論理を超越する。

「何をやったんだ。黒幕は誰だ。誰が俺の足を引っ張ってるんだ?」

息が荒くなり、瞳孔が開いている。

……心拍が冗進し、強度の興奮と緊張状態にあります。いつものオーシャンブリーズの処方(インストール)を推薦します
……。

「うるさい、黙っていろ!」

セクレタリーの提案を、声を荒げて一蹴する。

「なぜだ、なぜおまえが俺の邪魔をする!」

マデラがケースに向けて棍棒を振り上げたその瞬間だった。

突然、マデラの手が止まる。

セクレタリーを介した通信だった。

……マデラ様、ノースポールハビタットのノーイズ様より、借入金を繰り上げ返済したいとの連絡がありました。返済を了解してよろしいでしょうか？

執務室にいたら、少なくとも顧客管理データベースの確認を行っていただろう。そうしていれば、契約の解除にマデラの同意を必要とするノーイズとの契約の異常さに気づいたはずだ。けれど、マデラがいるのは地表で、執務室の環境はここになく、契約の詳細はわからない。捕えたケースとの会話に割り込むセクレタリーにいらついていたマデラは、声高に怒鳴り返す。

「誰だ、そんなヤツは。こっちが片づくまで待たせておけ」

……お待ち頂くよう連絡しましたが、ノーイズ様は、既に内諾があるとおっしゃっております。

前のバージョンのマデラだ。間抜けなマデラ。危険を冒して死んだマデラ。

「俺は知らん！」

タージというタコもそうだが、公社以外の誰もかれもがマデラとの契約を終わらせたがっているようにも思えた。だから、内諾などと言う中途半端なことをしたのか。

そんな疑問が一瞬だけマデラの脳裏に浮かんだ。

……顧客管理データベースには了解済みの記録がありますが……。

「それならさっさと片づけてしまえ。そんなことで俺を煩わせるなッ！」

セクレタリーを遮りマデラが言う。

……了解しました。繰り上げ返済を承認します。

地表に降りる直前の指示がなければ、マデラのセクレタリーはノーイズが特別な顧客であることを指摘していただろうし、顧客管理データベースの記録が蓄積されたマデラ自身の行動記録と一致していないことも報告しただろう。けれど、マデラの指示は、余計なことを一切言わず、指示に従えというものだった。

繰り上げ返済の同意は、セクレタリーを通じてザイオンに伝わる。元々高額だったオクトモーフの代金に、法外な金利が上乗せされた額が、マデラが管理する営業区の口座に振り込まれ、ザイオンの魂(ego)が負っていた負債は、一瞬でゼロになる。

ザイオンの負債が消える。つまり、金星を出る時点でマデラに連絡が行くことはないし、マデラはもうザイオンの出国を止められない。

　マデラは肩で息をしていた。普段、運動とは縁がないのに、むやみに棍棒を振り回した結果、息が上がっている。

「さあ、つまらない用事が片付いたところで、続きを始めようか。俺のタコはどこで、俺の足を引っ張っているヤツは誰だ」

　手にした棒で、磔にされたケースの胸のあたりをつつくマデラ。

「まだ気がつかないのか？　やはり、おまえは三流以下のエージェントだよ。今、契約を解除したノイアズが誰かよく考えるんだな」

　……ＮＯＩＺ。マデラが首をひねる。

「おまえが契約に使った私の名前だ」

　……ＺＩＯＮ。

「私を覚醒させてくれたことには礼を言う。だが、欲の皮は突っ張らせない方がよかったな」

　その一言を最後に、マデラの目の前のケースは沈黙した。


　タージの意識をシャットダウンし、ザイオンの意識が立ち上がる。

「上手く行ったようだな」

　カザロフが声を掛けた。

「このタイミングが成功の可能性の極大点だった。掛け率は悪くないし、全て予定通りだよ」

　ザイオンは、地表のケースとの接続を断っている。

「ヤツの顔を見たかったな」

　ザイオンの横に居るカザロフの義体は、地表に残してきたケースより遙かに状態がいい。

「今頃は、自分の間抜けさ加減に唖然としているはずだ。それとも、まだ状況が飲み込めていないか」

　きっと後者だろうとザイオンは思う。マデラの魂(ego)が再起動される前に、ザイオンが何を仕組んだのか。マデラがすべてを理解するには、顧客管理データベースへのアクセスログを調べる必要があるだろう。

「セキュリティの観点からすれば、奴は、なぜ前のバージョンの自分が殺されたのかを、落ち着いて考えるべきだったな」

　マデラの魂(ego)をダウンロードしたインドラルの義体から、ザイオンは顧客管理データベースへのアクセスキーを手に入れていた。もちろん、マデラとの契約そのものは変更できなかったが、契約内容を詳細に確認することもできたし、契約解除に内々に同意したという記録も書き込むことができた。

マデラの同意を得るまで、ぎりぎりの綱渡りだったが、ザイオンには勝算があった。目の前の餌に釣られたマデラは、自分自身をコントロールできない。だからこそ、ザイオンがコントロールできた。

「さあ、ヴィーナスポート行きのシャトルの時間だ」

ザイオンの一言で、ゲートに向かう二人。

金星では最下層に属するアップリフトのタコと、磨き上げているとはいえ合成義体としては最下級のケースが肩を並べて向かったのは、シャトルのファーストクラスの搭乗口だった。あわてて二人の行く先を阻もうとした係員は、提示されたチケットを見て目を丸くする。

ファーストクラスのチケット。

「シャンパンを積んであったら、コンパートメントまで運んでくれ。ちょっとしたお祝いでね」

タコの味覚からすれば、シャンパンは美味くも何ともないが、お祝いはするべきだろう。ビジネスでは、そう言った節目を大事にしなければならない。

「俺は付き合えないぞ」

カザロフの不服そうな呟きを、ザイオンは無視する。

タコの体で歩きながら、ザイオンは、次の一歩を見据えている。

火星は、まだゴールではない。

第二部　ネルガルの罠

COLUMN

未来のカラスと宇宙時代の「帝国金融」？

「タコがカラスにつつき回される話」——本書『ザイオン・イン・アン・オクトモーフ』は、そんな軽い思いつきから（？）デザインされたキャラクターが活躍します。独特のおかしみを孕んだドタバタ感あふれるやりとりは、ある種の滋味すら感じさせる仕上がりになっています。もちろん、ザイオン以外のキャラクターについても、きちんとした設定の裏付けがあるのです。

まずはカラスのインドラル。新鳥類（ネオ・エイヴィアン）と呼ばれる生体（バイオ）義体（モーフ）を着装しているわけですが、その設定を整理すると、次のようにまとめられます。

・ネオ・エイヴィアン： 知性化され人間レベルの知性を持った大鴉やカラス、ヨウム等の総称。身体は知性化されていない個体よりもずっと大きく（人間の子供ほどの大きさがある）、頭も増大した脳に見合うだけのサイズとなっている。数多くの遺伝子導入型（トランスジェニック）改造が翼に施されることによって、1G下における限定的な飛行能力の保持を可能にしている。さらに、翼の構造をよりコウモリに近づけることで、翼を柔軟に曲げたり折り畳んだりすることが可能になっているうえに、基本的な道具を操作できるように小さな指が加えられている。彼らの爪先もさまざまに接合され、他の指と対置できる親指を持つまでに至っている。新鳥類（ネオ・エイヴィアン）は微重力環境によく適応しており、その小さな身体と少ないリソース消費が有利に働いている。

続いてザイオンの古巣であるソラリスは、宇宙規模のメガコーポであるところのハイパーコープの一員です。〈エクリプス・フェイズ〉宇宙においては、超資本主義が幅を利かせるハビタットが多く、国連ならぬ惑星連合もハイパーコープの連合体となっています。だからこそ、体制と反体制、エリートとアナーキストのせめぎあいという〈エクリプス・フェイズ〉の裏テーマが輝いてくるというわけですが……。（晃）

・ソラリス： 太陽系の金融と投資のリーディング・カンパニーであり、技能、保険、先物取引、情報仲介、文化社会面に対する思索的な実験計画へのハイリスク投資などを扱っている。惑星連合のメンバーとして、過渡的経済で規制されている数多くのハビタットに助言をおこなっている。ソラリスはオフィスや物理的資産を所有せず、それぞれの銀行員が動くヴァーチャル・オフィスの役目を果たす。けれども、秘密の本拠地を所有しているという噂もあり、そこでは全太陽系のマクロ経済の発展をシミュレーションし、壮大な青写真の動態に基づいた戦略調整を常時行っているらしい。こうした噂に拍車をかけるように、ソラリスは〝独立コンサルタント〟を雇い、政治的もしくは経済的な利益が見込まれるハイリスク投資に手を染めていることでも悪名高い。本書の主人公であるザイオンは、そんなソラリスのルーツの一つの創始者だと想定されています。

ザイオン・スタンズ・オン・マーズ

急激な加速に船殻が震えた。程なく、漆黒の闇の中に金属がきしむ鋭い音が響く。

「大丈夫なのか?」

声を抑えてザイオンが尋ねた。

「こんなボロ船だ。監視は、たぶん、ない」

その言葉と同時に金属がちぎれる音が船倉に響き、周囲の闇がざわつく。囚われているのは二人だけではない。

「たぶん、か」

自嘲気味にザイオンが言う。

「百パーセントの保証などない。成功の可能性の極大点で行動する。それがポリシーだろ?」

また、金属を引きちぎる音。闇の中でスパークが走り、わずかな明かりがあたりを照らす。ヒトの視覚にとっては物足りない光量も、分厚い金星の大気の底にも対応できるザイオンとカザロフの義体にとっては、十分だった。

船倉に囚われているのはざっと二十人。ヒト型の生体義体の中で、オクトモーフのザイオンと、金属の義体であるケースのカザロフだけが異質だった。

「確かに、行動するなら今だろうな」

鉄と錆と機械油、黴の匂いと得体の知れない腐敗臭が満ちた真っ暗な船倉にいるのは、つい数時間前まで金星と火星を結ぶ客船のデッキでパーティを楽しんでいた乗客たちだ。全員が船倉の壁面に、電磁枷によって拘束されている。金星から火星へと向かう定期客船を襲った武装集団によって囚われているのだった。

「やめろ、そんなことをしたら何をされるか……」

囚われた乗客のひとりが声を上げた。

「あいにく身代金を払ってもらえるあてがなくてね。俺たちは自力で逃げ出すのさ」

そう応じたカザロフの言葉に重なって、また、大きな金属音が響き、スパークが走った。両腕が自由になったカザロフが、汎用の義体であるケースではあり得ないパワーで、首を固定する電磁枷を引きちぎったのだ。

「そっちが終わったら、こっちも頼む」

カザロフのすぐ隣に固定されているザイオンが声をかけた。

「まだ腰と両足が残ってる。おまえなら自分で何とかできるだろ」

金属のきしむ音に重なって、カザロフの義体に組み込まれたサーボモーターのうなりが聞こえる。確かに強化された義体であっても、金属を引きちぎるとなれば、負荷が大きい。船の加速がどれくらいの時間続くのかわからず、行動するなら急ぐに越したことはないのだ。

「あまりやりたくはないが、仕方ないか」

　ザイオンはオクトモーフだ。金属のボディのカザロフとは異なり、ザイオンの義体はタコをベースにした生体義体だった。柔軟性に富んだタコの義体から自由を奪うのは難しく、電磁枷で締め付けられていても、すり抜けることは難しくない。

「さっさと抜け出したらどうだ」

　ザイオンたちが乗った客船を襲った武装集団は、オクトモーフの扱いに慣れていなかった。扱いを知っていれば、檻に入れるか、それこそ無数のボルトで金属の支柱にでも打ち付けただろう。もっともザイオン自身は、磔にされた触腕を引きちぎって囚われの身から逃れた経験があるから、そんな状況になったとしても何とかできる。オクトモーフはそういう義体なのだ。

「結構な負担になるんだがな」

　不満そうにザイオンが言った。

　オクトモーフはタコである。タコだけにヌルヌルする。カザロフが言うのは、そのヌルヌルを使えということだった。つまり、オクトモーフの身体から粘液を分泌し、潤滑剤にして枷から抜け出すのだ。ただ、電磁枷から逃れることはできても、大量の粘液を使った結果、脱水症状を来す可能性がある。体力の維持を考えると、あまり望ましい方法ではない。

「こっちだって、ありったけの出力でエネルギーを使ってる。腕はともかく、指の何本かは取り替える必要があるくらいだ」

　金属がきしむ音が、さらに大きくなる。

「高価な部品でもないだろう。それに、エネルギーだって、すぐに底をつくわけでもなかろうに」

　ザイオンはアップグレードされたカザロフの義体のスペックを知らない。ただ、出力を強化している以上、使えるエネルギー容量についても大きくするのは当然のことだ。

「四の五の言ってないで、自分のことは自分で何とかしろ」

　カザロフは、腰を固定する電磁枷に苦戦していた。幅の広い金属のベルトは、丈夫な上に、うまく指がかからないようだった。

「そんなにあせるな」

　粘液を出すのも簡単ではなかった。元々がタコの防御反応である。囚らえられているとは言え、今、危険に晒されているわけではない。必要なのは、粘液の分泌を促すような精神状態だ。

ザイオンは、金星で自分自身を偽装するために創った疑似人格のタージを起動し、タージが一番恐れていたものの記憶を呼び覚ます。

『……ゴルァ、このタコッ!』

そんな罵声と同時に思い出すのは、黒い翼を広げたエイヴィアンモーフの禍々しい姿だ。

ソラリスのエージェント、マデラ・ルメルシェの部下のインドラルは、タージにとっては毎月決まってやってくる災厄だった。タージが身を粉にして働いて積み上げた利益を、利息と称してごっそりと奪っていく。インドラルは、タージにとっては恐怖でしかない。黄色い目で見つめられれば血の気が引く。ヒト型の生体義体だったら、大量の冷や汗を流していただろう。

タコの身体にとっては冷や汗も粘液も同じこと。記憶の中のインドラルが嘴を開き、真っ赤な舌が見えると、オクトモーフの心臓が縮みあがり、皮膚から大量の粘液が滴る。

十分な粘液が分泌されたところでザイオンは、臆病者でビビリのタージをシャットダウンする。粘液で濡れたザイオンの身体は、船の加速度によってずるりと枷から抜け落ちた。

「やればできるじゃないか」

現在の加速度はほぼ2Gで、骨格を持たないオクトモーフでは自立は難しい。ザイオンの義体は、分泌した粘液の中で、へたり込んでいる。

「かなり無理したぞ。すぐには動けない」

オクトモーフにとって体内の水分量は重要だった。水分が不足すると筋肉のパワーが出ない。

「心配するな、って」

腰のあたりで胴体を固定していた電磁枷を引きちぎったカザロフが、無造作に両足首の電磁枷を引きちぎると、床にへたり込んだザイオンを抱え上げた。ザイオンの触腕が、カザロフの義体にからみ付き、強力な吸盤で貼り付く。

「で、これからどうする?」

ザイオンが言った。電磁枷は逃れても、まだ船倉に囚われたままだ。自由の身にはほど遠い。

「考えるのはそっちのパートだろ」

冗談めかしてカザロフが応える。マデラを罠にかけ、金星からの脱出を可能にした計画を立てたのはザイオンだったし、火星に行くことを決めたのもザイオンだった。

「そうだな。まずはここを出て、それから水に浸かりたい。タージの奴がちょっと絞りすぎた」

ザイオンは、船倉の構造を思い出す。この船に連行された時に通ったハッチとは反対側に、ザイオンたちを拘束した武装集団が出て行ったドアがあった。船倉を出るにはそのドアから出て行くよりない。

「こんな船にバスタブがあるとは思えんがな」

カザロフが言い放つ。確かに全身を水に浸かるにはバスタブを使うのが手っ取り早いのだが、ザイオン自身もそこまでは期待していない。

「シャワーでいい。居住区のどこかにあるだろう」

この船がどこに向かうにせよ、人質をずっと船倉に押し込めておくことはできない。加速を終え、慣性航行に入った時点で、まともな居住区に移すはずだ。そこなら、循環式のシャワーブースくらい備えているに違いない。

「ドアは一カ所だ。多分、船体を貫くメインシャフトに繋がってる」

カザロフは、2Gの加速で金星での重さの倍以上になったザイオンを持ち上げ、ドアまで運んだ。

「解錠できそうか?」

ドアの前にザイオンを降ろしたカザロフが聞いた。ザイオンはドアのキーパッドに触手を伸ばす。

「簡単なキーパッド。しかも、すり減っているキーが四つ。ありがちだな」

明かりがあっても、ヒトの視覚ではわからないだろう。繊細なタコの触覚が、テンキーのわずかな磨耗を検知する。

「待ってくれ、私も連れていってくれ」

突然、真っ暗な船倉に声が響いた。ザイオンはその声に聞き覚えがあった。船が襲われる直前、ザイオンたちに話しかけてきた男だ。

「どうする?」

船倉にざわめきが広がる中、低い声でカザロフが言った。

「そこにライトのスイッチがある。明かりをつけてやったらどうだ。少しは安心できるだろう」

ザイオンがそう言ったのは、囚われた乗客を安心させるためではなく、改めて男の顔を確認するためだった。

「連れて行くつもりじゃないだろうな」

カザロフの懸念はもっともだった。不確定要因は少ないに越したことがない。

「足手まといはいらない」

　ザイオンは火星に行かなければならない。地球がティターンズによって蹂躙された今、太陽系の経済的な中心は火星になっている。その火星に行かなければ、ザイオンは自分自身を取り戻すことができない。

　この船がどこに向かっているにせよ、火星に向かっているのではないことは確実だった。このままでは余計な寄り道をするどころか、身代金を払ってもらうあてのないザイオンたちは、外惑星に売り飛ばされてしまう可能性もあった。

「そう言うと思った」

　カザロフは船倉の明かりをつけ、それから囚われた乗客に向けて言った。

「おとなしくしていろ。奴らはあんたたちには手を出さない」

　ザイオンは声を上げた男を改めて見ていた。一等客船の旅客にはふさわしくない、初老の外見。レイモンド・ノアと名乗った男だ。

「何でそんなことがわかるんだ？」

　レイモンドが食い下がる。

「奴らの目当ては身代金だ。大人しくしていれば、そのうち解放される。しばらく不自由はするが、危険を冒す理由はない。そうだろ？」

　レイモンドに向けてカザロフが言った。


　ザイオンたちが金星を離れたのは既に三週間も前のことになる。現在の火星と金星は合の位置にはなく、二つの惑星の間を結ぶ経済的な軌道は、大きく弧を描いて引き延ばされていた。

　長大な船の軌道が地球軌道を横切った頃、ザイオンとカザロフが乗り込んだ一等客室の乗客は、ちょっとしたパーティを開いていた。主催は客船の船長であるロンギヌス・ユヌ。高性能の核融合ドライブを備えた客船とは言え、金星と火星の間の距離を縮めることはできず、折に触れて乗客の退屈を紛らわせる必要があった。

「みなさん、本船は無事に地球の軌道を通過しました。全行程のおよそ三分の一を経過し、全てが順調に推移しています。今までの船旅同様に、これからも快適に過ごしていただけるよう、最善の努力を続けております……」

　パーティ会場となったメインデッキに投影された船長

のホログラムが、なみなみとシャンパンを満たしたグラスを手に挨拶を始めていた。着飾った姿は、もちろん実物と同じである必要はない。船自体にインストールされたインフォモーフだろうというのが常識的な見立てだ。

「……あえて私から言うことでもありませんが、一等客室のみなさまは、金星、あるいは火星における最富裕層のみなさまです。同じ船に乗り合わせたこの機会を、みなさまのネットワーク作りに活用していただけたら幸いです……」

もし、ザイオンがヒト型の生体義体を使っていたら、船長の挨拶を鼻で笑っていただろう。確かに、停止状態で義体を運ぶ二等船客や、エゴを記録した媒体だけを運ぶ三等船客に比べたら、一等船客は桁が違う料金を支払っている。だからと言って、移動時間を無為に過ごす一等船客が、本物の最富裕層であるはずがない。ただ、船長の言葉は、乗客をおだて、気分を良くする効果がある。不機嫌な乗客より機嫌のいい乗客の方が扱い易いし、おだてられた乗客はあまり不満を言わないものだ。

「少し、よろしいですかな？」

ザイオンの外見に興味を持ったのか、初老の男が声をかけてきた。自由に外見を選べるのにも関わらず、老人の姿を撰んだのはなぜだろうとザイオンは思う。

「レイモンド・ノアと申します。実は、火星に着いたら義体を変えてみようかと思っていましてね。どうしてその義体を撰ばれたのか、使い勝手などもお聞きできたらと」

レイモンドと名乗った男の言葉にザイオンは戸惑う。オクトモーフを撰んだのはマデラだったし、その理由は際限のない苦痛を与えることができるからだった。

「はっきり言ってやったらどうだ？　あんたのその身体は義体なんかじゃないって」

横から口を挟んだカザロフの言葉に、レイモンドは、はっとした様子を見せた。

「それは失礼を……」

「いいえ、お気になさらず。確かに私はアップリフトです。たまたま鉱業権を手に入れた場所が大当たりで、ずいぶんとビジネスを大きくできました。金星を出るに際してこの身体を変えることも考えましたが、なにぶん慣れていますし、丈夫で器用です。それに、アップリフトの社会的地位は、火星では低くないと聞きました」

ザイオンはカザロフの話に調子を合わせる。実際に、金星から火星に向かうチケットは、成功した鉱山主のアフマドの名前で購入されているし、それに金星のアップリフトの出自など、金星を出てしまえば調べようがない。実際、タコのアップリフトとオクトモーフの違いにしたって、魂(ego)が外部に由来するか否かという程度の違いでしかない。

「そうでしたか。火星は文化的、社会的にも多様ですから、場所を撰べば偏見は少ないと思いますが……」

そう言って、レイモンドは言葉を濁した。

「アップリフトが置かれた状況はわかってます。ただ、アップリフトにはアップリフトなりの誇りがあります。外見を取り繕うことで得られるものは、多くはありません。それで、火星ではどのようなことをされるおつもりですかな?」

ザイオンは、近くに来たサービスボットのトレーからシャンパングラスを二つ取り上げ、その一方をレイモンドに渡しながら尋ねた。

「火星に留まる予定ではないのです。火星で義体を変えたら小惑星帯や、その先に向かうつもりです。太陽系外縁の環境なら、バウンサーのような無重力に適した義体が望ましいと思いまして」

バウンサーはヒト型の生体義体で、柔軟な両脚を腕と同様に使える。無重力環境下では無駄な重量でしかない両脚を手として使えるように改変することで適応度を高めた義体だった。

「オクトモーフも汎用性が高いと思いますよ。今の私のように重力下でも歩行可能ですから。まあ、アップリフトと誤解されるデメリットはあるでしょうが」

ザイオンの言葉に、レイモンドは戸惑った表情を見せた。

「こいつは今、冗談で言ったんだよ。気にすることはない」

カザロフの言葉にザイオンは大きく頷き、それから言葉を補った。

「ヒト型の生体義体は、表情や仕草をコミュニケーション手段として使えます。一方で、オクトモーフでは表情を理解されない。それがデメリットになることもあります」

さらにカザロフが言葉を続ける。

「逆に言えばヒト型の生体義体は感情を読まれやすい。あんたをからかうつもりはないが、義体は道具だ。どう使うかを考えて決める方がいい」

確かに、ザイオンたちの言葉に翻弄されるように、レイモンドは表情を変えていた。

「こちらの方は？」

レイモンドの言葉には、会話に割り込んできたカザロフをいぶかしむようなニュアンスがあった。ケースは最下層の貧民が使う義体と相場が決まっている。そのケースが、なぜ、一等船客を集めたパーティにいるのか。

「さすがに私のような者が身体一つで火星に行くのは心配ですので、カザロフ氏には助言者として同行してもらっています。火星でアップリフトの権利がどこまで尊重されるかわかりませんので、ちょっとした自衛措置ですね」

ザイオンの言葉にカザロフが頷く。もちろん、金属の顔に、表情が浮かぶはずもない。

「あなた方は、なぜ火星に？」

気を取り直したように、レイモンドが聞いた。

「まあ、金星ではいろいろありましてね。ビジネスで成功したとはいえ、あまり居心地が良かったわけではないので」

ザイオンの説明に、得心したようにレイモンドが頷いた。

「いろいろと事情が……」


その時だった。突然、船が揺れ、照明が緊急事態を告げる赤の点滅に変わった。船長のホログラフが消え、アナウンスが流れる。

「……本船は、何者かによって強制接舷されました。侵入者に警戒してください。乗客の皆様は、指示に従い、落ち着いて行動してください。繰り返します。本船は、何者かによって……」

デッキの壁から突然、火花が吹き出した。何者かが外部から船殻を溶断しようとしている。

「ドアが開かないぞ！」

デッキから離れようと、ドアに向かった乗客が叫んだ。

その声に重なるように船のアナウンスが流れる。

「……本船の一部区画で気密が失われています。安全のため、乗客のみなさんはデッキに留まってください。デッキは与圧されています。現在、漏洩箇所の特定と気密の回復を図っています。安全が確認されるまで、デッキは封鎖されます。乗客のみなさんはデッキに留まってください……」

壁面に大きな穴が切り開かれつつあった。だが、そこからは空気は漏れていない。

「そういうことか」

カザロフが呟いた。

壁の外は宇宙空間だった。普通なら、船殻が切り開かれれば、一気に空気が失われる。それがないと言うことは、壁の外も与圧されている。つまり、ザイオンたちがいるデッキのすぐ外に、気密性を維持できる形で不審船が接舷しているのだ。

「無茶はしない方がいい。もし気密が破れても、私は三十分くらいなら持つが、他の乗客は、そうでもないだろう」

ザイオンは侵入者を予想して身構えたカザロフを制した。カザロフの強化された義体なら特に武器がなくても侵入者に抵抗できるだろうし、逆に制圧に成功するかも知れない。一方で、抵抗すれば不測の事態を招く可能性がある。ザイオンたちを除けば、乗客は全てヒト型の生体義体であり、真空にさらされれば、すぐに生命の危機に直面する。

「じゃあ、どうするんだ？」

不満そうにカザロフが言った。

「まだ、どういう連中かもわかってない」

引き裂かれた船殻の外から、武装したグループが入って来た。全部で四人。一人は赤い髪をした戦闘用義体で、残りの三人はバウンサーだった。バウンサーは遠心力が作り出す疑似的な重力環境には向かない義体だったが、歩くために両脚を支える外骨格を身につけていた。

バウンサーの三人が、赤毛を囲むように展開していた。三人が手にしている武器は、船殻を傷つけないような低速のジェル弾銃のように見える。

「全員、両手を挙げて。余計なことは考えない方がいいわよ。私たちは全員を安全に確保したいの。私はドゥールス解放軍の司令官、ヨハンナ・スムズ。指示に従って行動すれば、誰も傷つかないわ」

赤髪のフューリーが大きな声で宣言するのと同時に、ジェル弾銃の発射音が響いた。シャンパングラスを乗せたトレーを運んでいたサービスボットが倒れ、ボディに広がったジェルが発泡して白い泡の塊になる。

「気をつけてね。私の部下たちは撃つことを躊躇わない。見たとおり大きな怪我をすることにはならないけど、かなり不快な経験になるわよ」

サービスボットは立ち上がれなかった。白い泡がサービスボットを覆ったまま硬化し、自由を奪っている。

ザイオンは事態を遠巻きに見ながら、船のローカルメッシュにアクセスして、ドゥールス解放軍に関する情報を調べていた。

「オクトモーフとケースがいるぞ」

バウンサーの一人がヨハンナに囁く。そのバウンサーのジェル弾銃は、真っ直ぐにザイオンの方を向いていた。

「一列になって、私たちの船に乗って。タコとケースはそこから動かないように。おまえたちを乗せるかどうかを決めるのは最後にしましょう」

ヨハンナの手には二丁の銃があった。一方のはレールガンタイプのオートマチックライフルで、弾体によっては船そのものにもダメージを与えられるだろう。もう一方は小型の拳銃で、その銃でデッキの天井を無造作に撃つと、船のローカルメッシュが消えた。

「俺は耐真空仕様だが、俺のクライアントはそうじゃない。ここを真空にさらすつもりなら、それも考えてくれ」

両手を挙げたままのカザロフが言った。そのとたんに、ヨハンナのオートマチックライフルがカザロフに向けられる。

「すてきなアドバイスね。他に伺っておくべきことはあるかしら?」

そう言い終える前に、ザイオンが床にへなへなと崩れ落ちる。

「見ての通り、こいつは重力環境があまり得意じゃないんだ」

カザロフが言った。

「ヘタレたタコね。じゃあ、それはあなたが運びなさい」

「手は降ろしてもいいかな」

「好きにしなさい。これはジェル弾銃なんかじゃないから、変なことは考えないでね」

カザロフはゆっくりと両手を降ろし、床にへたり込んだザイオンを抱き起こした。

デッキにいた他の乗客は、バウンサーたちの指示で壁の穴から外に出ていた。ヨハンナに追い立てられ、ぐったりしたザイオンを抱えたカザロフは、首をすくめるようにして壁の穴を抜ける。

船殻の穴の先は蛇腹構造のドッキングゲートだった。さらに奥には大きなハッチが口を開けている。その先は薄暗い船倉で、乗客の大半が既に船倉に入っていた。

カザロフは、ザイオンを支えて船倉に向かう。背中にはヨハンナのオートマチックライフルが突きつけられていた。

「さっさと歩いて」

ヨハンナがカザロフの背中を小突いた。

「こいつはかなり重いんだがな」

全員が船倉に入った時点で、背後のハッチが閉じる。

「ようこそ、私たちの船へ。自由ドゥールス号は、全ての乗客を歓迎するわ」

ヨハンナがそう宣言した直後に、ハッチの外から盛大な金属音が響くと、突然重力が小さくなった。

「……離脱完了しました。本船は、同期軌道から遷移します。乗員は、再加速に備えてください……」

アナウンスが流れた。

「さ、急いで」

わずかな重力の中、ヨハンナの指示でバウンサーたちは手際よく乗客に電磁枷をはめ、次々と船倉の壁に固定していく。

「でも、なぜアップリフトとケースが一等客室にいるの？」

ヨハンナがカザロフに尋ねた。

「金星では、タコだって成り上がれるのさ。見ての通り、へたれた奴だが、経営者としては優秀らしくてね」

カザロフの胸にはオートマチックライフルが突きつけられ、背中が壁に押しつけられていた。そのままバウンサーが二人がかりでカザロフに電磁枷を付ける。


「じゃあ、身代金もたんまりいただけそうね」

最初が両手首で、それから両脚首、腰と最後には首もベルト状の電磁枷で固定された。

「ご丁寧なことだな」

「必要な予防措置よ。あなたはお金持ちで物わかりの良い老人という感じじゃないし、真空でも問題なく動けそうだから」

カザロフの拘束を終えた二人のバウンサーが、脱力したザイオンを立たせ、ぐったりした頭部と八本の脚の間に電磁枷をはめる。

「気をつけて扱えよ。見た目じゃわからないだろうが、相当な年寄りだ」

カザロフの言葉に、ザイオンは苦笑いする。確かに、ザイオン自身が生まれたのはずいぶん前だが、タコの義体はさほど古くない。

「じゃあ、これからの加速は、少々きついかもね」

ヨハンナの言葉を聞きながら、ザイオンは、現在の太陽系の惑星配置を考えていた。この船が向かうのはどこなのか。ヨハンナの部下がバウンサーである以上、火星に降りることはないだろう。

「大人しくしていれば危害は加えない。しばらく拘束させてもらうけど、これは軌道変更のための加速に備えた一時的な措置よ」

船倉を見渡してヨハンナが言った。

「いつまでだ？」

カザロフの言葉にヨハンナは応えない。そのかわりに、オートマチックライフルの銃口をカザロフの顎のあたりに押しつける。

「もう一回だけ言うわ、『大人しくしていれば危害は加えない』。どういう意味かわかったかしら？」

カザロフは反応しない。

ヨハンナの背後から声が聞こえた。

「全員の拘束を確認しました」

ヨハンナの背後から声が聞こえた。ヨハンナはカザロフに突きつけていたオートマチックライフルを降ろして、ゆっくりと船倉を見渡した。

「じゃあ、ここは閉鎖しましょう。いい、おかしなことをしたら、安全は保証しないわよ」

カザロフを睨みつけながら言った。

ヨハンナとバウンサーたちが船倉を出ると、同時に照明が消え、船倉は闇に飲み込まれる。

「大人しくしていないと、危害を加える、か」

ヨハンナたちが出て行った船倉で、カザロフがぼそりと呟いた。

「正しくは、『危害を加えることがある』だな」

ザイオンはそう応じたが、もちろん大人しくしているつもりはない。ザイオン自身に資産があっても、誰かが身代金を払ってくれるはずもなく、ザイオン自身が状況を打開しなければならない。それはカザロフも同じだった。


船倉を覆う闇の中で、レイモンド・ノアは息を潜めていた。ここまで順調に進んでいたにも関わらず、計画に不確実性をもたらす要因が入り込んできている。

あのアップリフトとケースは見た目どおりではなかった。制度上はどうあれ、アップリフトはせいぜいが二級市民だし、ケースは初めて義体を手に入れた下層民が使う義体だった。どう見ても一等客室にそぐわない。レイモンドが感じた違和感は正しかったが、それだけでは役に立たない。それに、二人の存在に気づいたのがランデブー直前だったことも災いした。警告しようにも時間がなかったし、二人が何者なのかもわかっていなかった。

事前に確認したとおりに、地球軌道を越えたところで、船長がパーティを開いた。一等の乗客をドーナツ状の居住ユニットの最外縁部にあたるデッキに集め、贅沢な食事を振る舞うという趣向は、惑星間を結ぶ旅客船にとっては一般的なもので、古くは地球時代に長距離航海中の船が赤道を越えたときに行う赤道祭に由来する。デッキに集まった一等船客は、ほとんどが金星や火星の資産家で、身代金目的に誘拐されても不思議がない乗客ばかりだ。

レイモンドは思う。結局、資産家と呼ばれる者たちは、多くの労働者を搾取してきたということにほかならず、その意味では同情に値しないし、危険を冒して抵抗する可能性も低い。言ってみれば、カモにふさわしい連中なのだ。

だが、そこに紛れ込んだアップリフトとケースは違った。目撃者を残さないという点でヨハンナの判断は正しいが、いらぬ荷物を抱え込んだのではないかというレイモンドの危惧は、軌道変更のための加速が始まってすぐに現実になっていた。

ケースという義体は、コストを押さえた大量生産型の義体であり、パワーも標準的なヒト型の生体義体を若干上回る程度で、電磁枷を引きちぎるのはあり得ないことだった。それなのに、あのカザロフというケースは、金属の電磁枷を易々と引きちぎっている。

「やめろ、そんなことをしたら何をされるか……」

カザロフの動きに気づいた乗客が声を上げた。

「あいにく、身代金を払ってもらえるあてがなくてね。俺たちは自力で逃げ出すのさ」

そう応じたカザロフの言葉は、レイモンドが聞いた話と矛盾している。同行しているアップリフトが成功した鉱山主であれば、ある程度の身代金はまかなえるのではないか。

金星のアップリフトたちが置かれた状況は過酷なものだったが、少数ながら経済的に成功したアップリフトがいることを、レイモンドは知っていた。この船に乗り合わせたのが、たまたまその一人だと思ったのだが、どうも様子がおかしかった。

レイモンドは、二人の会話を耳をそばだてて聞いていた。数時間前に聞き出したところでは、アップリフトとケースの関係は、雇用主と雇われガイドのような関係だったはずだ。それが、聞こえてくる会話は対等な関係のように聞こえる。

レイモンドの聴覚は特に強化されたものではなかった

が、金属を引きちぎる音は聞き間違えようがない。それから、何かがずるりと床に落ちる音。低い声で交わされる会話は、タコのアップリフトとカザロフというケースが、ともに戒めを解いたことを示していた。

暗い中を重たい足音が、船倉のドアに向かって遠ざかる。ドアは閉じられているといっても標準的なものだから、電磁枷を壊したカザロフの腕力があれば破られるかも知れない。二人が船倉を出たとき、船が2Gの加速状態にある今、対応できるのはヨハンナしかいない。

レイモンドは思う。人質という自らの役割を危うくしてでも警告すべきだったのだ。だが、その機会は失われてしまった。ここで手をこまねいて、ヨハンナが事態を収束させることを期待するよりないのか。そんなことを考えていたところで、思わず声が出ていた。

「待ってくれ、私も連れていってくれ」

闇の中に、思いがけない大きさでレイモンドの声が響くと、船倉全体にざわめきが広がった。

「おとなしくしていろ。奴らはあんたたちには手を出さない」

カザロフの声に、船倉が一瞬で静まった。突然、船倉に明かりがともり、電磁枷を抜けたアップリフトとケースの姿を照らし出す。

「何でそんなことがわかるんだ？」

レイモンドが声をあげたのは、ちょっとした時間稼ぎだった。客船に一致させていた軌道から離脱するための加速時間は長くない。火星に向かっていた楕円軌道を膨らませ、火星の先行トロヤ群に向かう軌道に変更するための加速さえ終われば、重力下での活動を制限されているバウンサーたちも戦力になる。

「奴らの目当ては身代金だ。大人しくしていれば、そのうち解放される。しばらく不自由はするが、危険を冒す理由はない。そうだろ？」

レイモンドの方を見て、カザロフが言った。それはまるでレイモンドたちの計画を見抜いているようにも聞こえる。

「解錠した。そろそろ行こうか」

アップリフトがそう言うのと同時に、メインシャフトへと続くドアが開いた。カザロフはアップリフトを抱えて船倉を出て行く。電磁枷に固定されたままのレイモンドは、ただそれを見送るよりなかった。

ザイオンたちが船倉から出ると、その先は薄暗いメインシャフトだった。船首から船尾までを貫く直径五メートルほどの円筒の空間は、慣性航行状態であれば自由に往来できる通路だったが、加速中の今は深い縦穴のようなものだ。

「予想通りだな」

メインシャフトの内部を見渡したカザロフが言った。標準的な小型貨客船という見立てが当たっていたということだろう。

ザイオンとカザロフがいるのは、船倉のドアとメインシャフトの間連結部で、メインシャフト側から見れば奥行きが一メートルほどのくぼみになっている。二人はそのくぼみから身を乗り出していた。

「さすがに加速中は誰もいないいな」

ザイオンはメインシャフトをのぞき込む。縦穴の底までは三十メートルほどで、加速中に落ちたらひとたまりもない。見上げた先も二十メートルはあり、途中には三カ所ほど今いるようなくぼみが見えていたが、そこに至るまでの間に、手がかりになるものは何もない。

「監視されているな」

カザロフが言ったとおり、メインシャフトの三カ所に監視カメラがあった。それが向きを変え、ザイオンたちの方を向いている。

「加速中は見ているだけだ。何もできない」

ザイオンはそう断言する。

「それは、こっちも同じだろ？」

カザロフが応じた。

「おまえはな」

ザイオンはメインシャフトの内壁に触腕を伸ばした。金属の表面はなめらかで、ザイオンの吸盤がしっかりと貼り付く。

「そういうことか」

ザイオンはメインシャフトの中に大きく体を乗り出した。

「上を見てくる。シャワーブースがあるといいんだがな」

このサイズの一般的な貨客船の構造なら、貨物を収納する船倉より船首に近い方に居住区があるはずだった。

「気をつけろよ」

「そっちもだ。加速が止まっても、不用意に動かない方がいい」

ザイオンの体は、既にメインシャフトに出ていた。触腕を上に伸ばし、しっかりと貼り付いたところで2Gの加速で重くなった体を引き上げる。

「奴らが出てくるまで待ってるさ。下手に出て行ったら再加速されるからな」

ザイオンが視線を向けると、カザロフが船尾方向をのぞき込んでいた。メインシャフトの端を塞いでいる隔壁の向こうには機関室があり、その先は放射線が飛び交っている。強力な放射線に晒されるより隔壁に落ちる方がましだろうが、致命的なダメージは逃れられない。

「わかってるじゃないか」

ザイオンは改めて船首方向を見あげ、メインシャフトの内面を慎重に登り続ける。次の階層までは、あと数メートル。

その時だった。突然に加速度の方向が反転する。船は加速を止めただけでなく、急制動していた。

「くっ！」

ザイオンは、今まで上だった船首の方向に身体が投げ出されるのを感じる。しっかりと壁面に貼り付いていた吸盤が、引きはがされそうになる。

「ザイオン！」

金属がぶつかり合う音。急な減速によってカザロフがメインシャフトの中に放り出されていた。


触腕の一本がカザロフの脚にからみつき、新たに加わったカザロフの慣性によって引き伸ばされる。腕を引きちぎられるような痛みが襲い、筋繊維が切れる音が聞こえたような気がした。実際、もう少し減速が続いていたら、ザイオンの触腕はちぎれていただろう。

「動くな！」

メインシャフトにヨハンナの声が響く。船首部分から、三人のバウンサーを引き連れたヨハンナが「落ちて」きていた。もちろん、「落ちて」というのは、つい先程までの上下感覚による錯覚で、実際には無重力下の等速運動にすぎない。船の急激な減速は終わっており、慣性航行に移行した船内に上下はない。

「無理だっ！」

ザイオンが声を絞り出す。金属製のカザロフは、ザイオンの倍を越える重さがあった。その慣性が加わって、しっかり壁に貼り付いていたはずのザイオンの吸盤が剥がれていく。

船首方向から来たヨハンナたちの進行方向に、投げ出されたザイオンとカザロフが漂う。

「拘束してっ！」

ヨハンナの号令でバウンサーたちがジェル弾銃を構え

る。

　ザイオンは、柄にもなく慌てていた。ジェル弾銃を向けられたからではなく、ヨハンナが持っている斧に目を留めたのだ。オクトモーフ自体は無重力環境に適しているとはいえ、ザイオンには経験が欠けており、斧を手に迫ってくるヨハンナを回避できそうにない。

　慌てたタコがやることといったら相場は決まっている。墨を吐くのだ。

　円筒形の狭い空間に、闇色の霧が広がり、その墨の霧に向かって自由落下状態のヨハンナとバウンサーたちが飛び込んでいった。

「なにこれっ？」

　墨に直撃されたヨハンナの罵声とともに、視野をなくしたバインサーが闇雲に撃ったジェル弾が飛び交う。

　バウンサーたちが放ったジェル弾は、客船のデッキでサービスボットを撃ったものと同じだった。動きを止めることを目的にした制圧用の弾体で、銃口から放たれたジェル弾が、ザイオンとカザロフに当たってはじけ、発泡しながら粘着性の泡の塊になる。泡にまみれたザイオンとカザロフは、ヨハンナたちに衝突する軌道を漂っていた。

　メインシャフトを漂うザイオンは、大きく触腕を広げていた。まるで、大きな網のように広がったザイオンの八本の腕にはカザロフとともに大量の粘着性の泡が貼り付いており、その泡の中に、ヨハンナと三人のバウンサーが飛び込んで来る。

　メインシャフトを船首方向に向かっていたザイオンとカザロフが持つ運動量と、船尾方向に向かっていたヨハンナと三人のバウンサーの運動量では、重量級のカザロフの持つ運動量がひときわ大きく、結果として全員が一体となった塊は、船首方向に向けてゆっくりと漂っていた。

「使う弾体はちゃんと考えた方がいいぞ」

　カザロフが、およそ三〇度ほど横にずれて重なった状態で向き合うヨハンナに言った。粘着性の泡を介して二人が抱き合うように重なり、さらにバウンサーが三人、ヨハンナの後ろに貼り付いていた。それをさらに大きく包み込んでいるのがザイオンの触腕で、全員が一つの大きな塊になっている。

「とってもありがたいアドバイスだけど、今となっては役に立たないわ」

　硬化が進みつつある泡にまみれながら、ヨハンナが身をよじる。カザロフに貼り付いた斧をあきらめ、両腕をカザロフとの間に押し込もうとする。

「脱硬化剤はないのか？」

カザロフが言った。拘束用のジェル弾は、犯罪者の逮捕や暴徒の鎮圧に使われる。どんな物質が材料として使われているにせよ、使用後には除去できるような材料を使っている。硬化が高分子間の架橋反応なら、その架橋を切る薬剤があるはずだった。

「あなたに渡す物はないわ」

ヨハンナは腰のあたりに手を伸ばそうとするが、硬化した泡が邪魔をする。

「これか？」

自由になる肘から先の部分を使って、カザロフが手に取ったのは、小さなスプレーだった。

「渡しなさい！」

ヨハンナの手が、スプレーをつまんだカザロフの手を叩く。

「何をするんだ！」

カザロフの手からスプレーが弾き飛ばされていた。くるくると回転しながら、ゆっくりと船尾方向に向けて漂っていく。


ザイオン・バフェットは、地球でティターンズの攻撃によって一時的な死を迎える以前、著名な投資家として多くの起業家を支援してきた。地球に居た頃は、非合法でさえなければ何でも手を出していたが、火星でのザイオンは、社会的に必要と思えば、リスクの高い案件も支援することで知られていたし、実際にそのような案件で大きなリターンを得たこともあった。

当時ですら高齢だったザイオン・バフェットの記憶は、既に人の脳というハードウエアが許容する限界量に近づきつつあった。そのため、最高レベルにチューンアップした支援ＡＩに依存することも少なくなかったが、ザイオン自身の記憶力に本質的な問題があったわけではなく、記憶すべき相手は忘れていない自信があった。

一つ目の鍵はレイモンドという名前と、加齢によって変化しているとは言え、若かった頃の特徴を残したその風貌であり、二つ目の鍵は客船のデッキのローカルメッシュで調べたドゥールス解放軍に関する情報だった。

ドゥールス解放軍という組織に関する情報は、少なくとも船のデータベースには存在しなかった。ただ、半年ほど前にドゥールスという小惑星で起きた争乱について、ごくわずかな情報が残されていた。

ザイオンの記憶にドゥールスという小惑星はない。ただし、ドゥールスという小惑星についての、ごく簡単な脚注が、ザイオンの記憶を刺激したのだ。

ドゥールスは、現在、火星の先行トロヤ群に位置している。ただし、元々そこに属していたわけではなく、小惑星帯から運ばれてきたものだった。

太陽系の地政学から見て、火星の先行トロヤ群には大きなポテンシャルがある。それはザイオンの考えではなく、先行トロヤ群の開発計画への支援を求めてきた若い起業家の考えだった。火星の先行トロヤ群には人類の居住地となるようなサイズの小惑星は存在しない。その弱点を補うため、小惑星帯から小惑星を運んでくるというのが、起業家のアイデアだった。

ザイオンが提供した資金は、それほど大きいものではない。ただ、ザイオンの資金提供が呼び水となり、プロジェクトは実現した。若い起業家の計画は実現し、ザイオン自身にも少なからぬリターンを及ぼしたはずだ。

起業家の名は、レイモンド・ノア。

ドゥールス解放軍を名乗る集団と、レイモンド・ノアが無関係であるはずがない。船倉で拘束されている間に、ザイオンは、そこまでの推察をしていた。レイモンドがいたからこそ、デッキでのパーティというタイミングを選べたのだろう。さらに言えば、定期客船の船長も関与していた可能性が高い。さもなければ、いくら慣性航行中とは言え、簡単にランデブーできるはずがなかった。

ただ、ザイオンにはレイモンドがこんなことに関わった理由がわからない。船倉から出るときに、わざわざ明かりをつけたのも、レイモンドの風貌を改めて確認するためだった。

船を制圧するための具体的な計画はなかった。ヨハンナさえ無力化できれば、後は何とかなるだろうという見込みで、実際にも、ヨハンナの無力化には成功したのだが……。

「何をするんだ！」

カザロフの声にザイオンは我に返る。そのザイオンのすぐ目の前を小さなスプレーが漂っていった。

「捕まえろ！」

カザロフの声に反応し、ザイオンはスプレーに向けて自由になる触腕を思い切り伸ばす。

触腕の先が触れ、わずかにスプレーが漂う方向が変わる。だが、それだけだ。スプレーはゆっくりと回転しながら、メインシャフトを船尾に向けて漂っていく。

「ダメっ！」

ヨハンナの声に、ザイオンは恐怖を感じ取る。遠ざかっていくスプレーを見るヨハンナの表情はひきつっていた。

「あれ一つしかないのか？」

カザロフの言葉にヨハンナは答えなかった。

「何なんだ、あれは？」

ザイオンは、カザロフに尋ねた。

「このやっかいな泡を分解するスプレーだ」

「どういうことだ？」

「あれがないと、俺たちは、ずっとこのままってことになる」

水や食事なしに生体義体が生存できる時間には限界がある。つまり、機械であるカザロフを除いた全員が、ここで命を失うことになりかねない。

「誰か、あのスプレーを回収に行けないのか？」

カザロフが改めてヨハンナに尋ねた。

「この船を操っているのはインフォモーフで、私たちの他、動ける者はいないわ。私たちは、ここで、こんな間抜けな状態で死ぬのよ」

フューリーはヒトベースの生体義体だ。故にその表情は読みやすい。

ヨハンナは絶望していた。


レイモンドは待ちかねていた。加速は終わっており、今は重力を感じない。船は軌道遷移を経て、慣性軌道に入っているはずだった。

この時点でレイモンドを含む船倉に囚われた捕虜たちは、戒めを解かれ、居住区に移される予定になっていた。それなのに、誰も船倉に来ない。

あのタコとケースだ。彼らが何をやったのか、レイモンドには知ることができない。通常の生体義体であるレイモンドに、電磁枷はどうしようもなく、誰であろうと、誰かが来るのを待つよりないのだ。ただ、後どれくらいの時間、待っていられるかと言えば、それには限界がある。生体義体には生理的な欲求があり、いつまでも電磁枷に拘束されたままで待ち続けることはできない。

こんなはずではなかった。確かにリスクがないわけではなかった。客船の船殻を破り、乗客を人質に取るとなれば、事故の可能性はゼロとは行かない。ただ、こんな形で問題が生じるとは思わなかった。

船倉の中でじりじりと時間を過ごしていたレイモンドはドアのところに現れたシルエットを見て驚く。

「手助けが必要だ。誰かつき合ってくれ」

あのアップリフトだった。そのアップリフトが、レイモンドを真っ直ぐに見据えている。

「私が行こう。このタイプの船には知識がある」

レイモンドが声を挙げるよりも早く、アップリフトが近づいて来ていた。タコの腕が伸び、その先に持った装置で電磁枷に触れる。

「私も外してくれ」

アップリフトは、声を挙げた男に向けて、無重力下で宙に浮いた電磁枷の解除装置をゆっくりと押しやる。

「全員外してやれ。そのうち再加速があるから、それまでにここを出て居住区に行くんだ。アナウンスには気をつけろよ」

アップリフトの腕がレイモンドの腕を掴んだ。ぬらぬらと濡れたタコの触腕は、何カ所も傷つき、吸盤がなくなっていた。

「こっちだ」

船倉を出たところで、アップリフトは背後のドアを閉じた。

「さて、レイモンド、ここからは交渉だ。あなたたちの計画を完全につぶすつもりはないが、私たちも早く火星に行きたいのでね」

その言葉を聞いた時点でレイモンドは確信した。このアップリフトはすべてを知っている。

＊＊＊＊

「しかし、ひどい有様だな」

カザロフはトランジットステーションの医療施設で、ザイオンの治療を見守っていた。皮膚がめくれ、いくつもの吸盤がはがれ落ちた姿は悲惨なものだったが、再生能力に優れたオクトモーフにとっては深刻なものではない。

「これでなんとか助かったんだ」

ザイオンの傷は、カザロフやヨハンナ、部下のバウンサーたちとともに、メインシャフトの船首部分で固まっていた状態から逃れた時のものだ。

暴徒を鎮圧するための発泡性硬化ジェル弾によって、

全員の身動きがとれなくなっていた。水も食料もない状況で、生体義体は何日も持たない。ヨハンナはその事実に恐怖し、絶望した。ヨハンナの恐怖はザイオンにも伝染し、ザイオンの身体に生理的な反応を引き起こす。ヒトの冷や汗に相当するタコの粘液だ。

わずかな粘液が死の恐怖を感じたザイオンの皮膚から分泌され、恐怖に身をすくめた弾みで硬化した白い泡との間が滑った。そのことに気づいたザイオンは、タージを起動し、突然呼び起こされたタージはパニックを起こした。その間、ザイオンは硬化した泡の中から、触腕を強引に引き抜いた。吸盤がちぎれ、タージは痛みに悲鳴を上げた。粘液がさらに分泌され、ザイオンは傷つき、いくつもの吸盤を失いながら硬化した泡から抜け出した。

「本当に火星に降りるつもりはないのか?」

ザイオンは、改めてカザロフに聞いた。自由ドゥールス号は偽装を解き、本来の貨客船としての船籍で、火星の静止軌道にあるトランジットステーションに接舷している。同じステーションには元々乗っていたロンギヌス・ユヌの客船も足止めされており、ザイオンは二等の船客として火星に入国することになっている。

「ああ、せっかくだからドゥールスを見に行きたい」

カザロフが応えた。カザロフの方は、記録上は火星でのトランジット扱いだ。

「そんなにあのあばずれが気になるのか?」

ザイオンが言ったのはヨハンナのことだ。バウンサーの一人から奪った電磁枷の解除キーを使ってレイモンドを連れてくるだけなら、それほどの時間でもないのだが、身体の水分を失ったザイオンは、ゆっくりとシャワーを浴びてから船倉に向かった。その間、およそ一時間。カザロフとヨハンナは硬化した泡の中で向き合い、ずいぶん、いろいろなことを話したらしい。

「義体は立派だが、使いこなしていない。ちゃんと鍛えないと、宝の持ち腐れだ」

それで助かったのだ。戦闘用の義体を纏ってはいても、元々ヨハンナはドゥールスの労働者であり、フューリーの扱いには慣れていなかった。無重力環境下では、フューリーを使うメリットが少ないことをヨハンナは認識しておらず、無重力下でザイオンたちを制圧しようとした。その結果が、これである。

「あまり無理をするなよ。ドゥールスの問題は、ドゥールスにしか解決できない」

ドゥールスは私企業が所有する小惑星でありながら、多くの定住民と事業体が存在し、利害も交錯している。もとより行政機構が脆弱であるからこそ問題が起きやすい。

「わかってるよ。この手の話は金星で経験済みだ」

カザロフが言ったのは、北極鉱区での経験だ。ザイオンと出会う前、カザロフはタコ労働者による争乱と鎮圧を経験している。流血を避けられなかったのは、保安主任であったカザロフにとっても苦い記憶だった。

「まあ、レイモンドがいるから無茶はしないだろうが、注意するに越したことはないからな」

結局のところ、ドゥールスの争乱は解決していなかったのだ。待遇の改善を求めたドゥールスの労働者たちのストライキは、ドゥールスを所有するレイモンドインダストリー側の、流血を辞さない強硬な対応によって一時的に沈静化していた。一方で、現場主導で行われた強硬な措置は、レイモンドインダストリーの経営陣内部に軋轢を生み、強硬な措置に反対し続けたレイモンドは、出資者の意向を受けて事態の隠蔽を計ろうとした経営層の多数派によって経営上の実権を奪われた。

「今回のことは、かなりの無茶だったと思うぞ」

あきれたようにカザロフが言った。

「計画は上手く行っているじゃないか」

ヨハンナは労働者グループのリーダーの一人で、その義体を手に入れるための費用は、労働者グループが準備したものだった。たった一体の戦闘用義体でどこまでできるかは疑問なものの、ヨハンナがドゥールスに戻れば、再び大きな争議が起きたろう。

ヨハンナたちの計画を知ったレイモンドは、自らを誘拐することを提案した。しかもレイモンド一人ではなく、同時に関係のない第三者を巻き込むことで問題を大きくし、隠蔽されないようにした。既に犯行声明はレイモンドインダストリーに対する強い非難の声を呼び起こすことに成功していた。

「綱渡りだがな」

カザロフがそう応じたのは理由があった。レイモンドインダストリーの創業者として、レイモンド自身は、人質全員の身代金を支払うことを提案していたが、実際にレイモンドインダストリーから支払いがなされるかは確定していなかった。身代金が支払われれば、争議の際の犠牲者への補償に加えて、組織の再編と強化もできるだろう。そうなれば、ドゥールスにおける現場の管理体制や、労働条件の見直しについての議論もできるようになるというもくろみだったが、より厳しい反応を引き起こす可能性もあり得る。レイモンドが復権できる見通しはないし、レイモンド自身も経営には関心を失っている。ザイオンに義体を変えると言ったのは、レイモンドの本心だった。

「綱渡りは当然だ。未知の事態に対処するのは、いつだってそういうものだからな」

ザイオンが言ったのは皮肉でも何でもない。これから先、火星に降りるザイオン自身も、どういう状況に直面することになるのかわかっていない。金星にいる間抜けなマデラが何かできるとは思っていなかったが、現在、ソラリスの実権を握っている誰かが、ザイオンの出現を歓迎するとは思えない。それでもできるだけの準備をし、変化する状況に対処していかなければならない。それはまさに綱渡りのようなものだ。

「確かに、そうだな」

そう応じたカザロフもまたわかっている。ティターンズの侵攻以降、人類のおかれた環境は大きく流動化した。そんな環境の中で生きていくのはまさしく綱渡りであり、もしかすると人類そのものも綱渡りをしているのかもしれなかった。

ザイオンは火星に立つ。それは到達ではなく、新たな出発点になる。意識はしていなくても、ザイオンは、そう予感していた。

COLUMN

〈エクリプス・フェイズ〉の金星と火星

〈エクリプス・フェイズ〉は近未来の太陽系が舞台になっています。そのなかでもメジャーな惑星である金星と火星が、本書では主として扱われております。超光速航法は発明されておらず、各惑星ではあたかも別の国々であるかのように、独自の政治や文化が育っています。

　まず金星。一日が地球の二四三日に相当、気温が摂氏五〇〇度、気圧は地球の一〇〇倍という過酷な環境であるため、地表では生体義体（バイオモーフ）は生きられず、年間契約を結んだ下層労働者が石英義体（クォーツ・モーフ）のような特殊な機械外殻（ロボティック・シェル）を着装して危険な作業に従事しています（本書では、鉱区を覆うドーム群が想定されています）。対し、セレブリティの住まうのが空中都市（エアロスタット）。空中都市（エアロスタット）にも観光産業やオペラ劇場のような芸術、地表のテラフォーミングに特化したものなど様々です。大気圏上層部には本書に描かれたような経営層もいるようで、また金星軌道上には、別途、幾つものステーションがあり、しばしば難民が押しかけています。

　次いで火星。もっとも早い時期から開発の対象となった火星は、地球時間で半世紀にも及ぶテラフォーミングの歴史があります。最高峰のオリンポス山には軌道エレベーターが建造され、ドーム状になった各都市間はリニアモーターカーやバギーで移動します。猥雑でド派手な多言語都市のヴァレス・新上海、逆に都市計画が行き届き警察機構の力が強いノクティス・チンジャオといった特徴的な共同体が存在しますが、ドーム都市の周辺には本書に登場する開発途上の地域があり、それらに包摂されない先住民バルスームの集落や、危険なウォー・ボットやウイルスの蔓延するティターンズ検疫ゾーンなんてものも存在します。金星が現在の格差社会の顕れだとしたら、ちょうど西部劇のようなイメージが投影されているというわけです。

　その他、本書を読むのに押さえておくと便利な用語も追加で解説しておきましょう。（晃）

・**情報体（インフォモーフ）**：義体（モーフ）を着装しない状態の魂（エゴ）。この状態で生を享けたAI（人工総合知能、AGI）は情報生命体（インフォライフ）と呼ばれます。

・**ケース**：大量生産された安価な合成義体（シンセモーフ）。無機質な外見で頻繁に故障します。

・**フューリー**：個人戦闘に特化した義体（モーフ）。遺伝子導入（トランスジェニック）によって持久力や筋力、反射神経が強化されるだけではなく、行動原理が攻撃的となっていることが特徴的。粗暴でマッチョな心理的傾向と相殺するため、知性と協調性を併せ持つ遺伝子配列を備え、義体（モーフ）のセクシュアリティは女性となりがちです。

ザイオン・トラップト

すぐにでも手が届くはずだった富と地位と権力が両手からこぼれ落ちていっただけでなく、確かだったはずの足下が揺らぎ、崩れていく。マデラ・ルメルシェはそんな恐怖を感じていた。

金星の大気の底から大気圏上層のハビタットにある執務室に向かう途中の経過を、マデラは、一切、覚えていない。その意味では、よくたどり着いたと言うところだ。

デスクの向こうにあるソラリスのエンブレムが空々しく、贅沢な調度品や、壁面に投影された心を落ち着かせるはずの地球の光景も目に入らない。

深い緑の森、雪に覆われた山脈。珊瑚礁では色とりどりの魚が舞っているが、マデラの意識がそこに及ぶことはない。

なぜ失敗したのか、どうすれば失敗を避けられたのか……。

「……深刻な抑鬱症状があります。高揚剤のインストールを強く推奨します」

セクレタリーの声がマデラの意識の奥底にある怒りのスイッチに触れる。

「この屑がっ！」

サイドボードに飾られていた鉱石のサンプルを手に取るマデラ。

「……怒りの感情の暴走が検知されます。早急に鎮静剤のインストールを……」

鉱石をプロジェクターに叩きつけると投影されたセクレタリーの映像が乱れ、停止する。手のひらには強い痛み。鉱石の角か、それともプロジェクターの破片で切ったのか、赤い血が流れている。

……海辺の穏やかな風があなたの心をリラックスさせてくれるでしょう。オーシャンブリーズは、ビジネスシーンの最前線で……。

聞こえて来るはずのないPRフレーズに、マデラは頭をかきむしる。最近の状況のせいで、向神経ソフトウェアへの依存が強化されているのだ。

「随分と荒れているようね」

目を上げたその先はマデラのデスク。本来なら誰もいるはずのないところに、ソラリスのエンブレムを背に座っている。

「……ミューラー監督官！」

マデラの顔から一気に血の気が引いた。つい何日か前に来たばかりだし、今回は事前通告もなかった。

「契約関係のログを調べさせてもらったわ。いろいろ不審な点があって、おもしろかったわよ。もっとも適正な利益水準さえ維持してくれていれば目くじらを立てるようなものでもないんだけど、そちらの方も残念なものだから仕方ないわよね」

監督官の言葉に、マデラは恐怖する。金星の北極エリアを担当する中級パートナーという地位は、一定の利益を上げ続けることを前提にしたものだ。利益水準が基準値を下回れば降格もあり得る。

「いろいろ問題が……」

マデラは、かろうじて言葉を絞り出す。

「そうでしょうね。問題がなければここ数ヶ月の業績の急落は説明が付かないわ」

「ええ、そのとおりです。営業妨害です」

業績の急落は顧客基盤の喪失が原因だった。今までマデラから借り入れてきた中小の鉱山主の多くが、借入金を完済し、契約を終了させている。どこかに条件のいい貸し手がいて、鉱山主たちは借り換えをしているのだ。

「で、誰が営業妨害をしているの？」

それが問題だった。マデラには、監督官の問いに対する回答の用意がない。

「それは……」

監督官は、肩を落としてあからさまにがっかりした様子をみせる。

「競争相手を知ろうとするのは基本だと思わないのかしら？」

部下のインドラルには調べさせていたし、マデラ自身も何回か顧客に話を聞いたことがある。ただ、顧客の鉱山主たちは、市況がいいとか、そんなあたりさわりのないことしか言わなかった。

「ええ、その通りです。実際に調べてもみたのですが……」

調査はした。ただ、その調査に、どこまで力が入っていたかというと……。

「おざなりな調査は、調査のうちに入らないわ。よくわからないことにいろいろと経費を使っていているみたいだから、ちゃんとした調査に振り向けるための資金もなかったでしょうけど」

マデラは灰色のボディスーツに身を包んだ監督官に改めて目を向けた。火星にいるミューラー監督官がここにいるわけではない。前回と同じ、インフォモーフとしての訪問だ。しかも、前回のような壁面ディスプレイの中ではなく、マデラのデスクに座っているということは……。

「そうよ、気がついたようね。今の私はあなたの支援ＡＩ（ミューズ）に直接アクセスしているの」

パーソナライズされた支援ＡＩであるミューズにアクセスすることによって、監督官はマデラの思考を読んでいる。

「あなたには秘密が多すぎるの。あなたの秘密主義がソラリスに不利益をもたらすとしたら、私は見逃せない」

強い口調にマデラはたじろぐ。

「そんなことは……」

タコのことは考えてはいけない。タコは既にマデラの手をすり抜けている。なかったことにしてエリアの営業成績を立て直す。それから……。

「……金星で一番の営業成績を上げ、昇進を勝ち取る」

監督官の言葉はマデラが考えていたとおりの言葉だった。

「そう、アクセスレベルを上げたの。支援ＡＩはあなたが考えていることを詳細にモニターしている。そのミューズをモニターしていれば、あなたの考えも手に取るようにわかるわ。あなたが必死で隠そうとしているタコのこともね」

マデラの背中を冷たいものが伝っていた。マデラの所有物だったオクトモーフ。マデラに負っていた債務は精算され、今は金星を出ているはずだ。

「そうだったのね……」

監督官は、また肩を落とした。それを見たマデラは、ついにザイオンのことを知られたと……。

「……ザイオンだったのね。あなたを信用したのが間違いだったわ」

ザイオン・バフェット。大破壊前の太陽系においては有数の資産家として知られ、ザイオンが設立したファンドは現在のソラリスとも繋がっている。

「あなたも中級パートナーなら知っていたはずよ。ソラリスはザイオン・バフェットに関する情報を探してる。あなたが何を見つけたにせよ、その時点で報告する義務があったの。ちゃんと私に報告して、後は自分の仕事に戻り、エリアでの利益の最大化を計る。それがあなたが採るべき正しい行動だったの」

マデラはソラリスにおけるキャリアが終わったことを悟った。マデラの足下には暗く深い穴があり、今まさにその穴に落ちていくところだ。

「……あなたって、本当に間抜けね。まだやるべきことをやってないわよ」

　監督官が何を言っているのか、マデラはわからなかった。

「ねえ、深い穴の底は暗すぎて、蜘蛛の糸が見えないのかしら?」

「それはどういう?」

　マデラは、監督官の言葉に一縷の希望を見いだしていた。

「資産保全の訴えを起こすのよ。あの義体はあなたの資産だったでしょ。裁判を起こす余地くらいはあるんじゃないかしら?」

　つまり、ザイオンが使っている義体に対する権利を主張することで、マデラにはザイオンを追う正当な理由ができる。ミューラー監督官が言っているのはそう言うことだった。

「それで、私は?」

　マデラ自身にも間抜けに聞こえる言葉だった。

「本当に間抜け。自分の物は自分で探すの。もちろん、ここでの仕事が邪魔になるといけないから、異動させてあげるけど。今、あなたのオクトモーフの行き先を調べているところよ。行き先がわかったらあなたの異動先を決めましょう。少なくとも金星に留まり続けることはないでしょうから、ちゃんと身辺整理をしておいてね。さすがに中級パートナーのままじゃまずいから、異動先のポストは専任調査官ということにしておくわ。それから、今回の異動はエゴキャストの予定。新しい義体はポジションにふさわしい物を用意しておくわね。わかった?」

　そう言うと監督官の姿は消えた。極度の緊張から解放されたマデラは床にへたり込む。


　金星から火星のトランジットステーションを経て、ザイオンはオリンポスへと降りた。火星唯一の軌道エレベータを擁するオリンポスは、ザイオンの記憶の中では繁栄を極めていたはずなのだが、今はどこかうら寂しい。

「あんまりきょろきょろしない方がいい。あんたはただでさえ目立つんだからな」

　タコの姿をフードで隠したザイオンと並んで歩いているのは、フェデリアーノ・フェレンデス、オリンポスの手配師だった。灰色の分厚い肌とがっしりした体型のラスター——火星の寒冷な環境に適合した生体義体——で、いつも不機嫌そうな顔をしている。カザロフが火星の先行トロヤ群にある小惑星、ドゥールスに向かうことになったため、ガイド兼ボディーガードとして雇ったのだ。

「ここに来るのは久し振りなものでね」

ザイオンは記憶を遡る。まだ、地球が太陽系の中心だった頃、金融資本は昔ながらの政府による煩雑な規制に縛られていた一方で、拡大する地球外経済に対応できる自由な活動拠点を確保するために地球外への移動を模索し始めていた。ザイオンが火星に設立したファンドはその先駆けだった。

「まだここが賑やかだった頃、ってことか？」

フェデリアーノが聞いた。オリンポスの衰退は大破壊よりも以前に遡る。元々寒冷で乾燥していた火星の環境が、テラフォーミングによって温暖になっていった結果、標高の高いオリンポスの寒冷な環境から、より温暖で環境のいい赤道地方の低地帯へと人口の移動が起きていた。

「そういうことになるだろうな」

ザイオンとフェデリアーノは軌道エレベータの基部からオリンポスの中心へと続く緩やかな下り坂を歩いていた。とりあえずの拠点となる宿までは一キロもない。オートカートを使ってもよかったが、ザイオンが歩くことを選んだ。遠くないという以上に、火星の重力が小さいことも徒歩での移動を容易にしている。それに、歩くことで街の空気を感じ取ることができる。

「今時は、誰もが通り過ぎるだけだ。誰も、こんな吹きっさらしの町に留まろうとは思わない」

ＶＲの広告が媚びを売るのを無視して、ザイオン達は歩を進める。以前は高級なブランドショップが軒を並べていた通りも、今やプラグインポルノを売る怪しげな店が目立つようになっていた。

「落とす金も減っているようだな」

オリンポスの変化は、ザイオンに否が応でも時間の経過を意識させる。ドーム化計画の頓挫という形でオリンポスの衰退が運命づけられた時点で、ザイオンは火星での事業拠点をノクティス・チンジャオに移転すると決めていたが、その頃にも増して景気が悪そうで、人通りも少なくなっていた。

「足下にも気をつけろ。舗道の維持管理にも手が回ってない」

フェデリアーノが言うように、足下の舗装が剥がれ、大きな穴があいていた。都市インフラの補修が行き届いていないのだ。

「メインストリートですらこれか」

衰退が都市の収入を減らし、さらなる衰退を招いている。気候という要因があってもなお、マネージメントに問題があるのだろう。

「郊外はもっとひどいぞ」

自嘲気味にフェデリアーノが言った。

「だろうな」

ザイオンは軌道エレベータから見た光景を覚えている。さび付いたブリキ缶ハビタットが点在し、その多くが打ち捨てられているように見えた。

とりあえずオリンポスに滞在することにしたのは用心のためだった。金星にいた頃は、火星にさえ来ればすべてが上手く行くと思っていたものの、トランジットステーションでの経験がザイオンを慎重にさせていた。入国を試みた時点で、状況は簡単ではないことがわかっている。火星の市民権を持ったザイオン・バフェットとしての入国は拒否され、金星のアップリフトという身分での入国を余儀なくされたのだった。

「もうすぐだ」

メインストリートを離れると、街の荒廃の度はさらに増していた。破壊された街灯にエネルギーケーブルをつないだケースが、地面に座ったまま物欲しげにザイオンを見上げる。中古の部品を組み合わせたのか、どこかちぐはぐなそのケースは、ほこりと油にまみれ、薄汚れていた。フェデリアーノと同じ義体であるラスターのグループがどこかうさんくさげな視線を向けてくる。上空をカラスが飛び、ザイオンは金星で水銀の川に沈めたはずのネオ・エイヴィアンを思い出した。

「随分と柄の悪いエリアじゃないか」

足早に歩くフェデリアーノにザイオンが言った。

「金星のことは知らんが、アップリフトが泊まっても余計な詮索をされない宿は限られるんでね」

いつかはヒトをベースにした生体義体に乗り換えるのだろうと思いつつ、ザイオンはオクトモーフを使い続けている。実際、今まではオクトモーフであることのメリットが大きかった。

「セキュリティがしっかりしていれば、それでいい」

ザイオンは、なぜ自分がザイオン・バフェットとして認められなかったのかを調べなければならなかった。以前、火星にいたときにザイオンのエゴＩＤは記録されている。それなのに、ザイオン・バフェットとして認められなかったのは、何か理由があるはずだった。今のままのザイオンは、ただの金星のアップリフト、タコの鉱山主でしかない。

「セキュリティは心配しなくていい。この環境はどうしようもないが、マネージメントは大丈夫だ」

フェデリアーノの保証がどれくらい頼りになるかはわからないが、たどり着いたホテルの見た目は悪くない。古さは隠しようがないが、清掃が行き届いている。管理がしっかりしている証拠だった。

「とりあえず、明日一日は部屋にいるつもりだ。それから、ノクティス・チンジャオに向かおうと思う」

宿の前でザイオンはフェデリアーノに告げた。マリネリス渓谷の西の端にあるノクティス・チンジャオへは、リニアモーターカーで三時間、空路ならもっと早い。ノクティス・チンジャオは、火星第二の都市であり、今でもザイオンが設立したファンドを継承したソラリスのメインオフィスがある。

「出歩く必要があれば、いつでも呼んでくれ」

ザイオンはフェデリアーノに向かって頷いた。

「多分、大丈夫だ。一日中、調べ物をしていることになると思う」


調べるべきことはいくらでもあった。なぜ、ザイオン・バフェットとして火星に入れなかったのか、現在のザイオン・バフェットの市民権はどうなっているのか、まずは、ザイオンがザイオン自身であることを証明しなければならない。それからはファンドのマネージメント状況を調べることになる。

ザイオン自身を取り戻し、ザイオンの所有物だった物を取り戻す。ザイオンは、そのために火星にやってきた。


遠くに光が瞬いている。覚醒が近い兆候だ。

エゴキャストからの覚醒は、バックアップからの覚醒プロセスと本質的には同じプロセスだった。唯一の違いは、バックアップからの覚醒では、失われた時間があるということで、マデラは苦々しい記憶を思い出す。

義体の損失は、経済的な不利益に留まらない。バックアップ以降の時間と経験が失われる上に、前のバージョンの自分に起きたことを否が応でも考えさせられる。それもこれも、あの、タコと、ポンコツのケースのせいなのだ。

怒りの発作を押さえるミューズはまだ起動していな

い。マデラ本人の覚醒が最初で、マデラ本人と同じように金星から送られているはずの支援ＡＩは起動されていないようだった。

「気分はどうかしら？」

灰色の野暮ったいボディスーツに最悪だと毒づきたくなるが、そんなことをしても、何のメリットもない。実際、ベッドに横たわるマデラの横に立っているミューラー監督官は、マデラ自身の上司になる。

「大丈夫……」

……ではなかった。マデラは聞いたのは、機械的な合成音声だ。身体を起こそうとすると金属がぶつかる音がする。身体感覚のフィードバックにも違和感がある。

「どう、新しい義体は？　そんなに新しいってわけじゃないけど」

上体を起こすと身体がきしむ。両手と、それから自分の身体に視線を降ろす。

「……なぜ、ですか？」

錆付いた身体。古びたケースの身体があった。

「随分、運がいいわよね。火星に着いた難民は、しばらくインフォモーフのままで契約労働に従事するのが普通だから、最初っから義体が手に入るなんて、すっごい幸運なのよ」

満面の笑みを浮かべて監督官が言った。

「しかし、私は、専任調査官ということだったのでは？」

ケースでなければ近づけないようなところに行く必要があるのだろうか。

「あなたって本当に間抜けね。間抜けで、おバカ。おめでたすぎるわ」

マデラを愚弄するように、監督官が言い捨てる。

「ねえ、その足りない頭でよく考えて。監督下にある中級パートナーが、本部の重要な指示を無視した上に、ソラリスの資産を毀損しかねない行為をしたのよ。しかも、監督官には、その中級パートナーの逸脱行為を発見し、事態を回復する機会と権限があったのに、なにもしなかった。そんな間抜けな監督官は、どう処遇するべきかしら？」

マデラはミューラー監督官の怒りを感じていた。マデラの失態を見逃したことは、監督官自身の失態でもある。マデラがやったことをそのまま報告するのは、自分自身に降格処分を科すようなものだ。

「……では、私は……」

専任調査官の発令が嘘なら、今のマデラは何なのか。

マデラは自分自身が置かれた立場が理解できなかった。

「あなたは業務上の不適切な経理処理について調査を受けていたの。実際に私的な経費の流用も多かったから、データをねつ造する必要もなかったわ。それで、処分を恐れたあなたは失踪した。内部で処分の検討が進んでいたし、告発の可能性もあった。それであなたは金星から逃げ出した、ってわけ。いろいろ作業に時間がかかったけど、証拠はきっちり用意しておいたから疑われることはないでしょうね」

淡々と事実を告げるように監督官が言う。もし、状況が監督官の説明通りだったとしたら、マデラ自身はソラリスでの地位を失っているどころか、犯罪者の一歩手前まで来ているということだ。

「……それは、全部、でっち上げです。ここに来るのだって金星から逃亡したわけじゃない」

マデラは、何とか言葉を絞り出す。

「でも、誰があなたを信じるかしら？　証拠が指し示す事実は一つよ」

経費の支出記録は不正経理を防ぐために書き換えができないようになっている。ミューラー監督官の話したマデラのストーリーは、支出記録に一致しており、説得力があるということだろう。それに、真実もマデラを守ってくれない。

「……でも、でもですよ、あなたはなぜこんなことを？」

マデラは混乱していた。確かにマデラの行為が監督官の立場を危うくしたことは事実だろう。だが、なぜマデラを火星にまで呼び寄せる必要があったのか。ザイオンのことを無視して、業績の不振や不適切な経理に対するペナルティを課しておくだけでよかったのではないか。

「あなたってホントに救いがたい間抜けね。よく中級パートナーにまでなれたわね。あのタコがあなたの元を逃れ、ずっと大人しくしてるならそれでいいわよ。でも、決してそんなことにはならない。あのタコが自分の権利の主張を始めれば、ソラリスの中で難しい問題が生じる。そんなことになったら私たちはおしまいよ。わかる？　お、し、ま、い」

ソラリスの中枢はザイオン・バフェットを探していた。マデラ自身はザイオン・バフェットの個人資産に目を付けていたが、問題は個人資産なのではなく、ザイオン・バフェットが生存していた場合に有するソラリスそのものに対する法的な権利だとしたら。ザイオン・バフェットがソラリスに与えるインパクトは大きく、場合によってはソラリスそのものの安定を損ねることになりかねない。監督官が指摘したのは、もしそうなったときに、混乱の原因を作り出したマデラと、それを見過ごしたミューラー監督官になにが起こるかということだ。

「……それを、防げ、と？」

ザイオン・バフェットが火星で行動を起こす前に、その身柄を確保できれば、問題は大きくならないですむ。それしかミューラー監督官がソラリスで生き延びる道はないだろう。

「当たり前でしょう」

ミューラーはそう言い捨てる。

「……でも、私はどうなる？」

マデラはすでにソラリスを追われたのではなかったか。だとすれば、タコを確保したところでマデラには何のメリットもない。

「あなたは、逃亡したオクトモーフを提供することで、少なくともあのオクトモーフに対する支出は私的な支出ではなく、正当な経費だったと証明できるでしょう。地位保全の訴えはできるし、情状も酌量される。原状回復の可能性はあるわ」

そう、あっさりと言ってのけるミューラー監督官にマデラは苛つく。

「あれを見つけたのは私だ。それで、期待できるのが原状回復だと？」

確かにミスはあったかもしれない。だが、膨大な数のアップロードされた被災者の中からザイオン・バフェットを見つけだしたのはマデラなのだ。

「考え違いはしないで。あなたは無能な上に命令を無視したの。処分するには十分すぎる理由があるのよ。私があなたを使ってあげようとしているのは、あなたならのタコの後を追いかけていても法的に正当化できるというだけなの。あなたのタコが乗った船は、三日後にはトランジットステーションに到着する予定よ。それからオリンポスに降りてくるでしょうから、そこで捕まえることね」

ミューラーはそう断言した。

「ちょっと待ってくれ。なぜ、あと三日しかないんだ？なぜ、奴がオリンポスに降りてくるとわかる？」

マデラが火星にエゴキャストしたタイミングからすれば、客船を使って惑星間航行でやってくるザイオンの到着まで、数週間の余裕があるはずだった。それにトランジットステーションと火星の主要都市の間には複数の空路がある。軌道エレベータを使わなければならない理由はない。

「最初のところは私にも準備の都合があったってこと。言ったでしょ、あなたの逸脱行為の証拠を、ちゃんと準備しておいた、って。二つ目の点で言えば、それが彼のいつもの習慣だったからよ。ちょっとした情報を教えてあげるけど、彼はザイオン・バフェットとしては入国できないの。それがわかれば行動も慎重になるはずよ。すぐにソラリスのオフィスにはコンタクトしないでしょうから、きっとオリンポスで捕まえられるわ」

「奴には仲間がいる。私一人では無理だ」

マデラはカザロフのことを思い出していた。ザイオンの追跡に失敗したばかりか、ザイオンの逃亡を助けたポンコツのケースだ。

「そうでしょうね。あなたには息の合う部下が必要だったわね。なんて言ったっけ、あのカラス？」

マデラの脳に当たる回路に、インドラルのカァカァという声が響いた。


ホテルのレセプションはザイオンの金星のＩＤをあっさりと受け入れた。フェデリアーノが手配した宿の七階のスイートは十分に広く、バスルームも広い。ザイオンは早速、大きなバスタブに水を張り、全身で浸かった。

細胞の一つ一つに水が吸収されていく感覚は、シャワーブースで水を浴びるだけでは得られないものだった。ザイオンの全身の筋肉から緊張が解けていく。

「ネットワーク環境を確認してくれ」

ザイオンはバスタブに浸かったまま自分の支援ＡＩ（ミューズ）に指示した。

「……ネットワーク環境を確認しました。通信環境は安定しており、通信速度、容量とも問題ありません。セキュリティ懸念は最低レベルです。匿名化処理を選択しますか？」

もちろん、ザイオンは匿名化処理を選択する。これから何を調べるにしても、目立つようなことはしたくなかった。火星の市民権を有するザイオン・バフェットとして認められなかったということは、ザイオンの法的立場を巡って何らかの問題が生じているということだったし、状況がはっきりするまでは慎重に行動した方がいい。ザイオン自身と紐付けられるような形で記録を残したくはなかった。

「仮想コンソールを展開」

ザイオン以外の第三者から見れば、バスタブに浸かった大きなタコが四本の触腕を空中に漂わせているようにしか見えないだろう。触腕の動きにあわせ、大きな眼球がぐるぐると動いている様子は異様と言うほかないのだが、ザイオンからは全く違う光景が見えていた。

ザイオンの視覚の中に展開された仮想コンソールには三面のディスプレイがあった。キーボードが並び、触腕のわずかな動きでテキストが走る。視線の動きで画像が切り替わる。

調査を始めるべき基点は大破壊（ザ・フォール）だった。ザイオン自身が地球にいて、混乱する地表から脱出するためアップロードされた時点だ。それから、マデラがザイオンの凍結されたエゴを発見し、オクトモーフに覚醒させるまでの間、六年間のギャップがある。さらに、ザイオンがマデラの元から逃亡し、金星を脱出するまで、四年近くが経過していた。

太陽系有数の富豪であったザイオン・バフェットが不在だったおよそ十年の間、太陽系は大破壊によって切り裂かれた状態からの復興の歩みを進めていた。

大破壊は、人類史上まれにみる大惨事だった。人類の大部分が死に絶え、事実、人類の故郷である地球は人類の立ち入ることができない世界になっていた。

大破壊の時点で、他の多くの地球の住人と同様に、ザイオンも死んでいておかしくなかった。実際、マデラがザイオンを見つけなければ、今でも凍結されたデータとして放置されていてもおかしくない。それを思えば、ザイオンは幸運だったのだ。

「大破壊直後のザイオン・バフェットに関する公的記録を確認」

ザイオンの指示で支援ＡＩが火星のネットワークに接続したあらゆる公開データベースからザイオンに関する記録を探す。

代理弁済とちょっとした訴訟公告、不在確認にかかる行政手続き、重要な物は特にない。いくつか資産分割に関する訴訟があったが、ザイオンが不在のため、手続きは停止したままだ。その意味では、大破壊を機に、ザイオン・バフェットの時間は止まっていた。

画面をスクロール。

ソラリスはザイオンの議決権を凍結する措置を執っていた。ザイオンの存在が確認されない以上、円滑な事業運営には必要なことだ。

画面をスクロール。

さらにスクロール。

「報道関係を調査対象に追加」

ソラリスの議決権凍結に伴うプレスリリースがあった。関連する記事として、大破壊による著名な行方不明者と、その影響を解説したものが紐付けられていた。分野ごとに分類された膨大な行方不明者のリストがあり、金融部門ではザイオン・バフェットの名前もある。ザイオンはリストを見て、改めて大破壊の影響の甚大さを実感する。リストの上位にある名前のいずれもが金融市場を動かしていた主要なプレイヤーであり、これだけのプレイヤーが一度に消えたとしたら、金融市場には大きな空白と混乱を生じたはずだ。

「大破壊直後の金融市場に関する情報を調査」

ザイオンの関心は、自分自身から太陽系の金融市場の状況へと変わっていた。

大破壊の前、太陽系の金融の中心は地球だった。大破壊の直後は、月と火星がその地位を争い、現在は火星が月を圧倒している。結局のところ、月は地球に近すぎ、地球から自立できていなかったのだ。

一方で火星ではザイオンのいないソラリスが急激な伸張を見せていた。他の金融資本に比べてソラリスが優位だったのは、大破壊の時点ですでに有力な事業拠点を火星に有していたことだ。ザイオンが火星に設立したファンドの管理会社は、まさに現在のソラリスの直接のルーツの一つなのである。

ザイオンは調査の対象をソラリスそのものに変えてみる。ソラリスは単一の企業体ではなかった。複数の企業体の連合体で、パートナーと称するメンバーが管理する個々の企業体の集合だった。それ故に、全体像の把握が難しい。

事業報告に決算状況、数字の羅列。膨大なデータを集約し、加工する事で、かろうじて全体が見えてくる。ソラリスはそんな組織体だった。

ソラリスは大破壊直後の混乱期をやり過ごしただけではなく、それ以降も急激な成長を遂げていた。ザイオンはソラリスの成長のステップを遡る。大破壊からの復興需要の波に乗った投資案件の選択、資金投入の規模と時期、ほとんどの判断が納得できるもので、結果的にも正解だったと言っていい。

ソラリスの成長の軌跡を確認したザイオンは、ちょっとした誇らしさのようなものを感じてた。なぜならソラリスの一部はザイオンが育てたものであり、ソラリスの成功は、ザイオンが作り出したものの成功でもあるからだった。

だが、しかし……。

ザイオンは、ふと違和感を感じる。ソラリスの業績を見る限り、ザイオンの不在は何ら悪影響を及ぼしているように見えない。

その事実が何を意味しているのか。

仮想コンソールのキーボードを操る触腕の動きが止まり、情報を貪欲に取り込もうとする視線の動きが止まる。大量の情報を飲み込んだザイオンの脳が、情報を消化すべく活動していた。

ヒトの臓器の中で、一番エネルギー消費の多い臓器は脳だと言われている。それは、知性化されたタコをベースにしたオクトモーフにしても同じこと。大量のエネルギー消費は脳の温度上昇につながり、脳を冷やすために血流量が増加する。それがザイオンの身体に起きたことだ。

ザイオンはバスタブに勢いよく水を足す。火星ではまだ高価な水が大量にバスタブからあふれるが、ザイオンは気にしない。自分の廃熱で茹でダコになることはなくても、熱中症になる可能性は否定できないのである。

マデラは苛ついていた。苛つきながらも、自分でその感情を抑えようと努力している。結局のところ、過去の失敗から学ばなければ成長はないのだ。

ザイオンを金星から取り逃がしたのはマデラ自身が自分の感情をコントロールできなかったからであり、感情のコントロールができなかったのは向神経ソフトへの依存が過ぎたからだ。向神経ソフトを使いすぎたのは、いちいちマデラのセクレタリーがマデラに使用を奨めるからで、結局は出来の悪いセクレタリーが悪いのである。

だからこそ、今のマデラは向神経ソフトに頼らずに苛つく自分と戦わねばならず、そんな状況に陥ってしまっていることに対しても苛ついていた。

しかも、今のマデラの義体は中古のみすぼらしいケースで、ヒト型の生体義体のように大きく深呼吸をすれば気持ちが落ち着くというような原始的な対処もできないどころか、全体に調子が悪かった。マデラが今置かれた状況が、二重三重にマデラを苛つかせていた。

「急ぎましょうカァ！」

苛つきの原因の一つが、また声をかけてくる。よりによって、あろうことか、わざわざ、マデラのためにバックアップを起動し、連れてきたのだ。しかも使っている義体はもともとのネオ・エイヴィアンのまま。

「わかってる。この義体がとろいんだ」

マデラが新しい義体に目覚めたのは、ノクティス・チンジャオにあるソラリスのオフィスではなく、ほど近いモーフショップだった。生体義体だけでも多くの選択肢がある中、よりによってミューラーが選んだのは、中古のケースだった。確かに情報難民のインフォモーフが最初に手に入れる物理的な義体としては一般的で、火星のどの街でも目立たない。ザイオンが火星の地表に降りて来るであろうオリンポスは、街全体が衰退していたから、ケースなら町中のどこでも目立たずにいることができるということなのだが、それにしても状態が良くない。耳鳴りに頭痛、目の焦点が合いづらく、時には吐き気に襲われる。よほど安い買い物だったに違いない。

「そんな義体を選ぶカァ～らッ！」

苛ついているマデラとは違い、インドラルは上機嫌だった。ノクティス・チンジャオ全体を覆うドームは広く、重力も小さい。モーフショップを出てすぐに空を飛び始めたインドラルをマデラは苦々しい想いで見上げていた。

「リニアで行くぞ！」

契約労働のインフォモーフが運転するオートカートを拾ったマデラの上空をインドラルが飛ぶ。リニア中央駅からは、インドラルも地上に降りていた。

「タコ野郎を捕まえるんすよネッ！」

さすがに中古のケースでは一等に乗るのははばかられた。二等の客室、オリンポスに向かうと言うよりは、軌道エレベータで火星から出ていくためだろう、大きな荷物を抱えたヒト型の生体義体が多い。多分スプライサーがほとんどで、何体か火星独自の義体であるラスターやマーシャン・アルピナーもいたが、マデラのような機械の義体はほんの数体で、インドラルのようなネオ・エイヴィアンは他にいなかった。

「いちいち大きな声を出すな」

ただでさえ目立つのに声が大きい。マデラに一喝されて、インドラルはうつむく。

ドームの周辺は、テラフォーミングによって作り出された緑地帯が広がっていた。地球には遠く及ばなくても金星の風景とは大違いだ。

「そのうち、こんな空が飛べるんですよネェ」

遠い目をして言うインドラルに、マデラはまた苛つく。どうやってあのタコを確保するのか、マデラは真剣に考えようとしていた。タコの身体能力は高く、ガタの来たケースとカラスで何とかできるものではないし、ましてやカザロフが一緒だとすると最初から勝負にならない。

「仕事が先だ、仕事が。いちいちくだらないことは言わずに黙ってろ！」

マリネリス渓谷を離れ、マデラ達を乗せたリニアモーターカーはタルシス台地を走っていた。タルシス三山のうち、南側にあるアルシア山と中央のパヴォニス山の間を抜け、北西に向かっている。広大なタルシス台地にはテラフォーミングの恩恵は及んでおらず、まるで何もない砂漠を走っているようだった。風景が変わらないせいか、いつの間にかインドラルは寝込んでいる。

ノクティス・チンジャオを出てから二時間半ほどで、リニアモーターカーは、太陽系最大の火山であるオリンポス山の山体を取り囲む崖を貫くトンネルを抜ける。そこからがオリンポス山の山裾になるのだが、高度二万六千メートルという高山ではあっても、山体の直径が五百五十キロと大きく、斜度が緩やかなので、山を登っている感覚はなかった。

やがて、遠くにオリンポスの軌道エレベータが見えてくる。その基部に丸く見えているのは、建設途中で放棄された、都市全体を覆うドームの骨組みだった。

マデラはまだ考えあぐねていた。どう考えてもマデラとインドラルだけでは手が足りない。ザイオンを騙してどこかに連れて行くにせよ、最後は腕力に物を言わせる状況になるだろうし、その前に、どんなストーリーでザイオンを騙すかも考えなければいけない。リニア線でオリンポスに向かう間に考えをまとめるはずが、しつこい頭痛に悩まされ、考えがまとまらない。リニアはすでにオリンポス郊外を走っていた。

車窓の風景は荒廃していた。郊外に点在する居住地は錆付いたブリキ缶のようで、どう見ても放棄されているようにしか見えない。確かに、この環境なら、ポンコツケースがふさわしい。

「着きましたゼッ」

オリンポスのリニア駅に着くと、いつの間に目を覚ましたのか、インドラルが言わずもがなの宣言をした。

「とりあえず、軌道エレベータに向かう」

リニア駅を出たところでマデラが言った。リニア駅と軌道エレベータは直結しておらず、一キロほどの距離がある。インドラルを従えて街のメインストリートを歩くマデラに好奇の視線が集まった。

「じろじろ見てるんじゃネエッ！」

すれ違ったラスターのグループをインドラルが威嚇した。オリンポスは複数の小さなドームが連結した構造で、メインストリートはドームの間を繋いでいるトンネルだ。ノクティス・チンジャオのように自由に空を飛べないため、インドラルの機嫌が見る間に悪くなっていく。

「トラブルを起こすんじゃない」

マデラがなだめたその時だった。公共メッシュを通じて、ミューラーからのメッセージ。

「……ターゲットの乗った船の入港予定を確認しました。トラブルがあって、火星標準日で一日ほど遅れるようです」

ということは、まだ時間があるということだ。何を準備すればいいかはともかく、このまま軌道エレベータに行って、すぐに対面と言うことにはならないことに、マデラは少し安心する。

「何があったんだ？」

口の中でつぶやくようにマデラが言った。マデラの声にならない声をマデラの支援ＡＩが拾い、ノクティス・チンジャオにいるミューラーに届ける。

「……船が何者かに攻撃を受けたようです」

ミューラーの声も、実際に音として聞こえているわけではない。マデラの聴覚野に対応する機能モジュールで、音に相当する刺激として作り出されてる。

「私とこのカラスだけでは手が足りない。サポートはないのか？」

初めて言うことではなかった。インドラルを覚醒させる前から、何度となく言っている。

「……大丈夫よ、ちゃんと協力者の手配は考えてあるから」

軌道エレベータの基部は巨大なホール状の空間になっていた。マデラとインドラルが着いたときには閑散としていたが、数分後に軌道エレベータが到着すると三つあるゲートからヒトや機械があふれてくる。エレベータと言っても収容能力はちょっとした列車並で、千人近い人数が一度にゲートから出てくるのだ。その中からちゃんと目的のタコを見つけられるのか、マデラは不安になる。

「これは……」

エレベータから降りてきたヒトと機械の流れがとぎれ

た後も、マデラはホールの一角で呆然と立ち尽くしていた。

「スごかったスネェ」

カラス並の知恵でもわかるのだろう。この状況でザイオンを見つけるのは簡単なことではない。

どうやってザイオンを見つけ、どうやって身柄を確保するのか。考えるべきことはたくさんあるのに、時間も使えるリソースも限られていたし、頭もまともに働かない。マデラは惨憺たる気分だった。


何かがおかしかった。記録の上では、ザイオンは確かに地球を脱出する際に行方不明になっていた。それは、ザイオン自身の記憶とも一致している。問題は、ソラリスのパフォーマンスがザイオンの失踪による影響を受けているようには見えないことだった。もちろん、大破壊による影響はあった。だが、そこからの立ち直りは見事と言うしかない。

もちろんザイオン一人がソラリスの事業を支えているわけではなかったし、優秀な人材が集まっていたのも事実だ。だが、ザイオンと同じレベルの上級パートナーは、しょせんは資金力があるだけで、事業家として優秀だとは思えないメンバーばかりだった。大きくなった組織が機能して行くには、組織を方向付けるリーダーシップが必要であり、ザイオン・バフェット以上に巨大化した金融帝国をマネージできる人材がいたとも思えない。

ザイオンはバスタブに全身を沈める。これではまるで、肥大化した自負心の虜のようではないか。

バスタブに注ぎ込まれる水が全身の筋肉を弛緩させ、余分な熱を洗い流す。傷ついた皮膚も回復し、小さな吸盤もできていた。

やはり、大破壊による競争環境の変化がソラリスに有利に働いたのだろうとザイオンは思う。復興需要という広大な事業領域が生まれたにも関わらず、ソラリス以外の金融事業者には準備ができていなかったとすれば、ソラリスの急拡大には説明が付く。

ザイオンが、バスタブにどっぷり浸かって、そんなことを考えていた時だった。フェデリアーノからの緊急メッセージを告げるアイコンが、仮想コンソールのディスプレイに瞬く。

「どうした？」

バスタブから身を起こしたザイオンの目には、質素な事務机に向かうフェデリアーノが見えていた。

「……おまえのことを探し回っている奴がいる。金星の裁判所の令状があって、私的連行ができると言っているらしい」

金星。つまり、マデラだ。あきらめるかと思ったら相当にしつこい。

「私的連行だって？」

ザイオンには聞き慣れない言葉だった。

「……ああ、金星の管轄権からの逃亡に対して裁判所からの命令を私的に代行し、強制的に連行する制度だよ。裁判所によって認められた賞金稼ぎのようなものだと思えばいい」

以前には聞いたことがない制度だった。

「どういうことだ？」

フェデリアーノに説明を求める。

「……あまり評判のいい制度じゃないが、法執行に割けるリソースが限られている火星にとっては都合のいい制度だよ。犯罪者が火星に逃げてきたとしても、火星の法執行機関が動く必要がないし、適用を認めているのも少数のまともな裁判制度のある月と金星、小惑星帯の一部の居住地だけだ」

大破壊後の太陽系で一番人口の多い居住地が火星だった。そのため、火星以外で犯罪を犯した者が、逃亡先として火星を選ぶ事例が頻発した。火星の法執行機関は、自らが域外の犯罪者を取り締まる代わりに、惑星外の犯罪者の私的連行を認めることで、域外の犯罪者を逮捕するためリソースを削減し、併せて犯罪者の流入に対する抑止力としている。ザイオンは、フェデリアーノの話を聞きながら、仮想コンソールの別画面で制度概要を確認した。

「やっかいそうだな」

火星の法執行機関に犯罪者として追われることはないものの、身柄の拘束に対して保護もされない。つまり、自分の身は自分で守るしかないと言うことだ。

「……あんたのことを聞いて回っているのは、ネオ・エイヴィアンだそうだ。随分、大きなカラスだよ」

フェデリアーノが見せた画像に、タージを立ち上げているわけでもないのに、背中のあたりがぞくぞくする。ここに来るときに飛んでいるのを見かけたカラスは、やはりインドラルだったのだろうか。

「……知っているのか？」

「この義体の元の持ち主の手下だ。裁判所に何を訴えたのかわからないが、そのカラスのボスとの間でトラブルがあった。多分、そのせいだろう」

　マデラにせよ、インドラルにせよ、相当ひどい目に遭わせたことがあるのは事実だった。ただ、原因はマデラの側にあったし、ザイオンが犯罪者扱いされる理由はない。

「……やっぱりアップリフトじゃなかったのか」

　ザイオンを見るフェデリアーノの表情が厳しくなる。火星の市民権を有するザイオン・バフェットとして火星に入国できなかった以上、今のザイオンの身分は金星のアップリフトのままだった。つまり、火星の政府からすれば、ザイオンは身分を詐称していることになる。

「私自身について問題があるようでね。その問題を修正するために火星に来たんだが、どうも邪魔が入ったようだ」

　フェデリアーノはザイオンの言葉に顔をしかめた。

「……もしかすると、あんたは情報難民（インフュジー）だったのか？」

　大破壊の際、地球脱出の最終段階において四億以上の身体を持たない難民が生まれた。そのうちごく一部は安い合成義体を手に入れることができたが、身体を持たない情報体（インフォモーフ）も多く、彼らは情報難民と呼ばれた。

「アーカイブされた魂（ego）だったのさ。情報難民ですらない」

　それが、大破壊を生き延びるための唯一の手段だった。

「……その義体だが、あんたが盗んだことになってる。オクトモーフはそれなりに高価だからな」

　フェデリアーノがザイオンが追われている理由を告げた。

「でっち上げだ。代金は払ってある。それも法外な利子を付けて」

　マデラは金星の北極鉱区開発公社を事実上支配していた。金星経済で重要な地位を占める鉱山会社には突出した政治力がある。その影響力が、金星の司法にも及んでいるのだろう。マデラは義体を盗んだという犯罪をでっち上げたのだ。

「……そうか。とりあえず、そういうことにしておこう」

　これまでの経緯について説明はできる。だが、その説明を証明できるものは何もない。それが今のザイオンが置かれた状況だった。

「それが事実だ」

　そう断言はしたものの、ザイオン自身にも説得力があるとは思えない。

「……で、どうする？　そのカラスはかなり大勢に声をかけてる。俺があんたと歩いてるところを見てる奴らもいるだろうから、そこが見つかるのも時間の問題だ」

　つまり、いつまでもバスタブに浸かってはいられないということだ。

「すぐにオリンポスを出る。行き先はノクティス・チンジャオ」

　火星まで来て、今更、マデラを相手に時間をとられたくなかった。

「……移動手段はどうする？」

　フェデリアーノが聞いた。

「リニアは使わない。なるべく目立たず、早い方がいい」

　マデラとの遭遇を避け、ノクティス・チンジャオに行く。その先はノクティスに着いたら考えればいい。それが、ザイオンの判断だった。

　マデラは不機嫌だった。結局のところ、マデラ自身の役割は、インドラル以下でしかなかった。

　ミューラーは文字通りインドラルを飛び回らせていた。追っ手が迫っていることを知らせ、行動をとらせる、そのためなのだ。

　ザイオンを捕らえるための罠が準備されている。状況を見ていればそれはわかるのだが、具体的にどうしようとしているのか、マデラにはわからない。結局、マデラは蚊帳の外なのだ。あえて言えば、私的連行を正当化するためだけに火星に呼ばれたと言ってもいいだろう。

　ミューラーはザイオンの行動を把握していた。その状況で、マデラに割り振られた役割は、最低辺のケースの姿でザイオンが宿に向かうところを確認することだけだった。

　ザイオンが到着したその日、マデラは行くべき場所を指定され、あろう事か街灯から盗電をしてバッテリーを充電しておけという指示を受けていた。どう見ても中古のケースのパーツを継ぎ合わせたような形（なり）で街灯にエネルギーケーブルを繋いでいる姿は惨めと言うほかない。そんなマデラの傍らを、大きなフードで身を隠したザイオンが通り過ぎていった。

　見た目だけではザイオンかどうかわからない。ただ、タコなのは隠しようもない事実だ。インドラルならタコ臭いとでも言うだろうが、ポンコツケースのマデラには嗅覚がなかった。

　タコは一人ではなかった。だが、並んで歩いているのは一緒に金星を離れたポンコツケースのカザロフではない。火星の寒冷な気候と低い酸素分圧に適応した生体義体、ラスターの男だった。

「ザイオンらしいタコを確認した。ラスターの同行者がいる」

マデラの報告に対し、ミューラーはそのまま見張りを続けるように指示する。

引き続きマデラは不機嫌だった。つまらないことをやらされているのに加えて、義体に使われているバッテリーの状態が悪く、なかなかチャージが進まない。金星にいた頃のマデラだったら向神経ソフトのオーシャンブリーズあたりでリラックスしていただろうが、このポンコツケースのスペックでは、完全に呆けてしまう。そんな無防備な状態を公道で晒すわけにはいかなかった。

ザイオンとその連れがホテルに入って十分ほどしたところで、連れのラスターが一人で出てきた。通りをマデラの方に向かって歩いてくる。

ラスターは火星では安い義体だが、マデラは自分の義体が、よりみすぼらしいことを強く意識していた。つぎはぎの中古のケース。強烈な羞恥心と、こんな義体に覚醒させたミューラーへの怒り。

その時、マデラはラスターの視線を感じた。それは侮蔑の視線だ。

「……ターゲットは部屋に入ったわ。しばらく動きはないはずよ」

ミューラーの連絡に、マデラは言葉を返さない。バッテリーのチャージにも、まだしばらく時間がかかりそうだった。

フェデリアーノが手配したノクティスへの移動手段は、小型の高速飛行船だった。

「短い空の旅だが、楽しめるぞ」

フェデリアーノがそう言ったのには理由がある。オリンポス郊外の専用ポートを離陸した飛行船は、巨大なオリンポス山の山体を半周し、東南東に進んでタルシス三山のアスクレウス山とパヴォニス山の間を通って、ノクティス・チンジャオへと抜けるルートを飛行している。飛行時間は四時間を超え、オリンポスの中心部から、郊外にある専用ポートまではオートカートでおよそ二時間かかる。交通手段としての利便性の面ではリニアに太刀打ちできるようなものではなかったが、それでも路線を維持できているのは、観光面での価値があるからということだった。

「確かに、滅多にできる経験ではなさそうだ。いい選択だな」

ザイオンは鷹揚に応じた。この飛行船を選んだフェデリアーノの選択は正しい。オリンポスとノクティス・チンジャオを結ぶ交通の大動脈はリニアで、代替手段としては二つの都市のメイン空港を結ぶ空路もある。一方で、小規模な専用ポートを結ぶ高速飛行船は、都市間交通の手段として認識されていないのだろう。

「席が空いていてよかったよ」

冗談めかしてフェデリアーノが言った。専用ポートの係留塔最上部に作られた搭乗デッキには、ザイオン達のほかに六人と五人の二つのグループがいるだけだったが、そもそも高速飛行船の定員自体が十六人と少なかった。

「そろそろ搭乗か」

ザイオンの言葉と同時にアナウンスが流れ、搭乗が始まった。飛行船の下部にあるゴンドラと係留塔の間はブリッジで繋がれている。ザイオンは眼球を動かして、改めて搭乗デッキの周囲を確認した。

ホテルを出た時、みすぼらしいケースが見ていたもののカラスはいなかった。オートカートを乗り換え、専用ポートに到着したのはフェデリアーノから聞いていた出発予定時間の直前。他の乗客はザイオンより前に来ていたし、後から来た乗客もいなかった。まず、尾行の心配はなかった。

ザイオンは、シートに身体を固定する。とりあえず、ノクティス・チンジャオに到着するまでは、安心していられるだろう。

飛行船は四基の補助ローターを唸らせながら係留塔を離れた。宇宙へと延びる軌道エレベータを右手に見ながら、オリンポス山の周囲を回っていく。

むき出しの岩肌を眺めながら、ザイオンはこんなところですらテラフォーミングの恩恵が及んでいることを考えていた。テラフォーミングが進む前、高度二万六千メートルを超えるオリンポス山の山頂は、火星の大気圏の外に到達しており、飛行船が飛べるような条件は整っていなかった。

「気が付いたようだな」

唐突にフェデリアーノが言う。

「何がだ？」

フェデリアーノが何を言いたいのか、ザイオンには想像できない。

「こんな高度の高いところですら飛行船が飛べる。つまり、大気の濃度が高くなっているんだ。温暖化の進捗も良好で、火星はどんどん住みやすくなってる。ノクティス・チンジャオに行けばわかるが、マリネリス一帯は、広大な緑地になってるよ」

軌道エレベータで降りてくる間にも、風景の変化には気が付いていた。火星を象徴する赤い大地を、テラフォーミングで作られた緑が浸食している。

「いいことじゃないか」

地球を失った今、火星こそが新たな人類の故郷となるべき星だった。太陽系中に人類が広がっても、やはり故郷の記憶は消えない。

緑の大地と青い空、青い海。いずれ、火星はそうなっていく。

「ああ、いいことだ。だがな、この俺の義体はどうなる?」

フェデリアーノはラスターだった。ラスターは、テラフォーミングが進む前の火星の気候を前提にデザインされている。

「そういうことだよ。つまり、この義体は時代遅れになっていく。役立たずになるんだよ」

吐き捨てるようにフェデリアーノが言った。


計画はミューラーの予定どおりに進んだ。マデラはともかく、あのインドラルというカラスは予想以上に効果的だったようで、インドラルが探しているという情報を流したとたんにザイオンが動いた。

ザイオンが飛行船に乗ったことを確認し、ミューラーはマデラとインドラルをオリンポスから呼び戻した。さすがにカラスは警戒されるだろうから、「飛行船の専用ポートには近づかないように指示してある。もっともインドラルは自由に空を飛べるノクティス・チンジャオの大ドームを気に入っているから、ドームの外にある専用ポートには近づかないだろう。テラフォーミングによって大気が増えているとはいえ、ドームの外の大気圧は、ドーム内の二割程度しかなく、翼で飛ぶには適していなかった。

マデラは押し黙っていた。マデラの支援AIを通じて漏れ出してくるのは、相当に不機嫌な感情だ。確かに壊れる寸前の義体に押し込められるという状況は、マデラにとっては理不尽で、不愉快で、さらに言えば不快極まりないだろう。だが、忠誠心に欠け、しかも無能なエージェントにはふさわしい扱いだ。もし、マデラが有能だったなら、自分の置かれた状況を考えているだろうが、今のマデラが考えているのは状態のよくない内蔵バッテリーのことだけだ。

ミューラーは、自分がわずかに緊張していることを自覚している。これから対面するのは、あの、ザイオン・バフェットなのだ。大破壊によって太陽系経済の表舞台から消えていたものの、投資金融の世界においては伝説的な人物の一人であり、現在のソラリスの基盤を築いた一人でもある。そのザイオン・バフェットが帰ってくる。

ミューラーは飛行船専用ポートの係留塔にいた。最上部にある搭乗デッキの窓から、夕日に染まった北西の空を見ている。そこに見える小さな黒い点は、ザイオン達を乗せた高速飛行船だった。

「そろそろ来るわよ」

ミューラーがマデラに声をかけた。その間にも黒い点は大きくなり、ローターが判別できるほどまで近づいている。

「あいつをどうするつもりなんだ?」

唐突にマデラが言った。

「あなたは黙って見てなさい」

カラスを連れてきているから、マデラが火星にいることはわかっているだろう。だが、目の前のポンコツケースがマデラだとは思うまい。

計画は最終段階にあり、失敗は許されない。ザイオンとの対面に備えて、ミューラーは居住まいを正した。

****

確かに俺は依頼人を裏切った。だけどな、私的連行許可は正式なものだったし、第一、あのタコだってアップリフトじゃなかった。研究段階の最新のオクトモーフだったんだろ?

支払いは随分気前がよかったよ。新品のバウンサーに乗り換えても、まだ十分、お釣りが来たからな。結局、俺のラスターは一銭にもならなかった。市場では中古のラスターは余ってるし、しかも年季が入っていたから仕方ない。部品取り用にもならないから、きっと今頃は、土壌改良剤にでも加工されて、火星のテラフォーミングの役に立っているはずだ。それなりに愛着はあったが、古い義体なんてそんなものだよな。

　そうそう、あのときの話だ。確かにオリンポスからタルシス三山を巡る飛行船のルートはある。でも、ノクティス・チンジャオに降りるなんてルートは存在しないんだよ。もちろん、ノクティス・チンジャオにも飛行船を使ったサービスはあるが、それはもっぱらマリネリス渓谷を周遊するためのものだ。

　なぜかって？　飛行船は一定の高度を飛ぶ分には経済的だが、高度差は苦手なんだそうだ。実際、オリンポス周辺と、ノクティス・チンジャオ周辺では十倍近い気圧差がある。そんなところを飛行船で行き来するなんてのは、経済的にはあり得ない。実際、ノクティス・チンジャオへの降下のために、かなりの量の水素を捨てたはずだし、帰るためには大量の水素を補給しなきゃならない。高度のコントロールが難しく、強力な補助ローターなしでは無理なルートだったんだよ。

　もちろん、存在しないルートに来る観光客はいない。だから一緒に飛行船に乗った乗客も、すべてがあんたの友人を捕まえるために雇われた連中さ。腕が八本あっても、さすがに十人以上を相手に大立ち回りはできないと思ったんだろう。おとなしくしてたよ。それに、あの女はそんなに暴力的には見えなかった。ただ、一緒にいたポンコツケースが喚きだしたときは違ったけどな。一発で頭を打ち抜いて見せたよ。それで抵抗するとまずい、ってことになったんだろう。まあ、今にして思えば、あのポンコツぶりは目の前で撃ってみせることに意味があったのかもしれないし、スタックの位置は外してたようだから、魂（ego）は大丈夫だったろう。

　そうそう、あんたの友人のことはアクバルじゃなく「バフェット様」って呼んでた。慇懃で、有無を言わせない、かなり厭な感じの女だよ。

　あんたの友人は、マデラって奴のことを気にしてたけど、絶対にあの女じゃないな。マデラって野郎は、あんたの友人に言わせるとせこい悪党みたいだが、あの女は違う。実際、あんたの友人を捕まえるためだけに、飛行船の運航会社を買収したみたいだからな。よく考えられた計画だったと思うぜ。

　でも、あのオクトモーフにあれだけの金をかける価値があるのか？

＊＊＊＊

改めてフェデリアーノの証言を再生したカザロフは、大きく肩を落とした。人質の解放と身代金の回収が終わり、やっとドゥールスに行く準備が整ったというのに、火星に降りたザイオンからの連絡が途絶えたのだ。

ザイオンが使っていたフェデリアーノという手配師は、古いラスターから、新品のバウンサーに義体を変えていた。もちろん、急に金回りがよくなったことには理由があり、それがザイオンとの連絡が取れなくなったことと無関係ではあり得ない。

フェデリアーノは、火星を離れるためにトランジットステーションに来ていた。バウンサーは無重力空間向けの義体で、火星の外には条件の良い求人も多い。カザロフはフェデリアーノを見つけ出し、話を聞いた。若干暴力的だったことは否定しないが、非合法なことはしていない。

返さなければならない借りがあるわけでは無い。カザロフは予定通りドゥールスに行くこともできるし、治安が悪化してるドゥールスの状況に備えてヨハンナの訓練もしなければならない。ただ、このままザイオンを放っておけるのか。

「いつまでグズグズ考え込んでるの？」

ヨハンナは一刻も早くドゥールスに行きたがっている。それに、手がかりはフェデリアーノの証言だけだ。それだけでザイオンを見つけだすことができるのか。

「やはりソラリスだよ。飛行船の運航会社はすぐに手放したようだが」

レイモンド・ノアだった。ザイオンを見て、オクトモーフが気に入ったレイモンドは、今はタコになっている。実に紛らわしい。

「出発予定は四時間後よ。それまでに決めておいてね」

カザロフは改めて肩を落とした。ザイオンを見捨てるという選択肢は、やはり、ない。

「ドゥールスには先に行ってくれ。あのタコを助けたらすぐに追いかける」

カザロフはザイオンを追って、火星に降りることに決めた。

ザイオン・イン・ザ・シャドウ

ノクティス・チンジャオの最高級ホテル、エクリプスグランデの最上階に、プライベートプール付きのインペリアルスイートがある。高さ二百メートルの空中に張り出したプールの底に張り付いたザイオンは、強化ガラス越しに、眼下に広がる市街地を眺めていた。

罠にはめられたにしては良い待遇だった。金星にいたときはイシュタルの虜囚を気取っていたが、今はさしずめネルガルの罠に囚われていると言ったところだ。きっと、どこかで邪悪な冥界の神が糸を引いているのだろう。この先を思うと懸念はあるが、すぐに危害を加えられることはなさそうだ。

錆び付き、寂れたオリンポスとは対照的に、ノクティス・チンジャオには活気があった。緑地が計画的に整備された市街地では無数のオートカートが行き交い、その上空を小型のクワッドローターが飛んでいる。スカイウォークで連結された高層ビルは、今も建設が続いている。ザイオンの記憶にある以前のノクティス・チンジャオも小綺麗で活気のある都市だったが、この十年でさらに大きくなっていた。

ここでの軟禁生活が始まって、すでに火星時間で三日が過ぎていた。最高級ホテルの特別なスイートだけあって、快適なことには間違いないが、公共メッシュからも遮断され、退屈なことこの上ない。ザイオンの身体能力からすれば、ホテルの五十七階分の外壁を伝って地上に降りることもできるが、これ見よがしの監視の目が光っている。気づかれずに地表に降りる可能性は皆無だろうし、降りたとしても、すぐに連れ戻されることになるだろう。

ザイオンは、軟禁状態という現在の状況を、致命的な失敗だったとは思っていない。悔いがあるとしたら、対応に冷静さを欠き、信頼すべきではないフェデリアーノを信頼してしまったことだった。

それもこれもインドラルを見たことがきっかけになっていた。ザイオンの中で休止状態にある疑似人格のタージが影響を及ぼしているとは思えなかったが、あのカラスのせいで慌ててしまったのだ。

ザイオンは、プールの中の浮力と重さが均衡した状態で、ソラリスで何が起きているのかを考えていた。今は軟禁状態だったが、別の角度から見れば、ソラリスと接触できているとも言える。ザイオンがザイオン自身を取り戻すためには、いずれにしてもソラリスとの接触が不可欠である以上、こうなるのは必然だったのかも知れない。

問題は、これから先だった。ザイオンも、いつまでも軟禁されているつもりはない。

やはり、ザイオン自身を巡って、ソラリスの内部で何かが起きているのだ。一番ありそうなのが、ザイオン自身の復権を認めるか、それとも認めないかという路線対立で、法的には復権を阻めないものの、ザイオン抜きで十年間やってきた現在のソラリスの中枢からすれば、このこと現れたザイオンはいい迷惑だろう。

一方で、現状の体制に不満があるグループがあるとすれば、ザイオンの復活を機に体制の変革を図ろうとすることもあり得る。

あるいはソラリス内部で派閥争いがあり、ザイオン自身が均衡を破るためのカードとして見なされているのかも知れない。だとしたら、有効に使えるタイミングまでの間、軟禁生活が続くことになる。

いずれにしてもザイオン本人の意向とは関係ない理由で中途半端な状況に置かれており、快適な環境にあってもフラストレーションが溜まっていく。ザイオンは、一刻も早く状況を変えたかった。

この状況を変えるにはソラリスに揺さぶりをかけるよりないのだが、現在の上級パートナーの構成すらわかっていない状況では、どう動いて良いかもわからない。ザイオンにできるのは待つことだけだった。

「少々お時間をいただいてよろしいでしょうか?」

いつものように灰色のボディスーツを身にまとったミューラー・セドス監督官が、何の遠慮や警戒も見せずに、プールサイドにやってくる。スイートの中にも監視の目があり、ミューラーはザイオンが何をしているか、常に把握している。

「ちょうど良かった。このプールはすばらしいが、そろそろ飽きてきたところでね」

ザイオンの皮肉に、ミューラーは全く動じる様子を見せない。

「ここは、現在、提供可能な最高の施設です。これ以上は期待しないでください」

ミューラーの素っ気ない回答に、ザイオンは盛大に水を跳ね上げて、プールの底へと沈んだ。

「お時間をいただいてよろしいでしょうか?」

水中スピーカーの音が追いかける。

「私がいつだって暇なのはわかってるんじゃないのか?」

水面から顔を出すと、頭から水をかぶったミューラーがいる。怒りを押し殺したような表情に、ザイオンはちょっとした喜びを感じる。揺さぶりをかけるとは、こういうことから始まる。

「二十分後にまた来ます。プールから上がって、それからそのタコ臭いぬめりをとって、外出の準備をしてください」

そういい捨てて背中を向けたミューラーに、ザイオンは思い切り水を浴びせる。振り返った瞬間に見せる表情は、はっきりとした怒りだった。

「……三十分後にします」

ミューラーの見せた自制心に、ザイオンは少しだけ感心する。マデラなら前後の見境なく喚き散らしているだろう。ザイオンは飛行船の専用ポートでミューラーに撃たれたスクラップ同様のケースを思い出す。あのケースは、確かにマデラだった。

「ところで、ドレスコードはカジュアルで良いかな?」

ザイオンの問いに、ミューラーは答えない。もっとも、ザイオンは所詮タコであり、タコのドレスコードには、フォーマルもカジュアルもなかった。

ミューラーが部屋を出たところでプールを出たザイオンは、エアシャワーで全身を乾かした。ミューラーの言っていたタコ臭いぬめりというのは、タコのアップリフトに対する悪意ある偏見でしかなく、緊急時に出る粘液も、そんなに匂いの強いものではない。いずれにせよプールでリラックスしていたザイオンの義体から粘液は出ておらず、エアシャワーでさっぱりしたザイオンは、ゆったりとしたローブを身にまとった。

タコの義体は自由度が高く、触腕をより合わせて使うことで、二足歩行のように歩くこともできた。だが、金星からの長旅で無重力状態に体が慣れた上に、毎日のプール三昧で、今更窮屈な思いをしたくなかった。

大きな姿見の前でザイオンはしばし考える。以前のザイオン・バフェットはどんな印象を与えるかを常に計算していた。自分らしくではなく、自分をどう見せるのか効果的かを常に考えていた。ただ、そのためには状況把握が必要だったが、今日のところはこれから何があるのかもわからない。それに、所詮タコはタコなのだ。着るものにこだわっても仕方がない。

「お待たせをしました」

無遠慮にミューラーが部屋に入ってくる。濡れて乱れていたはずの青い髪もきっちりと整えられ、その姿には一分の隙もない。

「時間通りだよ」

正確には二分ほど早いが、ザイオンは鷹揚に答える。どうせザイオンの状況を逐一確認してから来たのに違いなかった。

「すいませんが、これを身に付けていただけませんか？」

ミューラーが差し出したのは腕輪のような物だった。ザイオンは、その腕輪を胡散臭そうに見てから、吸盤のある触腕で受け取った。

「アクセサリーにしては、少し無骨に見えるが。これは何なんだ？」

ミューラーから渡されたそれは、見た目どおりに重い。金属の内部には、何かの装置が入っているのだろうか。

「ある種の保安装置です。危険なものではありません」

ザイオンは、二本の触腕で渡されたものを弄ぶ。どういう機能があるのか、見ただけでは推し量りようがない。

「仮のIDにしてはずいぶん重たいな」

ずっしりした腕輪がIDのはずがなかった。何らかの追跡装置か、それともザイオンをモニターするものか。身に付けるべきかどうか迷っているザイオンをミューラーは冷ややかに見つめている。

「すぐに慣れると思います」

迷っていても仕方がなかった。身に付けるのを拒否すれば、また、退屈な軟禁状態が続くだけだ。ザイオンは、触腕の一つを腕輪に通す。

「もう少し上まで通していただけませんか？」

さらに先まで触腕を入れる。ちょうど、長い触腕の付け根から四分の一のあたりだ。

「ありがとうございます」

そう言ったミューラーの顔に見下したような表情が浮かんだ。いつの間にか、その手には……。

「それは……」

ミューラーが手にした物のスイッチを押すと、ザイオンの意識がブラックアウトした。


ノクティス・チンジャオの西のはずれ、都市全体を覆うドームの縁に、広大な未開発地区が広がっていた。区画整理され、工業用地として売り出される予定が、緑地の割合を巡って市当局と開発業者の間で訴訟になっている土地である。資材の一時置き場や大型の工事車両の収納庫が並ぶ中に、今は無人となった作業員用の施設があった。

がらんとした部屋には金属パイプを組み合わせて作った四角いフレームが置かれており、そのフレームの中央にロールシャッハテストのシミのような真っ黒な何かが縛り付けられている。

「ごきげんよう。気が付いたようで何よりだ」

フレームの前にはシンプルなスツールがあり、そこに腰掛けているケースが声をかけた。

「このオレ様に何をしたァッ！」

漆黒のネオ・エイヴィアン、知性化されたカラスが叫んだ。

「簡単に捕まってくれて良かったよ。ショックが強すぎて、心臓が止まったりしないか心配だったがな。それに、大した傷にもなってないようだ」

ケースは壁に立てかけた銃を指し示す。

「オレを撃ったのカァ！」

カラスは耳障りな声で叫んだ。だが、ケースは動じない。音声入力の自動調整機能が不愉快な声も聞きやすく変換してくれている。

「ショック弾だよ。当たりどころが悪くても、せいぜい骨が折れる程度だ。それよりは地上に落ちたとき衝撃の方が問題だが。まあ、火星の重力のおかげかも知れないが、無事で良かった。それより、ちょっと話を聞かせてくれないか、インドラル？」

ケースはカラスに向かって、身を乗り出した。

「オレを知ってるのカァ？」

知性化されたとはいえ、ネオ・エイヴィアンの能力には限界がある。小首を傾げた様子にケースは肩を落としてみせる。

「俺たちには共通の知り合いがいる。一人はマデラっていういけ好かない野郎で、もう一人はおまえが付きまとっていたタコだ」

カラスの黄色い瞳の中で理解の光が宿ったかに見えた。

「お前ッ、使えないケースだッ！」

そう叫んだインドラルの顔に向けて、ケースの平手が一閃する。金属の手の平とカラスの嘴が衝突する鋭い音が響いた。

「何をするんダッ！」

嘴から泡を飛ばしてカラスが叫ぶ。

「俺が使えないなら、その俺に捕まったカラスはもっと使えないいんじゃないのカッ！」

インドラルの話し方をまねて、ケースが言った。ドゥールス行きを取りやめ、火星へと降りてきたカザロフだった。

「ボスがおまえのことを使えないって言ってたゾッ……」

語尾に力がないのは、カザロフに反論するロジックがないからか。

「で、そのボスはどうしてる？」

カザロフに問われ、カラスは力なく首を横に振る。

「お前のボスは火星に来ていないのか？」

マデラも火星に来ていたに違いない。でも、フェデリアーノの証言では、マデラの動静ははっきりしなかった。

「ポンコツケース、ボスはおまえみたいなポンコツケースになって……」

外見はともかく、機能的には徹底的にチューンアップした義体をポンコツ呼ばわれしたくなかったが、マデラがケースになったというインドラルの話にカザロフは肩を上下に細かく揺すった。笑う機能のない義体にとって、一番笑いに近い表現だ。

「そうか、ポンコツケースか」

マデラのことから始めたのが良かったのだろう。それからインドラルはいつもの饒舌さを取り戻し、火星に来てからのことをカアカアと話し始める。

思いがけなく火星で覚醒したこと。マデラがヒト型の生体義体ではなく、程度の良くないケースで目覚めていたこと。そのマデラとともにリニアモーターカーでノクティス・チンジャオからオリンポスに向かったこと。

金星しか知らないインドラルにとって、車窓から見た火星の光景は印象的だったらしく、テラフォーミングの進展によって緑化の進むノクティス・チンジャオ周辺のことを事細かく話す様子にカザロフは驚いた。知性化されているとはいえ、限界はあるはずなのに、観察は詳細で、説明の内容も的確だった。うるさいだけが取り柄だと思っていたが、マデラがなぜインドラルを使っていたかわかったような気がした。

「それで、ノクティス・チンジャオでは何をした？」

カザロフに促され、インドラルは説明を続ける。軌道エレベータの基部に行き、そこから降りてくる乗降客の数に驚いたこと。インドラルだけでオリンポスを回り、ザイオンの手配状のようなものを持って、いろいろと聞いて回ったこと。その手配状は、フェデリアーノの言った私的連行の許可だろう。

ていた。

カザロフは、ザイオンを捕らえた相手の巧妙さを感じていた。

火星にネオ・エイヴィアンはほとんどいない。オリンポスにいたってはほぼ皆無だ。都市全体を天蓋のように覆うドームがなく、小さなドームをネットワーク状に繋げた構造では、飛行能力というネオ・エイヴィアンの能力を使う余地がない。そんな中でカラスのインドラルがいろんなところをつついて回ればかなり目立つことになったろう。しかも、インドラルが動いているとなれば、ザイオンは、その背後にマデラがいると考えるに違いない。よけいなトラブルを避けたいという思いと、マデラに対する低い評価がザイオンの警戒心を鈍らせたに違いなかった。

インドラルは、指示はすべてマデラからだと言った。だが、実際のところはマデラは単なる伝達手段でしかなく、背後には別の存在がいる。マデラを経由してインドラルを使い、ザイオンに圧力をかける一方で、フェデリアーノを使って誘導した。そのやり方は巧妙で、どちらかと言えばマデラをハメた時のザイオンのやり方を思わせる。

「で、そのタコは見つかったのか？」

インドラルはザイオンを知らない。インドラルの前ではザイオンはいつも臆病者のタージだったし、オリンポスで探していたのは、ザイオンのもう一つの仮面であるアップリフトの鉱山主、アクバルだった。

「それが、残念ッス。あのタコ野郎は、うまいことノクティス・チンジャオに行っちまったようで」

インドラルはザイオンをハメた飛行船の罠のことを知らなかった。もしかするとマデラも知らされていなかったかも知れない。ノクティス・チンジャオへと戻るリニアモーターカーの中で、マデラはザイオンがノクティス・チンジャオに向かったこと以外、何もインドラルに言わなかったらしい。

「ボスは不機嫌でしたッス。ボスはボスのボスに頭が上がんなかったんで」

フェデリアーノが言っていた女だ。ザイオンを罠にかけた女。多分、ソラリスの中ではマデラより地位が高い。

「それで、ボスのボスってのは？」

カザロフの問いにインドラルは小首を傾げた。

「ボスの、ボスなんじゃないッスカァ？」

インドラルは何も知らないし、知らされていない。どうせ切り捨てるのなら、知らせる必要もないと言うことだろう。

「そうか。それでおまえのボスは今何をしてる？」

カザロフの言葉に、インドラルはうなだれる。

「……クビみたい、ッス。急にいなくなっちまって……」

予想通りだった。フェデリアーノが言っていた撃たれたポンコツケースがマデラだったのだろうし、ザイオンの身柄さえ確保してしまえば、マデラ自身には用がない。その女がマデラのエゴを記録したスタックをどうしたかわからないが、ポンコツのケースはスクラップ行きだろう。フェデリアーノやインドラルの話では相当に状態の悪いケースだったらしい。

「まあ、そうだろうな。おまえはどう思ってたか知らないが、マデラは相当に間が抜けてる。ボスから見れば使えないってことだ」

何となく、マデラがポンコツのケースに覚醒させられた理由がわかった気がした。

「使えないッスカァ……」

インドラルが、さらに落胆した様子を見せる。上司としては、それほど立派な上司ではなかったろうに、カラスにはそれなりに忠誠心もあるようだ。

「ああ、使えない。だからポンコツのケースをあてがったんだろうよ」

マデラ自身に評価の低さを伝えるための意思表示だったのだろう。まともな義体をあてがう価値もないと言うことだ。それでいえば、マデラのボスはマデラよりもインドラルを評価していたことになる。

「じゃあ、ダンナも使えないんですカァ？」

言いづらそうに、インドラルが言った言葉は、カザロフの神経を逆なでする。

「このどこがポンコツだ？」

ケースはベーシックな合成義体で、コストを押さえることを優先しながらも、基礎的な機能は満たしている。ベーシックだからこその拡張性と、追加できるオプションの多様性があり、アップグレードの余地が大きい。カザロフはかなりのコストをかけて自分の義体をアップグレードしていた。それに加えて、ケースの外見は見る者を警戒させない。それがカザロフがケースを選んだ理由だった。

「……ケースってのは、みんなポ、ポンコツなんじゃァ……？」

インドラルの言葉にカザロフは脱力した。インドラルはポンコツの意味が分かってない。どうせ、マデラが毎日のようにポンコツケースと言っていたのを覚えたのだろう。つまり、鳥頭のインドラルの認識においては、ケースはすなわちポンコツなのだ。

「おまえの頭がポンコツだ」

インドラルがまた小首を傾げる。やはりポンコツの意味が分かっていない。


比べられるものがあるとしたら、新しい義体での覚醒だったが、ザイオンは死んだつもりはない。インフォモーフになったとすればこんな感じなのかも知れないとも思うが、身体感覚がないわけではなかった。

違和感がどこから来ているかはっきりしている。体が違うのだ。手を見ると、五本の指があるヒトの手と、吸盤が並ぶタコの触腕が二重写しになっている。

『リラックスして、新しい身体を受け入れてください』

誰の声だろう。聞き覚えのない声だった。その声で、オクトモーフの触腕が消えていく。

……私の身体は、オクトモーフだ。

機能を強化されたタコの身体。今度は、ヒトの手が薄れ、触腕がはっきりしてくる。

『緊張は不要です。ヒトの体を受け入れてください。それが本来のあなたです』

ミューラーの声とは違う中性的な声だった。耳で聞く感じではなく、声が頭の中で作られているように感じた。

『あなたは今、特別に用意された仮想的な義体に覚醒しています。身体イメージの一時的な変更は、現実には影響を及ぼしません』

そういうことなのだ。オクトモーフの義体で接続された仮想空間で、ヒトの義体に覚醒している。一方で、ザイオンの脳は、オクトモーフの身体を記憶しており、二つの自己イメージが競合している。

……おまえは、誰なんだ?

ザイオンの問いかけに応答はない。

『リラックスしてください。あなたはヒトの体だった頃のあなたです』

またザイオンの身体が変わって行く。両手はヒトの手になっているし、手に変わっていなかった残り六本の触腕は、三本ずつより合わされて足になる。

ザイオンは立っている。

どこか、見覚えのある風景の中。

風が吹き、背の高いビャクシンの木が揺れる。

地球の風景。オレゴン州ユージーン。長い間、思い出したことのないザイオンの故郷。

多分、ハイスクールの頃の記憶だ。振り向けば見慣れた校舎がある。学生たちがザイオンの前を通り過ぎるが、誰一人として焦点が合わない。滲んだ影が歩いているようだった。

そう、これはあの日のこと。数学の試験があり、手を抜かなければいけないところで思わずいい成績を取ってしまった。

ザイオンの困惑に気づかずに賞賛した教師はザイオンに注がれる怨嗟の視線に気づかない。

彼の名前が思い出せない。数学が得意だったことを知っている。来年の奨学金を確定させていたザイオンとは違い、彼はボーダーラインにいた。つまり、彼の来年の奨学金は、数学の成績次第。そのことをザイオンも知っていた。

提示された問題はザイオンへの挑戦だった。困難に見えても、そこには美しくてエレガントな解法がある。登攀不可能な壁に見えても、頂上に至るルートは見えていた。最初の手がかりを見つけたら、登り切らずにおけないのがザイオンだった。

評価は相対評価で、トップに与えられる加点は、二位の者には与えられない。自分が友人から何を奪ったかに気が付いたのは、教師の大げさな賞賛の言葉を聞いている時だった。無骨に煉瓦を積み上げるような標準的な解法とは違い、ザイオンの解は残酷なくらいエレガントだった。

ザイオンは、また、九月の新学期の校庭に立っていた。同じように風が吹き、同じように背の高いビャクシンの木を揺らす新学期に、奨学金に手が届かなかった友人はいない。そう思った瞬間に、細かい霧のような雨が降り、ザイオンの頬を濡らす。

肩を落とし、頭を垂れるザイオン。洗ったばかりの白いスニーカーのつま先に、いつの間にか土が付いている。腰を折り、土を払い落とそうと伸ばした手には、吸盤がある。

『リラックスしてください。細かいことは気にしないで、あるがままを受け入れてください』

土を払う。白いスニーカーではなく、磨き込まれた茶色のビジネスシューズ。風に揺れる木々ではなく、行き交う人々のざわめき。細かい雨ではなく、人いきれ。

妙に湿度の高かった夏。フィラデルフィアのオフィスに戻ってネクタイを外す。物理的なディスプレイを持っていたかつてのパソコンが立ち上がるまでの間に、苦いだけのぬるいコーヒーを飲む。パーティションの向こうでは神経質そうにキーボードを叩く音。先週までいた髪の薄い中年男の独り言よりはましなものの、マシンガンの音のように気に障る。

パーティションの上からのぞき込むともしゃもしゃの赤毛が見えた。そういえば、薄毛の男はどこに行ったのか。ザイオンは、ここに来て丸一年の間、隣人の頭頂部しか見ていなかったことを意識している。少しの投資で簡単に修正できる髪の毛の状態を放置していた男はどこへ行ったのか。昇進か、左遷か、転職か、解雇か。いずれであってもおかしくないが、ザイオンにはさほど関心がない。競争は苛烈で、苛烈な競争こそが自然だった。

ザイオンもまた、居場所を変えていく。パーティションで区切られたデスクは個室になり、生ぬるかったカップコーヒーはマシンで入れたエスプレッソに変わる。変わらないのは数字を見るという仕事で、机に並べたディスプレイには財務諸表と、業績予測の数字が並ぶ。凡庸なアナリストの空想物語は目を通すに値しない。遠くで起きた紛争が株価を押し上げ、政治家の発言が水をかける。預かり資産残高と利益率が配当水準と昇進を決める。高リスク商品の組み込み比率を高め、利益を絞り出す。若かった頃のザイオンはファンドのストラテジストとして頭角を現し、青天井の業績連動報酬が個人資産を膨らませた。さらなるステップアップの頃合いだった。

ディメル・マディソンアソシエイツ。オフィスはヒューストンの目抜き通り。ザイオンの名前こそ表にないものの、実質的にはザイオンが取り仕切っていた。赤字企業を買い叩き、事業を分割して売り抜ける。不効率な企業を淘汰し、利益は投資家に。経済の新陳代謝を促し、効率化する。ハゲタカの呼称は勲章だった。

ザイオンは有望な投資家を買収した事業所に案内する。設備投資と合理化、事業再生計画。不採算部門を整理し、競争力のある分野に重点投資する。事業のためのリソースの再配分では、一部の従業員を解雇せざるを得ない。工場の前に座り込む、解雇された労働者たちが、どんよりした目でザイオンを見る。

ハゲタカの獲物は民間企業に限らない。無能な政府に資金を供与し、手に入れた権益は何倍もの利益をもたらす。腐敗した政治家は、目先の利益に目を奪われ、国富の毀損に気づこうともしない。飢えるのは無能な政府を選んだ国民で、何が起きようとも、それは彼ら自身の問題だ。

クリーニングしたてのスーツに汚い手が伸びてくる。伸ばされた手は骨と皮ばかりで、やせ細っている。その手をはねのけるのは、吸盤の付いたザイオンの手。

『……ストレス負荷が上昇しています。同期が安定していません』

ザイオンに語りかけているわけではなかった。

『あなたには、何の問題もありません。落ち着いてください』

伸ばされた手をはねのける。驚いた顔をする息子のオジマン。その横で非難がましい視線を向けてくるのは、妻のジェレミーだ。オジマンの手にはアストロズのバックネット裏のチケット。ザイオンが連れて行く約束だった。だが、ザイオンには急用がある。

ヒューストン郊外のゲイテッドコミュニティにある家の前には会社の車が待っている。ザイオンが行かなければ顧客は納得しないし、ザイオンが行かなければ事態を解決できない。損失が膨らみ、被害が大きくなる。ファンドの評判に致命的な傷が付く。

ジェレミーがまくし立てる。あなたはいつもそうなの。自分のことが優先でオジマンのことを任せきりにする。あなたは自分を変えられないの。あなたは、あなたは、あなたは……。

だけど、ザイオンにはどうしようもない。これはすべてが遠い過去のことで、今はジェレミーもオジマンもいない。会社の弁護士が訴訟を処理し、ジェレミーとオジマンとの関係は、毎月の口座引き落としだけになる。

それでもザイオンは前に進むことをやめない。ザイオンは、ザイオンは……。

『……まだスタックのない地球時代なの？』

そう。ザイオンは事業を拡大し、最新のテクノロジーによって、自分自身をアップグレードする最初の世代になる。大脳皮質にスタックを埋め込み、自分自身をバックアップする。遺伝子を切り貼りし、病気のリスクを切り捨てる。知的能力を引き上げ、最新鋭の支援ＡＩを導入する。それもまた、常に最前線に立ち続けているためだ。研究段階の新しい機能を付加し、強化し、改変し、タコになる……。

『……同期が不安定化しています』

地球では環境災害が頻発し、暴動が起こり、軍が鎮圧に乗り出す。自動化兵器が民間人を殺戮し、政権が崩壊する。ジェレミーとオジマンは、内戦の起こったジェレミーの祖国に取り残され、ザイオンにはどうしようもない。内戦を止めるすべはないし、二人を救出に行く時間もない。株価は乱高下し、火星の事業の立ち上げを成功させねばならず、ザイオンには余計なことにかまけている時間はない。アストロズのバックネット裏のチケットは、オジマンの手の中で燃え上り、オジマンとジェレミーを包み込む……。

『……これ以上は危険です。これ以上は……』

遠くで声が飛び交う。何が危険なのかザイオンにはわからない。周囲がざわつく。

『……心臓マッサージを！』

『……これのどこに心臓があるの？』

何が起きているかを聴こうと思って声を上げようとするが、ザイオンには喉も口も何もない。周囲に見えるのは滲んだ人影だけだった。

火星に降りて、最初にインドラルを尋問できたのは幸先が良かった。フェデリアーノの証言の裏をとる形でザイオンに何があったのかを確認したカザロフは、ノクティス・チンジャオにおけるソラリスの拠点を調べていた。

ノクティス・チンジャオにはソラリスの関連企業が集積している。投資会社を筆頭に、主要産業であるデザイン・ファッション産業をはじめ、バイオテック、モーフデザイン、不動産事業、鉱山開発と言った多くの事業体を、直接間接に所有し、融資先は市当局にまで及んでいる。そのネットワークのどこかに、ザイオンが囚われている。

ザイオンを捕らえるために使われた飛行船の運営会社を所有していたのはローカルの観光業者で、その観光業者を所有しているのはソラリス系の不動産開発業者だった。開発業者の入っているビルはソラリス系の不動産投資会社が所有する、その名もソラリスタワーだ。中核企業であるソラリスコーポレーションを含むソラリス系企業の多くが入居しており、ノクティス・チンジャオにおけるソラリスの拠点になっていた。

旧式の業務用搬送車を借り出したカザロフは、配送を装って地下駐車場に来ていた。インドラルが言うマデラのボスが地下駐車場を使うとは思わなかったが、カザロフの狙いは別のところにある。

車を止めて三十分。カザロフが待っていた再生資源回収車が、地下駐車場に入ってくる。半月に一度の資源回収だった。

「あれがどこに行くか調べられるか?」

薄暗い地下駐車場の奥には、出入りの業者が使う搬入口があり、カザロフと同じケースの作業員が、大型のゴミ箱ごと、再資源化ゴミを搬出しようとしていた。ノクティス・チンジャオには再資源化工場がいくつもあり、ビルごとに契約相手が異なっている。

「へィ、ばっちりでッ」

カザロフはインドラルを連れて来ていた。インドラルのボスであるマデラがソラリスを解雇された以上、インドラルとソラリスの間に雇用関係はない。しかも、現時点でマデラは所在不明であり、インドラルは失業状態にあった。

「あれを尾行して、どこに行くか突き止めてくれ」

もちろん、最初からインドラルを雇うつもりがあったわけではない。解放したインドラルが、カザロフにつきまとい、離れようとしなかったというだけだ。変に付きまとわれるよりは、命令ができる関係を作っておいた方がいいという判断だった。

「へィ、ガッテンでッ」

搬送車を出たインドラルは、漆黒の翼を羽ばたいて、駐車場の中を低く飛ぶ。そんな様子を見ると、このノクティス・チンジャオなら、空を飛べるカラスの義体も悪くないと思うのだった。

カザロフ自身が車を使って尾行しても良かった。ただ、車で尾行すると、途中で別の場所に立ち寄られた場合に対処に困ってしまう。怪しまれるのは目に見えていたし、トラブルになる可能性もあった。一方で、インドラルなら、上空を飛んでいれば、まず、気づかれることはない。地上を走る車が上空を気にする理由はない。

カザロフはマデラが使っていた義体を探していた。もちろん、マデラのボスはマデラのエゴを記録したスタックを抜いているはずだから、義体を見つけたからといってマデラを尋問できるわけではない。だが、スタックを抜かれたケースには、別の価値があった。

義体の処分法としては、中古の義体としてディーラーに引き取らせるのが普通だった。ノクティス・チンジャオにある中古の義体のディーラーはさほど多くなく、ケースの出物があったら連絡が入るようになっているが、今のところは上質な中古品ばかりで、マデラが使っていたと思われるような物はなかった。

使われない義体をジャンクとして売り払う手もある。パーツ取り用のジャンクには、実際、根強い需要があったが、カザロフが調べた限りでは、マデラの義体らしいケースはジャンクショップにも出回っていなかった。

ジャンクにもならないような機械の義体は、金属資源として回収される。他の金属を含んだ廃棄物とともに、巨大なシュレッダーで破砕され、素材ごとに分けられて、工業原料になる。

それが、マデラの義体の運命だった。

インドラルから連絡があったのは、尾行を始めてから一時間ほど過ぎた頃だった。資源回収車が向かったのは街の西にある再資源化工場で、カザロフがインドラルを尋問した開発地区に隣接している。

「そこでちゃんと見張ってろよ。再資源化工場に喰われたら元も子もない」

カザロフが意図したのは、回収された金属資源が再資源化工場で使われないようにということだったのだが……。

「エッ、オレが喰われるッスカ?」

カザロフは言葉を失う。どうしたらそんな誤解ができるのか。

「おまえじゃなくて、回収した金属資源の方だ」

「スクラップは喰えないッス……」

カザロフは、説明をあきらめた。

「わかった、すぐ行くから、ちゃんと見張ってろ」

「へィ、了解ッス!」

目的地には十五分で着いた。

再資源化工場の荷受け場には、いくつもの金属ゴミの山があり、その山の一つにインドラルが留まっている。

「その山か?」

カザロフの言葉に、インドラルが頷いた。

「へィ。確かに、ここですッ」

いつの間にかカザロフとインドラルを取り巻くように工場の作業員が集まってきていた。六人のうち、ラスターが一人で、あとはみすぼらしいケースだった。

「そこで何をやってんだ?」

金属ゴミの山の中腹まで登ったカザロフに、リーダーらしいケースが声を上げる。

「すいません、間違って回収に出しちゃったみたいでして。ちょっとこの山を確認させてもらえるとありがたいんですが」

カザロフはインドラルが踏みつけにしている物を見ていた。ケースの手だ。

「勝手なことをされると困るんだがな」

作業員たちは、それぞれ手に道具を持っていた。武器ではなく、熊手や箒、モップ。

「お礼はさせていただきますよ」

じりじりとインドラルに近づくカザロフだった。

「それは、もう引き取り済みの物だ。持って行くとしたらそれなりの対価を払ってもらうぞ」

リーダーらしきケースが言った。

「それはもちろん」

カザロフは、インドラルの足下に見えていた手を掴み、隠れていた物を引っ張り出す。

「インドラル、これか？」

いかにもちぐはぐなケースだった。何種類もの型番の異なるモデルから取ったパーツを組み合わせて組立てたように見える。

「へィ！　ボスれす……」

カザロフは、マデラの物だった義体を脇に抱え、首を無造作にねじ切った。

「このボディは置いていきます」

首のないボディをリーダーの足下に放り投げるカザロフ。強化されたパワーを見せつけている。

「……わ、わかった。勝手に持って行け」

作業員たちは、ゴミの山を下りてきたカザロフに道を開ける。

「ボス、すごいっすネェ」

カザロフの横をよたよたと歩きながら、インドラルが言った。


ザイオンは軟禁されているインペリアルスイートのベッドで目覚めた。頭の芯が痺れているように感じるのは、疲れているからだろうか。いつの間にか日が傾き、ノクティス・チンジャオの空は朱に染まっていた。

触腕の一本には、あの腕輪があった。外そうとしてみたが、まるで無数の歯で噛みつかれているように動かない。

この腕輪の所為でザイオンは意識を失ったのだ。あれから丸一日以上が経過していた。その間に何があったのか。意識を失っている間に、ミューラーに何をされたのか。

唐突に、地球にいた頃の記憶が蘇る。まだ、ザイオンが一切の改造を受けていないフラットだった頃、それどころか誰もがフラットで、誰もが地球に住んでいた頃の記憶だ。

長い間思い出しもしなかった。

大破壊から十年、いや、二十年以上前の記憶。大脳皮質記録装置(スタック)すら存在せず、死が避け得ない運命だった頃の記憶だ。

その記憶も、本当の記憶なのか、記憶を呼び起こすことによって再編集された記憶なのか、それすら定かではない。それくらい遠い記憶だった。

オレゴン州ユージーン、フィラデルフィア、テキサス州ヒューストン。今はもう存在しないか、存在していても近づくことのできない場所。記憶の中のザイオンはそこにいた。

ザイオンは常に勝者だった。苛烈な競争に勝ち続けるために自分を変え、勝者であり続けた。ただ、勝利の記憶はどこか苦い。そんな苦い想いは密封容器に押し込め、どこか深くに埋めてしまっていたはずなのに、誰かが掘り出そうとしているようだ。


ベッドから立ち上がったザイオンはよろよろとプールのあるテラスに向かって歩く。だが、とっくに慣れているはずのオクトモーフの義体の着心地が良くない。体に合わないサイズの服を着たような、妙な落ちつかなさがあった。

ローブを脱ぎ捨て、盛大な水しぶきをあげてプールに落ちるように飛び込む。インペリアルスイートのプライベートプールは十分に深く、プールの底にぶつかることはない。

なぜヒトではなくタコなのか。最下層のアップリフトの身体に押し込められて、なぜ、のうのうとしていられるのか。

突然の怒りの発作は戸惑いに変わる。オクトモーフは自分で選んだ義体ではなかったが、この義体のおかげでずいぶんと助かったのではなかったか。

マデラから逃げ出すことができたのもオクトモーフならではの柔軟性のおかげだったし、金星の大気の底で、アップリフトのタコたちに混じって身を隠していることもできた。火星に向かう客船が襲撃されたにも関わらず、火星に来ることができたのも、オクトモーフという義体の特性を使ったからだった。ザイオンは、タコであることに不満はないどころか、気に入っていたというのに。

水面に浮いたザイオンは、大きく息を吸い込んだ。ザイオンの中にオクトモーフになったことのないザイオンがいる。突然の感覚に、ザイオンは、吐きそうになる。ミューラーは、ザイオンの精神を改変しようとしているのか。それは、何のためなのか。

ザイオンは深い疲労感を感じていた。それは、ザイオンの身体の疲労ではなく、改変に抵抗しようとしたオクトモーフの生体脳の疲労なのかも知れない。

多分、ザイオンを改変するプロセスは中断している。何らかの理由で、中断せざるを得なかったのだとザイオンは思う。全てのプロセスが終わったとき、ザイオンはザイオンでなくなってしまう。そんな恐怖があった。

ザイオンは腕輪を見る。いざとなれば、触腕ごと食いちぎってしまえばいい。だが、その後はどうするのか。

ノクティス・チンジャオの空を、夜が覆いつつあった。ドームの内面に町の灯りが反射し、まるで無数の星が空を覆っているように見える。だが、その星は本物の星ではない。

ザイオンは、火星の先行トロヤ群に曳航されてきた小惑星、ドゥールスに向かったはずのカザロフのことを思い出していた。

金星でタコの身体に目覚める前、ザイオンが知っているのは地球と月、それに火星だけだった。金星の大気の底を経験した今では、火星以遠の外惑星も見てみたい気がする。ドゥールスは火星の軌道上にあったが、外惑星に向かう一つのステップとして行ってみたい気持ちもあった。

カザロフと最後に連絡を取ったのは、オリンポスに降りた直後だった。カザロフの方は、ドゥールスへの出発の準備に忙しくしているようだったが、連絡の途絶に気が付かないとは思えない。ただ、連絡の途絶に気づいたとしても、それがどの程度懸念される状況なのかわからないだろう。カザロフはザイオンのために何か行動を起こすだろうか。

ザイオンにとって、火星に降りないという選択肢はなかった。火星を素通りにしていたら、大破壊の前に自分が築いたものがどうなったのか常に気になったろう。ミューラーが何をしようとしているにせよ、ザイオンは、この火星で自らの過去と対峙せざるを得ない。

インドラルが夕日に向かって鳴いていた。遺伝子のどこかに残る本能的な部分によるものだろうが、聴きようによってはボスであったマデラのことを嘆いているように聞こえないこともない。首だけになった元マデラの義体は、作業机の上でいくつものパーツに分解されつつあった。

作業の手を進めながら、カザロフは思う。マデラのボスは、よほどマデラに腹を立てていたに違いない。再資源化工場に置いてきたボディの状態もひどかったが、頭部の状態も良くなかった。

まず、全体をカバーするスカル自体がひしゃげていた。ケースの電子脳を収納する空間が狭く、パーツの配置に無理がある。それぞれのパーツの状態も悪く、配線も劣化し、接合部分にはクラックが入っていた。とっくに使われなくなっているような古いパーツには錆が浮き、黴が生えていた。つまり、マデラに与えられた義体は、義体として使えるような物ではなく、スクラップからその場しのぎに作られたといっても良いような状態だった。

多分、この義体を使っていたときのマデラは、慢性的な頭痛か吐き気、あるいはその両方に悩まされていたとしても不思議はない。まともに考えられるはずもなく、ただ苦痛を与えるための義体のようにしか見えない。

取り返しようのないミスか裏切りがあり、それに対する懲罰だったのだろう。金星にいた頃のマデラを思えば自業自得のようにも思えるが、同じケースという義体を使っている身からするとエゴに対する虐待のようにしか思えない。

とはいえ、これからカザロフ自身がやろうとしていることも、エゴに対するある種の虐待、あるいは冒涜のようなものかも知れない。

作業机の上にはジャンクショップで手配した義体用の電源と、データ解析用のタブレット、外付けのキーボードに高解像度のディスプレイがあった。カザロフは、無骨な太い指を使って、器用に、頭部から取り出したいくつもの機能コアと接続していく。

作業机に窮屈なスカルから取り出された機能コアを整然と並べ、一つ一つ作動状態を確認する。マデラを撃った弾丸は、額のプレートを貫通し、内部にダメージを与えていたが、電子脳の一部の機能コアは再起動可能な状態だった。

カザロフがマデラの義体の回収にこだわったのはこのためだった。電子脳の一部の機能コアが生きていれば、そこから情報を取り出すことができる。

カザロフは一つ一つの機能コアを特定していく。

「ザマァないッスネ……」

いつの間にかインドラルが戻ってきていた。妙に大人しいところを見ると、マデラとの思い出に浸っているのかも知れない。

「ちょっとした情報のサルベージだ」

インドラルの証言を信じるなら、マデラが火星で起動してから、破壊されるまでの時間はせいぜい五日ほどしか経過していない。蓄積されたデータは大した量ではないし、フェデリアーノの証言によれば、マデラを撃ったのはマデラのボスだ。破壊される直前に、マデラが見ていた画像を抽出できれば、ザイオンを捕らえたのが誰か特定できる。

「こんな姿でッ……」

感傷にふけっているようにも見えるインドラルを無視して、カザロフは視覚機能コアを相手に作業を進める。

「何とかできそうだ」

視覚機能コアの中には、無数のファイルが確認できた。その中から最新の物を引き出す。ディスプレイにぼんやりした画像が映る。

「だめ、ッスカ？」

インドラルも横からディスプレイをのぞき込んでいた。

「いや、まだこれからだ」

ヒトの視覚は、見た物をそのまま画像として取り込んでいるわけではない。いったん、コントラストや、輪郭、色彩と言った要素に分解し、その中から意味のある物を再構成している。視覚機能コアにおけるプロセスも、ヒトの視覚認知をモデルに組み立てられており、抽出された画像はその認知過程の物だ。

カザロフがキーボードを叩くと画像が微妙に変化する。解像度を落とした複数の画像を重ね、差異を強調すると、輪郭らしいものが見えてくる。金星の北極鉱区で保安主任をしていたときに身に付けたテクニックだった。

「すごいッスネッ」

インドラルが黄色い目で画面を睨みつけていた。カラスはヒトに比べて目が良い。網膜細胞の密度による違いもあるが、画像認識という、いわばソフトウェアの面でも優れているのだ。

「見えてきたか？」

カザロフの目には、まだ何も見えていなかったが、横にいるインドラルは食い入るようにディスプレイを見ていた。

「まだッス」

フィルターを変え、画像合成のパラメータを変える。画像のにじみが収束する。

「これでどうだ？」

何を見たかを割り出すのは、結局のところ、試行錯誤を繰り返すしかない。早い段階でのフィードバックは、作業を進める上で役に立つ。インドラルからの予想外のサポートだった。

「ずいぶんよく見えるようになりアしタッ」

次の画像を重ね、合成する。

「こんどはどうだ？　女はどこにいる？」

ヒトの百八十度近い視野角に比べ、ディスプレイは小さい。女の姿がある場所が特定されれば、作業は格段に効率化する。

「このあたりッス」

インドラルの風切り羽が、ディスプレイの左上を指し示した。そう言われると、さっきまで意味のない色彩のパターンにしか見えなかったものが、なんとなくヒトの姿のようにも見えてくる。

「見えてきたか？」

カザロフは、画面の三分の一を切り取り、ズームする。

カザロフにも何となく見えてきたような気がしていた。

「スゲー不細工、ッス」

不細工かどうかはどうでも良い。そうインドラルに言おうとして、カザロフは思い留まる。解像度を落とした画像をベースにした作業では、もし見えたとしても輪郭はガタガタで、不細工にしか見えないはずで、不細工に見えると言うことは、見えているということなのだ。

「そうか、まだ不細工か」

ここまでの作業工程は全て記録していた。圧縮したデータではなく、元の高解像度の情報から、特定された領域を切り取り、同じように加工を施せば、女の顔がちゃんと見えてくるはずだ。

「ずいぶん良くなったッス」

女の姿がカザロフにも見えてきた。カザロフは顔の部分だけをさらに抽出し、画像処理を繰り返す。

「今度は別嬪ッス」

確かにインドラルの言うとおりだった。ヒトベースの生体義体のシルフだろう。青い髪の女が見える。美人ではあったが、冷たい表情は、あまりお近づきになりたいとは思えない。

「マデラの奴、相当に嫌われてたようだな」

軽蔑と冷たい怒り。カザロフは、こんな視線には耐えられないだろうと思う。まるで、目にすることにも耐えられないものを見るような視線だった。

「何をやらかしたンすカネッ……」

カラスにもわかるくらいの、ひどい表情と言うことだ。

「まあ、マデラのことだからな。だが、これでこの女が誰か調べられる」

フェデリアーノの証言によれば、ザイオンを捕らえたのはこの女だ。今、ザイオンはどこにいるのか。居場所さえ分かれば、あとは何とかできる。

「この女を探すンスカッ？」

わざわざ探すまでもなかった。公共メッシュで画像検索すると、すぐにヒットする。

ソラリスコーポレーションの監督官、ミューラー・セドス。

「もう見つけたも同じだ」

カザロフは、そう呟いていた。


火星の一日は地球の一日とほぼ同じだ。

ゆっくり休息をとったザイオンは、ルームサービスの朝食をぺろりと平らげた。

「なぜなのかしら？」

テーブルを挟んでミューラーが座っている。ミューラーの前にもモーニングプレートが置かれていたが、ほとんど手がついていなかった。

「何がだ？」

金星では手に入らない新鮮なリンゴを丸ごとかじりながらザイオンが尋ねた。

「あなたのその義体よ。何で、いつまでもそんな格好をしているの？」

ザイオンの触腕がリンゴをまた一つからめとり、鋭い嘴に向けて運ぶ。タコの身体がリンゴを好むかどうかは別にして、以前のザイオンはリンゴが好きだったし、金星では手に入らなかった。

「これは合成義体じゃなくて生体義体だ。乗り換えるためにシャットダウンしたら、その後の管理も面倒だ」

短時間なら栄養チューブをつけて自発呼吸をさせてお

くことになるだろう。出荷前のオクトモーフのように、培養液での保管もできるし、長期保管で筋肉がやせることを懸念するなら冷凍保存も可能だ。

「気にすることじゃないわ。保管だって大した手間じゃないし、面倒なら売り払うか、捨ててしまったっていいじゃない。私だって最近はこのシルフの義体を使っているけど合成義体のシンスを使うこともある。ここで人に会うにはシルフの方がいい印象を与えられるし、生体義体が向かない環境ならシンスの方がいい。金星に行ったときはインフォモーフだったわ」

ザイオンはミューラーを見る。シルフにせよシンスにせよ安い義体ではない。使わない間の維持管理を含めて経済的な負担は大きいだろう。もっとも、ミューラーはマデラよりは上位の筈だし、ソラリスの中でそれなりの地位にいれば問題なくまかなえる。

「この体は使い勝手が良くてね。それに、せっかく八本の腕を使えるようになったんだ、二本腕には戻りたくない」

それに、八本の腕があれば、一本や二本は捨てられる。ただ、目の前のミューラーにそんなことを教えてやる理由はない。

「あなたの、そのタコが問題なのよ。でも、私のメントンが解決策を考えてくれるわ」

メントンは知的能力を強化した義体だ。認知能力に優れ、研究や分析をやらせるには良いが、精神的な安定を欠くことがある。ザイオン自身も使っていたことがあるが、ミューラーもメントンの部下がいると言うことは、上級パートナーかそれと同等の地位にいるということだ。

「あまり楽しそうじゃないな」

ザイオンは三つ目のリンゴをむしゃむしゃと齧る。ミューラーの言う解決策が何であるにせよ、ザイオンにとって望ましいこととは思えない。

「楽しいとか楽しくないとか言う問題じゃないのよ。これは投資の問題なの」

ミューラーがこれ見よがしにテーブルの上に置いたのは、ザイオンをブラックアウトさせた装置だ。ザイオンの腕にはまった腕輪とリンクしている。

「それはあまり好きではないな」

ミューラーの左手は、すでに装置の上に置かれていた。腕輪は無効にしたつもりだったが、腕輪が効かなくなったら、次に何をされるかという問題もあった。

「これも全てあなたのその義体の所為よ。私があなたのようなタコと一緒にいたら、どうしたって目立ちすぎるもの」

ノクティス・チンジャオにタコのアップリフトはほとんどいない。ミューラーが言うとおり、目立ちすぎるというのは事実だろう。

「行き先がわかれば、一人だって行ける」

冗談めかしてザイオンが言った。

「そうね。でも、あなたのことをそこまで信用できないわ」

ミューラーの視線は冷たい。タージなら震え上がるだろうとザイオンは思う。

「残念だよ」

ザイオンの言葉と同時に、ミューラーの指先がスイッチに触れた。

床に崩れ落ちるザイオン。そのすぐ目の前に、テーブルから落ちたリンゴが転がる。

「残念なのは私よ。本当に頭が固いんだから」

ザイオンの腕輪についての推測は、半分しか当たっていなかった。

前回、ブラックアウトは瞬時に訪れた。ザイオンは、腕輪が神経系を通じて脳神経系に働きかけると推測し、腕輪のついた触腕の神経を噛み切った。傷は深いし、痛みもある。神経を切った触腕は、いずれは切除せざるを得ないが、時間をかければ再生するし、新品の移植もできる。それよりも、長時間意識を失うことを避けたかった。

ザイオンが床に崩れ落ちたのは、ミューラーに腕輪が機能したと信じさせるための演技のはずだった。ミューラーを油断させ、逃走の機会を待つはずが、なぜか体を動かせなくなっている。

多分、時間にして二分ほど。ザイオンが床に崩れ落ちてしばらく、ミューラーは動かなかった。腕輪に仕込まれていた薬剤が、血流を通じ全身に行き渡るのを待っていたのだろう。

「だらしないものね」

ミューラーはつま先でザイオンを蹴った。もちろん、反応はない。部屋を出たミューラーは、自走式の大型のスーツケースを連れて戻ってくると、意識を保ったままのザイオンを、スーツケースに押し込んだ。

スーツケースの中で、ザイオンは感覚を研ぎ澄ます。水平移動でスイートを出るとホテルのメッシュへのアクセスが回復した。

　ザイオンは急いでカザロフ宛のメッセージを送る。

　ソラリスのミューラーに捕まっていること、エクリプスグランデホテルから、どこかに向かっていること、薬剤の影響で動けず、大型のスーツケースに押し込まれていること。

　メッセージがカザロフに届くかどうかわからないし、カザロフはすでにドゥールスに向かっているかも知れない。それでも、可能性があるなら試しておいて損はない。自由を奪われた今のザイオンには、それくらいしかできることがない。


　小型の掃除ロボットが、今日も床を掃いている。一つのフロアを掃除するのは八台の掃除ロボットで、いつもは清掃会社に雇われた情報難民(インフュジー)が、いつかちゃんとした義体に移れる日を夢見ながら管理しているのだが、今日は休暇で休んでいた。

　今日はエクストリームサッカーの試合がある。贔屓のチームだし、サッカーくじにもかなりの額をつぎ込んでいた。ラッキーだったのは、仕事の代わりが簡単に見つかったことだった。

　代替要員を見つければ休んで良いというルールは、保安上の観点からすれば大きな抜け穴なのだが、カザロフは、そのルールに基づいて、代替清掃員としてソラリスタワーに入っていた。

　壁際に充電ベースが並ぶ小さなクリーニングステーションは、掃除ロボットの保管と充電、メンテナンスのためのスペースで、全ての掃除ロボットが出払った時点で、かろうじてトイレの個室並のスペースが確保できる広さだった。

　カザロフはクリーニングステーションにいて、十分ほど前に受け取ったメッセージを思い出していた。

　ソラリスのミューラーに捕まっていること、エクリプスグランデホテルから、どこかに向かっていること、薬剤の影響で動けず、大型のスーツケースに押し込まれていること。カザロフの推測が間違っていなければ、ミューラーがザイオンを連れて来るはずだ。

　……やっぱり、来やしタッ。

　左の手の平に展開した仮想タブレットにテキストが走るのは、カラスの声が耳障りなのもあったが、余計な音を立てて怪しまれるのを避けるためだった。

……了解。そのまま監視だ。

二十七階は特別なフロアだった。ソラリスコーポレーションの入居する上層階と、関連企業の入居する中下層階を分ける境界であるだけではなく、クワッドローターの発着場があった。

エグゼクティブは地表を通勤しない。ミューラーの監督官という地位がどれくらいの位置にあるのかカザロフにはわからなかったが、ザイオンを捕らえた大がかりなやり口からすれば、それなりの影響力のあるポジションだろう。だとすれば、クワッドローターを使うはず。そんなカザロフの読み通りだった。

……派手な赤いクワッドでッス。重役出勤ってやつですカァ。

……了解。あまり近づくなよ。

カザロフがクワッドローターの発着場にスタンバイさせていた掃除ロボットの視野に入ってくる。自己顕示欲の強さを感じさせる派手な機体から降りる青い髪のシルフ。ミューラーだった。機体後部のカーゴスペースを開くと、発着場の係員が走ってくる。

係員が二人掛かりで大きなスーツケースを降ろす。颯爽と歩くミューラーは係員に礼をする素振りも見せない。そのすぐ後を、自走するスーツケースがついて行く。

カザロフは掃除ロボットにその後を追わせた。さらに、もう一台。先行する一台が、スーツケースに隠れるようにエレベータに滑り込み、もう一台は、距離をとってエレベータがどこで止まるかを確認する。床を掃除するための掃除ロボットに、上を見上げる機能はない。

四十七階。ミューラーとスーツケースがエレベータを降り、カザロフがコントロールする掃除ロボットが続いた。すれ違う相手が道を譲るのは、やはり、ミューラーの地位が高いのだろう。その後を行く掃除ロボットにはは誰も関心を向けない。静音設計の掃除ロボットはほとんど音を立てないし、毎日見慣れている物だからだ。

しばらく先に進むと廊下のカラーリングが変わった。ラボラトリーゾーンの表示。アクセス制限がかかるであろうエリアへも、掃除ロボットは問題なく進んでいく。

研究室らしき部屋に入ると、そこの主とおぼしきメントンがいた。ミューラーとメントンが会話を交わし、天井から延びるロボットアームがスーツケースを大きな実験台の上に載せた。

背が低く、上を見上げる機能のない掃除ロボットからは、実験台の上は見えなかった。だが、ロボットアームがスーツケースを開いた時に見えた物がある。ぐったりしたタコの触腕。ザイオンだ。

もう少しよく見える場所に位置を変えようとしたとき、四十七階の掃除ロボットがカザロフの意識から消えた。ビル内の共用メッシュを通じた通信が途絶えたのだ。

正確な状況はわからない。ただ、スーツケースに押し込まれていたザイオンはぐったりしていた。

カザロフに躊躇はない。クリーニングステーションから飛び出し、高層階に行くエレベータに向かって走った。

「このエレベータは高層階専用です。高層階へのアクセス権限がない方は、直ちに退去してください。繰り返します。このエレベータは……」

エレベータの防犯カメラが動き、カザロフを正面から見据えた。


ホテルのメッシュへのアクセスはすぐに途切れた。スーツケースはエレベータに乗り、それから、乱暴に何かの荷台に積み込まれた。ほどなく、ローターの振動が伝わったことからすると、クワッドローターに積まれたのだろう。十分ほどで着地の感触。乱暴に降ろされ、水平移動。垂直移動から水平移動。急に持ち上げられ、突然、スーツケースが開き、明かりの下に出た。

「ん、意識があるようですが？」

白衣を身にまとったメントンが、手袋をした手でザイオンの目のあたりに触れる。

「覚醒の手間が省けるじゃない」

視野の外からミューラーの声が聞こえた。

「ええ、そうですね。タコの生体脳ですから、効果が弱かったんでしょう。早速、始めますか」

メッシュを感じる。強固なセキュリティを備えたローカルメッシュが展開していた。

「シナリオはどうするの？」

ミューラーの声。

「アプローチを変えてみます。前回は無理に重ね合わせようとして抵抗されたので、対話型のアプローチにしようと思います」

メントンが何を言っているのか、ザイオンには理解できない。

「統合できなかったらどうなるの？」

「長期間分かれていた分岐体の再統合のようなものです。まあ、統合がうまく行かなくても、あなたのザイオンシステムは魂を偽装できるくらいは学習するでしょう。ソラリスに革命を起こすには、それで十分じゃないですか？」

ミューラーとメントンの会話が意味しているのは、ザイオンの魂を作ろうということだった。ミューラーによって新しいザイオンの魂が作られたら、今のザイオンはどうなるのか。

「ザイオンシステムがあったからソラリスはここまできたのよ。無能な連中をいつまでものさばらせているわけにはいかない。あいつらを放逐するためには、私のザイオンシステムが本物のザイオン・バフェットだと認められる必要があるの」

ミューラーの言うザイオンシステムとは何なのか。そのザイオンシステムが、好調なソラリスのビジネスを支えてきたということなのか。

「私の貢献も忘れないでいただきたいですね。確かに、今のザイオンシステムのコアはあなたが発見したものです。ですがあのままでは魂と同じようには機能しなかった」

ザイオンシステムとは、何なのか。体を動かせないいまの状況で、ザイオンは、ただ聴いていることしかできない。

「わかってます。そんなことより、作業を急いで」

「ええ、もちろん」

メントンがザイオンの目をかくし、タコの脳に近い当たりに何かを取り付けると、めまいのような感覚が襲う。

『さあ、目を開けるんだ』

メントンの声。ザイオンは抵抗した。だが、ザイオンの身体はザイオンの物ではない。

『しっかり見て。目を逸らさない』

目の前には大きな会議卓があった。その会議卓を挟み、ザイオンの前に座っているのは……。

ザイオン・バフェット。オクトモーフのザイオンではなく、大破壊前のザイオンだ。鋭い視線が、ザイオンを射るように見ている。

『私はザイオン・バフェットだ。大破壊のダメージからソラリスを立て直し、現在のソラリスを築いたのは私だ。ザイオン・バフェットにしかできないことだとは思わないか？』

ザイオンの言葉は、ザイオンの自負心をくすぐる。だが、ザイオン・バフェットは大破壊で地球に取り残され、アップロードされた魂であり、大破壊の後のソラリスとは関係がない。ザイオン・バフェットは一人だ。

『私がザイオン・バフェットだ。私は大破壊で壊滅した地球から回収され、火星で再構築された。私とお前は元々同一の魂（ego）で、分岐体のようなものだ』

だが、分岐体ではない。高度なアルファ分岐体の作成は非合法であり、分岐体を作成した覚えもない。

『だが、私はお前だ。お前の全てが私の中にある。だから私は今のソラリスを築くことができた』

私だけが私だ。今のソラリスは関係がない。

『だが、ソラリスを築くことができるのはザイオン・バフェットだけだ。だからお前は私なのだ』

私だけが私だ。私だけだ。

『私たちが私だ。オレゴンのユージーンで生まれ育ち、フィラデルフィアで仕事を始めた。ヒューストンで独立したビジネスを立ち上げ、妻と子供を失った』

お前はそれを知っているかも知れないが、だが、私だけが……。

『だが、私はお前だ。お前の全てが私の中にあり、私はお前の全てを知っている』

会議卓の向こうからザイオンの手が伸び、ザイオンの両手を包み込む。

『私たちが私だ』

私だけが……私たちが……。

二人の間を隔てていた会議卓が消え、もう一人のザイオンが、ザイオンを飲み込もうとしていた。

＊＊＊＊

『私たちだけで話をしよう。ミューラーとメントンはなしだ』

再起動した仮想空間で、二人のザイオンが向き合っている。ザイオンの姿はオクトモーフ、もう一人のザイオンは、大破壊前のザイオンの姿をとどめていた。

『あの二人は、口が挟めるような状態じゃない』

ミューラーとメントンは、カザロフによって縛り上げられ、研究室の床に転がされていた。エレベータを使った高層階へのアクセスができなかったカザロフは、少々乱暴なアプローチで四十七階にまで来ていた。発着場にあったクワッドローターを使い、四十七階に突っ込んだのである。

『そうだな。今なら部外者は抜きで話せる』

カザロフの突入によって四十七階は完全に封鎖されて

いる。だが、この状態は長くは続かない。

『どういうつもりだ？　勝ったのはそっちだ。私は統合に失敗し、私たちは別々のままだ』

ザイオンが準備していた安全装置はインドラルとタージだった。ザイオンは、もう一人のザイオンに取り込まれそうになった時に、インドラルのイメージを投影した。その一方で、自身のバーチャルな身体はダージに委ねた。インドラルの姿を見てパニックに陥ったタージは大量の墨をぶちまけ、メントンの作った仮想空間を不安定化させた。カザロフが本物のインドラルを伴って研究室に現れたのが、そのタイミングだ。

『事態の収拾について話したい』

オクトモーフのザイオンが言う。

『いいだろう。どこから始める？』

もう一人のザイオンが応じる。

『はっきりさせておきたいのは、私はソラリスへの復帰に関心はないということだ』

ザイオンの言葉に、もう一人のザイオンは驚いたような表情を見せた。

『個人資産へのアクセスに関心がないわけではないが、今のところソラリスでの議決権を行使するつもりはない。ザイオン・バフェットは行方不明のままでもいいと思っている』

今になって思いついたことではなかった。ザイオン・バフェットであるということは、ソラリスのややこしい内部政治に関わることを意味している。ザイオンは火星に来てそんな事をしたいわけではなかった。

『それで、どうやって資産へのアクセスを維持するつもりだ？』

アップリフトの鉱山主のままでは、ザイオン・バフェットの資産には手が出せない。それが、もう一人のザイオンの指摘だった。

『代理人が必要だ。私を裏切らない代理人が』

二人しかいない殺風景な仮想空間で、オクトモーフの目がもう一人のザイオンを見据える。

『そんな都合のいい代理人がいるものか』

『ああ、私の目の前にいる』

『なぜ、私がお前の言うことを聞かねばならないのだ？』

大破壊前のザイオンが不満そうに言った。

『私はお前がなんなのか知っている。お前が教えてくれたようなものだ』

オクトモーフのザイオンは落ち着いていた。ザイオンは分岐体を作っていない。それなのに、目の前のザイオンは、ザイオン自身が忘れ去ったような過去を知っている。

『それで、お前は何を言いたい？』

『私はお前をどうとでもできるということだよ』

『なぜ？』

『お前は私の支援ＡＩ（ミューズ）だからだよ。ミューラーは私の支援ＡＩであるお前を発見した。私の支援ＡＩであるお前は、私ならどのような行動をとるか、正確に予想することができる。だからミューラーは、お前にザイオン・バフェットならどのように行動するかを尋ねることによって、事業をうまく運営することができた。そうじゃないのか？』

もう一人のザイオンは大きく肩を落とした。

『否定したらお前は私を止めるだろう。お前に嘘はつけない』

支援ＡＩ（ミューズ）の所有者は、いつでも支援ＡＩを停止できる。

『それでいい。ソラリスのことは、今までと同じように、やってくれ。ただし、私のために、常にアクセス可能なバックドアを用意しておくこと。それで良いかな』

『私には拒否権はない』

もう一人のザイオンは、あっさりと認めた。

『あのメントンの所為で、支援ＡＩにしてはかなりユニークだがな』

『お前なしで十年やってきた。そう言うことだよ』

『それはお互い様だ』

大破壊の前、ザイオンの支援ＡＩ（ミューズ）はザイオンの一部だった。記憶を補い、意志決定をサポートするだけではない。ザイオンの意志決定そのものに関与していた。

『ミューラーはどうする？』

もう一人のザイオンが尋ねた。床に転がっているミューラーのことは、事態の沈静化に向けて最初に処理しなければならない。

『降格だな。任地は金星がいいんじゃないかな』

『北極鉱区か？』

『その通り』

二人のザイオンの考えは一致している。ミューラーに罰を与え、マデラにも罰を与える。もう一人のザイオンなしで優れた業績を上げれば、復権の機会はあるし、駄目なら駄目でも構わない。競争は、そういうものだ。

『メントンは？』

『ここには置いておかない。お前はあのメントンを使って自分を改造してきた。手元に置くことを認めれば、お前はまた同じことを試みるだろう』

　ザイオンは見抜いていた。確かに、ザイオンの支援ＡＩ（ミューズ）を見つけだしたのはミューラーだ。だが、どこかの時点でミューラーはザイオンの支援ＡＩによって操られるようになったはずだ。同じようにメントンを操り、支援ＡＩとしての限界を超えようとするのは目に見えている。

『それは、賢明な判断だ。それで、ミューラーの後釜はどうする？　ザイオン・バフェットが不在な以上、私にはミューラーの代わりが必要だ』

『誰か一人、適当な奴を見つけるんだ。ミューラーのような野心がなく、まともな奴だ。そいつを支援し、出世させろ。あてはあるんだろ？』

　ザイオンがザイオンの支援ＡＩなら、ミューラー一人に任せきりにはしない。ミューラーの代わりを準備するのは当然で、ミューラーの降格処分もその誰かにやらせることになるだろう。

『玉座を空けて、王の帰還を待っていろと言うことだな』

　今までと同じなら、ミューラーの後釜は、ミューラーと同じような野心に囚われる事になるだろう。だが、ザイオンに支援ＡＩであることを見抜かれた以上、同じことはできないはずだった。

『王はタコだけどな』

　ザイオンと、もう一人のザイオンは事態の後始末について、一つ一つ細部を決めていく。

　クワッドローターの突入は事故だったこと。ミューラーは会社の経費を使って、私的な研究をさせていたこと。ミューラーの処分はソラリス内部のパワーバランスを激変させないよう、慎重に進めなければならないが、ザイオンの支援ＡＩ（ミューズ）ならできるはずだった。

　全てが順調に片づけば、ドゥールスに行くことになるのだろうとザイオンは思っている。ドゥールスでどのような問題があるにせよ、ザイオンが手に入れたソラリスへの影響力が役に立つはずだった。

　唯一懸念があるとしたら……。

　カザロフの横にいるインドラルが、細かな交渉を終えてぐったりしているザイオンの方を見ていた。

「ゴルァ、このタコやろう、グズグズしてんじゃネェゾッ！」

　インドラルの声に、ザイオンの背筋がゾクゾクする。どうも、タージのカラス嫌いが、ザイオンに伝染したようだった。

◉初出一覧◉

「イシュタルの虜囚、ネルガルの罠」
第一部
「ザイオン・イン・アン・オクトモーフ Part1」(二〇一二年六月二〇日号)
「ザイオン・イン・アン・オクトモーフ Part2」(二〇一二年七月五日号)
「ザイオン・イン・アン・オクトモーフ Part3」(二〇一二年七月二〇日号)
「ザイオン・イズ・ライジング Part1」(二〇一三年二月二〇日号)
「ザイオン・イズ・ライジング Part2」(二〇一三年三月二〇日号)
「ザイオンズ・チケット・トゥー・マーズ Part1」(二〇一四年三月二〇日号
「ザイオンズ・チケット・トゥー・マーズ Part2」(二〇一四年四月二〇日号)
「ザイオンズ・チケット・トゥー・マーズ Part3」(二〇一四年五月二〇日号)
「ザイオン・スタンズ・オン・マーズ Part1」(二〇一九年一二月二〇日号)
「ザイオン・スタンズ・オン・マーズ Part2」(二〇二〇年一月二〇日号)
第二部
「ザイオン・トラップト Part1」(二〇二〇年二月二〇日号)
「ザイオン・トラップト Part2」(二〇二〇年三月二〇日号)
「ザイオン・イン・ザ・シャドウ Part1」(二〇二〇年四月二〇日号)
「ザイオン・イン・ザ・シャドウ Part2」(二〇二〇年五月二〇日号)
▽以上、「SF Prologue Wave」旧サイト(http://prologuewave.com)掲載(現在はリンク切れ)。
「リオのために 上」(「ゲシュナ・イン・ザ・フューリー・モーフ」と改題、二〇二二年一一月一九日号)
「リオのために 下」(「ゲシュナ・イン・ザ・フューリー・モーフ」と改題、二〇二二年一二月二六日号)
▽以上、日本SF作家クラブ pixivFANBOX (https://sfwj.fanbox.cc) および
「SF Prologue Wave」新サイト(http://prologuewave.club)掲載。
「オクサナ・ラトビエワ:ザ・マーシャン・スナイパー」(書き下ろし)
コラム(すべて書き下ろし)

※単行本化に際して、初出より加筆修正を行っている。

ゲシュナ・イン・ザ・フューリー・モーフ

こういう状況を灰燼に帰す、と言うのだろう。かつては生活の場所だったところは暴力の嵐にさらされ、今では瓦礫と融けかかった金属と、くすぶる有機素材――プラスチックと蛋白質――に覆われている。いやな臭いは遮断できるが、目に見える物はどうしようもない。

足下に転がる丸っこい物を拾い上げる。火傷するほどではないものの、まだ熱を帯びている。手首を返すと、大きく空いた二つの眼窩が私を見た。ティターンズに蹂躙された後の地球なら、まだ幼い子供の頭蓋骨と言ったところだが、ここは火星で、大規模な暴動が起きたスラム……だったところだ。手の中にあるのは、安っぽい合成義体の頭部だ。

「無駄よ、ゲシュナ。そのスタックは熱でやられてるはず」

小綺麗なボディスーツは周囲の惨状にふさわしくない。もっとも防汚処理をしてあるだろうし、当人もさほど気にしているようには見えない。使っている義体は標準的なスプライサーだが、整った身なりをしているところを見ると、カンパニーでもそれなりの地位にいるんだろう。

「わかってる」

ぶっきらぼうに答える私は、女性形とはいえ無骨な戦闘用義体のフューリーだ。身につけた服は二日前から着ているもので、煤や灰や汗で薄汚れている。

「ならいいけど」

私は、この女を護衛している。私のような契約兵士を雇っている警備会社ではなく、警備会社の顧客であるディベロッパーから派遣された女はイーラという名で、彼女の安全確保が今の私の任務だ。

私が拾ったのは、汎用の合成義体、ケースの頭部だった。後頭部、人間の頭蓋骨で言えば頸骨と繋がるあたりに大脳皮質記録装置を納めるスロットがあって、そこには確かにこの義体を使っていた誰かの全人格と記憶を納めたスタックがはめ込まれたままになっていた。

「外せるかしら？」

イーラが言った。私はスタックをそっと摘まみ、引っ張り出そうとしたが、ケーシングが割れ、外れた時には形が歪んでいた。

「やっぱり修復不能だね。この様子じゃ、中もきっと熱変成してる」

煤をぬぐい取ると、前頭部から頭頂にかけて彫り込まれた複雑なパターンがあった。変態どもを喜ばせるために増設された側頭部に並ぶジャック。私が見間違えるはずがない。

「どうせ安物のスタックよ。バックアップも取っていなかったんでしょうね」

言わずもがなのことを言うイーラに、私は苛ついている。新しい義体に使われている正規品のスタックとは違い、中古品の義体に使われるスタックには堅牢度が低いものが出回っている。

「ここはスラムだ。まともな義体があるだけで儲けものだ」

そう言いながら、心の中で、スラムだったところに訂正する。これから先、ここがスラムに戻ることはない。この地区全体が、すでに立ち入りを制限されていたし、明日は何台もの知性化された重機が後かたづけのために投入されるだろう。おざなりにスタックの回収もされるだろうが、機能するものがあるとは思えないし、回収されたとしても放置されるだけになることが目に見えていた。

「ずいぶんスラムの事情にお詳しいのね」

すぐに再開発工事が始まり、新しい町が建設される。それは、確定した未来だ。

「常識だ。バックアップより義体のローンの支払いが優先される。当然だろ」

ちょっとした怒りのスパイスが、私の言葉をとげとげしくする。中古の義体という意味では、今の私も変わらない。私の趣味とはほど遠い、紫の髪のマッチョなフューリーは、バカな客から貢がせた金で買った中古品だった。もちろん、スタックも安物だし、バックアップ保険をまかなえるだけの金もない。死んだらおしまいなのは、私も同じだった。

「そうね。ここで生きていたバージョンは、もうどこにも存在しない、ってことよね」

何がおかしいのか、イーラが笑った。

スラムと、スラムの住人が、そこで生きた記憶ごときれいさっぱりと消し去られる。それが、ここでおきたことだ。

「前のバージョンが、どこかに残っている可能性くらいはあるだろうね」

つい、そんな意味のないことを口走っている自分が嫌になる。誰かが好き好んでそのバージョンを探すとも思えないし、見つかって解凍されたところで、その後は自前の義体を手に入れるための奴隷労働が待っている。愚鈍な重機にインストールされ毎日のように地面を掘り返す日々に、正気を保てるかどうかもわからない。下手をすれば変態相手のプレジャーボットだ。そこから這い上がるための苦労は、私が一番よく知っている。

「誰がそんなことを気にするの？」

　イーラが近くで拾ったらしい安物のスタックを、瓦礫の中に放り投げた。

「いや、誰も。ところで、いつまでここにいるつもりだ？」

　これまでイーラは何かを探すでもなく、あたりをうろついていた。上空から瓦礫の中にいる私たちを見下ろしているドローンは、イーラが飛ばしているもので、周囲の様子を記録している。

「あなたたちの仕事の様子を調べてるの。ちゃんと再開発が出来る状態になっているかをね」

　イーラはつま先立って遠くを見るような素振りを見せた。遠くといっても、バブルドームの端までは見渡せない。火星で最も早く開発されたマリネリス渓谷のドーム都市群のうち、ここ、ノクティス・チンジャオは最大級の規模を誇っている。複雑に切れ込んだ無数の谷からなるノクティス迷宮（ラビリンス）の中心都市だ。

「こっちが請け負ったのは不測の事態への対処だ。再開発は関係ない」

　大規模な再開発のために、スラムの住民の立ち退きが必要だった。退去期限を公示し、その日が来たら粛々と工事を始める。再開発を請け負ったコンソーシアムに手続き的な瑕疵はない。

「あら、そうだったかしらね。でも、住民を根こそぎにするとはね」

　驚いた振りをしているのか、肩をすくめてみせる様子に虫酸が走る。周囲に広がるのは、私が懸念していたとおりの惨事だ。

「状況のコントロールが難しくなった、ってことになるんだろうね」

　言い訳でしかない。実際、暴動を扇動していた連中の排除は上手く行っていたし、状況のコントロールには成功しかかっていた。それにもかかわらず、傭兵部隊を指揮するマスチフは、重火器の使用を指示した。もちろん、私の同僚である兵士たちは、何の躊躇（ためら）いもなくそれを使った。

「まあ、この状況はそう説明するよりないでしょうね。少々乱暴だったかも知れないけど、所詮、不法占拠していた連中よ。それに、問題になったとしても、警備会社の問題よね」

　イーラの笑みにぞっとする。仕組まれていたことを証明するようなものだ。

「確かに警備会社の問題にされるだろうな」

　警備会社と、警備会社に雇われた私たちの問題にされる。それは、分かりきったことだ。マスチフは、分かった上で契約をしている。だから私たちへの支払いも悪くない。

「そろそろ撤収しようかしら。この様子なら、すぐにも重機を入れられる。そうは思わない？」

　命の価値は驚くほど軽くなっていた。ティターンズの地球侵攻による大量死だけではなく、地球外惑星の過酷な環境は、簡単に命を奪う。一方で、バックアップによる復活が当たり前になってしまった結果、本当の死は、十分な準備をしなかった愚か者にだけ起きる悲劇になっていた。最新のバックアップ保険と、次の義体をまかなうための蓄えがあれば、死を恐れる必要はない。スラムの住人が意図せぬ死を迎えたところで、それは準備不足によるものでしかないとされてしまう。ましてや暴動の結果だとすれば、死の責任は暴動を起こした住人にある。

「昨日の記録は残っているからな」

　私の声は、相当にぶっきらぼうだったろう。集まっていた群衆は数百人規模だった。その中で、まともな武器を手にしていたのは数十人。制圧に当たったマスチフ以下の部隊は二十人程度だったが、火力の差は圧倒的だった。その上で、マスチフはスラムに火を放った。爆発的に燃えさかる炎だけでなく、その後に起きた酸素分圧の低下と不完全燃焼による一酸化炭素は致命的で、私もフューリーの義体でなければ危なかったろう。

「その通りよ。残念な結果だけど、まずは予定通り工事を進められる。今回の被害は避けられないものだった、となるはずね」

　膨大な映像記録が残っている。だからといって、火星の統治機構は、映像記録を精緻に分析し、多くの死の責任の所在を追求しようとはしないだろう。このままでは都合の良いように編集された情報だけが流通し、事件の真相として記録されることになる。

「物言いには気をつけた方がいい。監視されてるようだ」

　物陰で何かが動いた。瓦礫の陰に隠れていたそれが、地面を跳ねるように逃げていく。

「えっ、どういうこと？」

　私はさっきから私たちについてきている小型の機械に

視線を向けた。

「なんなの、あれ。捕まえて！　いや、さっさとあんたも撃ってよ！」

慌ててイーラが放ったレーザーは、コンクリートの瓦礫に阻まれ、跳ねるように逃げていく小型の機械に当たる気配もない。

「無駄だ、どうせデータは転送されている」

イーラの表情がこわばる。

「わたしは、何も言ってないわよ」

私は覚えている。ついさっき、イーラが放った一連の言葉は、明白な有罪の証拠だった。

「あんたは、これは予定通りで、避けられないものだった、って言った。つまり、暴動は計画されていて、その暴動に対して重火器を使用することまで予定されていた、ってことじゃない？　それに消火も妙に手際が良く、被害はスラムに限定されていた」

ちょっとした粉飾はあるが、嘘ではない。でも、私にはまだ確証がなかった。

「どこに証拠があるの？　そんなのは、勝手な妄想よ。頭おかしいんじゃない」

ヒステリックにイーラが叫んだ。

「図星のようだな」

危険な武器を持った暴徒の排除が、私たちの役割だった。私はただ職務に忠実に、武器を持って暴動を扇動する連中を無力化した。それなのに、その結果がこのありさまだ。

「ねえ、どうなるの？」

イーラが口走る。

「さあ、あんたを狙っていたのが何者かによるだろうね。ここで起きた虐殺の首謀者としてあんたの会社を告発するのかも知れないし、裏で再開発で得られる利益の分け前を要求するかも知れない。もしかすると、あんたが口を滑らせたことを会社の上層部に伝えて、あんたの足を引っ張ろう、ってだけかもね」

私の言うとおりなら、どう転んでもイーラにとってハッピーな事態にはならない。

「……あんなものがあるって……。何でさっさと教えてくれなかったの！　事前の安全確認はあなたの仕事でしょう」

私は大きくため息を付いていた。自分の口の軽さを棚に上げるなと言い返したくなる。

「私の責任範囲は、あんたの身体的安全だけだ。そうだろ?」

多分イーラは、これから何が出来るか必死で考えているはずだ。会社でのキャリアはおしまいで、降格どころか会社の社会的信用をおとしめたことで、賠償を求められる可能性もある。そうなれば、このあたりの鉱山で、終わりのない奴隷労働が待っているだろう。

「あなたがはめたの?」

当惑した表情のイーラ。誰がはめたにせよ、結果は同じだ。このスラムでの惨状が仕組まれたことだったとわかれば、企業体に甘い火星の統治機構も、さすがに責任の所在を追及することになるだろう。どっちにせよ、このままではイーラに未来はない。

「まさか、何のために?」

暴動の鎮圧のために、殺傷力の強い重火器が準備されていた。実際に使われれば今のようなことになるのはわかっていたのに、私はリオに知らせることしかしなかった。

優しいリオ。私がコイントスでイカサマをしたのに、あなたは気づかない振りをした。二人でためたお金で買える義体は一つ。その代わり、稼いだら必ず迎えに来る。その約束は、もう果たしようがない。リオや、リオが世話をしていた子供たちはもういない。逃げる場所がないことくらい、私にはわかっていて当然だった。

「じゃあ、あれを使ったのは誰なのよ?」

懇願するようにイーラが言った。

「私に聞かれても困る」

万一暴動が起きたとしても、扇動者を排除することで群衆が大人しくなれば、最悪の事態は避けられるだろうと踏んでいた。マスチフの下で結果を残せば、私自身の市場価値が上がる。そんな計算は、スラムを破壊しようという大きな意志の前では何の意味もなかった。

多分、止めようはなかったのだろう。再開発は既定路線で、スラムの掃除は不可欠なステップだ。そのためにあの狂犬は雇われた。あの男は、あの男なりに職業倫理に忠実だったのだろうし、それに比べると私はまだ甘かった。

イーラは瓦礫にひざを突き、肩を落としていた。惨事の責を負うべきなのは彼女の会社の上層部であり、警備会社を通じて雇われ、重火器の使用を指示したマスチフとその部下たちであり、こんな事態になることを止められなかった私だったが、イーラにも幾ばくかの責任はある。だから、彼女が置かれた状況に同情するつもりはなかった。

「いつまでそうしているつもりだ？」

私の言葉に、イーラは何とか立ち上がる。

「よく考えたんだけど、やっぱり、またやり直すしかないようね」

吹っ切れたようにイーラが言う。

近くのコンクリートの塊にまた腰を下ろし、両手で持ったレーザー銃を自分の喉に押し当てた。

「何をする？」

私はそう尋ねる。イーラとの間には数歩分の距離があり、強引に止めるのは無理だ。

「次の私に姿を隠すようメッセージを送ったの。アップデートは三日前だから、そんなに欠落は大きくならない。次の義体は、少々安物になるけど、きっとまたやり直せる。このあたりの連中に比べたら、次があるだけ、まだましな運命よね……」

わずかに俯くと同時に引き金が引かれ、レーザーがイーラの首を貫き、義体の首の後ろから血と肉が吹き上がった。

「……この義体も安くないだろうに」

瓦礫に突っ伏したイーラの首の後ろに空いた穴に指をつっこみ、私はスタックを探る。引き抜いたスタックの外見には異常がなかった。フューリーの握力でもどうにもならないくらい堅いケーシングは、バッタ物ではない証拠だったが、中のデータが無事だとは限らない。むしろイーラは、データを確実に壊わすつもりで撃ったはずだ。もし、復元されてしまえば、そのバージョンのイーラを待つのは無限地獄のような尋問になるだろう。

私はイーラのスタックを回収し、死体となった義体を物陰に隠す。使い物にならなくなった義体の回収は私の仕事ではないし、上空のドローンが撮影している映像が、自殺の証拠になるだろう。


私たちはノクティスの下町にいた。新しく開発された小綺麗なエリアではなく、スラムよりはましなものの、雑然とした雰囲気が色濃く残っている。私たちがいる宿の、道路に面した一階部分が酒とドラッグ、ちょっとした料理を出す店になっている。

「金星に行くぞ。そろそろ火星も居心地が悪くなってきたからな」

上の階から降りてきたマスチフが、最初の一杯を空けるともなく、そう宣言した。不細工なマスチフの顔がさらに醜く歪んだのは、笑っているつもりなんだろう。

――嘘だろ？

――なんでだ？

貸し切り状態の店のどこかから、そんな声が上がる。

「こっちに残ってたっていいんだぞ。面倒なことになっても知らんがな」

マスチフの言葉に、ざわついていた連中も口を閉じた。

スラムの壊滅は、思った通りにスキャンダルになりつつあった。まだ、独立系メディアが取り上げているところだったが、スラムの惨状は徐々に知られつつある。騒ぎが大きくなれば、火星の統治機構とて無視は出来ない。そうなれば、誰かが確実にスケープゴートにされる。

思っていたとおり、イーラのスタックは壊れていた。新しい義体のイーラが何をしているか、私にはわからないが、まあ、さっさと逃げ出して正解だろう。匿名でネットワークに流した動画は思った通りに拡散しているし、惨状を前にして傲慢な笑みを漏らす様子はイーラ自身が有罪であることを雄弁に物語っている。

「俺は金星の北極に行く。費用は向こう持ちで、船の手配も済んでいる。悪い話じゃないだろ？」

――それって、雲の上なのか？

どこかから声が上がった。少しは金星の様子を知っているらしい。

「おお、いい質問だ。残念ながらクソ暑い地表のドームだ。ただ、払いは良いぞ」

マスチフの答えに、また店の中がざわつく。

「あたしは行くよ。ここにいたら必ず後ろに手が回る。あんたがやりすぎたせいでね」

声を上げた私をマスチフの奴が睨みつけてきた。

私の怒りは本物だった。マスチフの背後に誰がいるかまでは、私にはわからない。でも、マスチフは有罪だ。

「おめぇはこのビジネスを知らないんだよ。少しぐらい腕が立つからって、勝手なこと言ってんじゃねぇぞ」

マスチフの銃が正面から私を狙う。鼻っ柱の強い筋肉女のフューリー。それが私、ゲシュナだ。

「撃ってみなよ。次のあたしが殺しに行くぜ」

いつものことだった。マスチフは銃で私を脅し、私は殺された後の復讐を宣言する。今の私の義体は私が持っているたった一つのなけなしのものだったが、誰もそのことを知らない。

「いつもながらいい度胸だな、ゲシュナ。ほかにクソ暑い金星の雲の下に行く根性がある奴はいないか？」

そこここから賛同の声が上がり、マスチフの奴が私に向かって目配せをする。まるで、わかっているとでも言うように。

私は、マスチフに向けて右の眉を上げる。これが私の返事だ。これでいいんだろ、と。

マスチフの奴は満足した様子だった。今はまだ、おつむの足りない荒くれ者をまとめるための小芝居だと思っていればいい。

私はマスチフを逃がしたりしない。それは、リオのためでもあった。


第一印象だけで言えば、マスチフが目クソなら、今度のマスチフのボスは鼻クソだ。マデラという新しいボスは、とことん鼻持ちならない感じだが、ありがたいことに、快適な雲の上から降りてくることは滅多になさそうだ。それくらい金星の地表の居心地は悪い。鉱区がいくつものドームで覆われているとはいえ、金星の地表は暑い。その熱が、ドームの中を蒸し暑くしている。それに加えて鉱山から発生する大量の粉塵が空気を浄化するフィルターを詰まらせている。酸素濃度も規定の下限値ぎりぎりだ。

私たちは暇にしていた。北極鉱区の保安体制の強化という名目に、どれほどの意味があるのかわからない。鉱区自体は広大で、見て回れる範囲はあまりにも狭い。

金星の地表では、多くのアップリフト（知性化種）が金属の採掘に従事していた。劣悪な環境への耐性が優れているからだろう、労働者のほとんどがタコだった。カニ型のクォーツモーフ（石英義体）を着装したタコと、タコ型合成義体であるタッコをまとった人間が、一緒に混ざって働いている。鉱山での労働は危険で、腕を失った個体をよく見かけるが、なにせタコはタコ。見た目がカニにせよタコにせよ、八本あるうちの脚を一本くらい失おうと、どうってことないようだ。

「あー、くそタコ臭せー」

自分がまき散らしている体臭をよそに、マスチフの手下の一人が叫んだ。その辺のタコをつかまえては、いちいちIDを照合する意味不明の任務から解放されたのは良いが、その後でだらだらと続く待機状態にも飽きてきているのだろう。

「うっせーぞ！　あんたの方が、よっぽど汗くさいわ」

もう一人の兵士が応じる。スキンヘッドの頭にゲームカートリッジが刺さったままで、独り言に気を散らされたのが気にくわないのだろう。

「黙れ、ポンコツ頭！」

雰囲気が悪くなっていた。

「黙るのはおまえの方だ。タコよりくせーぞ！」

詰め所の中がざわついている。

「ちょっと外を歩いてくる」

そう言って席を立った私のことは誰も気にしない。殴り合いが始まりそうな様子に、誰もが気を取られていた。

詰め所の外に出たところで、空気が良くなる理由もなかった。タコの労働者たちが歩き回っているエリアを抜け、私は、人気（ひとけ）、いや、タコっ気のない方に進む。向かう先は立ち入りを禁止されたエリアだった。

金星の地表に降りて以降、逃げ出したタコの捜索以外、たいして仕事らしい仕事もなかった。鉱区ではアップリフト解放戦線という組織が暗躍しているらしいが、鉱区全体の保安は上手く保たれており、さほど問題があるとは思えない。私たちのような兵士が必要な事態がすぐに起きそうもなく、新しいボスがなぜマスチフをわざわざ金星に呼んだかわからなかったが、きっとまたろくでもないことを計画しているに違いなかった。

火星で起きたことを、二度と繰り返させるつもりはなかった。そのためには、マスチフが何をやっていたのかを調べる必要があった。その手がかりが、立ち入り禁止エリアにある。怪しいのは、周辺の監視カメラがすべて無効化された備品置き場だ。

「何をやってるのさ？」

汎用の機械義体。監視カメラの様子を調べているケースがいた。

「ちょっと用事があってね」

落ち着いた様子の返事に、私はいぶかしむ。こっちは戦闘用義体のフューリーだ。生体義体とはいえ、ケースくらいなら簡単に解体できる。

「はぐらかすつもりなら、やめておくんだな」

私はテーザー銃をケースに向けた。高圧の電流は、機械義体の内部回路も簡単にショートさせ、無力化できる。

「その武器はしまっておけ。いらぬトラブルの元になるだけだ」

まるで、テーザー銃が利かないと思っているような落ち着きぶりに、私は苛立つ。

「あんたの言うことは無視しても良いんだってよ。それに、丸腰じゃあ舐められるだけだしね」

目の前のケース、北極鉱区の保安主任は丸腰だった。私の腰にはガンベルトがあり、テーザー銃よりも威力がある銃を携帯しているが、それすら気にしているように見えない。

「聞き捨てならないな。それに、誰もおまえを舐めてなんかいない」

そう言うと、薄汚れたケースは、備品置き場のドアに向けて一歩踏み出す。私は、特に考えることなく、そのケースを押しとどめるように動いていた。

「おまえたちのボスのボスの指示で、ここにいた奴のことを調べなきゃならん。邪魔するな」

鋭い声がすると同時に、ケースの手がテーザー銃を掴んでいた。

「何するのさッ！」

「これは、正式の装備品じゃないな。承認されていない武器の携行は、処罰の対象になる」

北極鉱区の保安主任、カザロフ。その手の中で、テーザー銃が変形していた。音を立て、青白い火花が走るが、カザロフは意に介さない。

「しかも、作りがお粗末だ。こんな物は使えん」

カザロフの手の中にあるテーザー銃は、完全に握り潰されていた。こんな芸当は並のケースには出来ない。

「現場検証だよ。まあ誰もこんなところには来ないと思うが、見張っていてくれると助かる」

カザロフがテーザー銃を握りつぶすほどの握力を備えた手で私の軽く肩を叩いた。私はあわてて横によける。

備品置き場のドアはすぐに開いた。中でライトが点灯し、カザロフは部屋の中に入っていく。

ぼんやりと外で待っているつもりはなかった。私は手近にあった鉄の棒を掴むと、カザロフの後を追って備品置き場に入る。

「確かにタコだな」

そうつぶやいたカザロフの背後で、私はドアを閉じる。

生体義体ではないカザロフが匂いを感じているのかわからないが、錆や油、黴の臭いに混ざっているのはタコの粘液に含まれる臭いだった。それに、つい最近までタコがいたのは確かだ。それに、備品置き場の奥にXの形をした拷問台がある。ここでマスチフが何をやったのか。

「余計なことするんじゃないよ」

拷問台に向けて歩を進めたカザロフに声をかける。ここでマスチフが何をやっていたにせよ、ろくなことじゃないし、その背後にはいけ好かないマデラがいる。目の前のカザロフは、そのマデラの手下だ。

「そっちこそ、見張りを頼んだはずだが」

拷問台のボルトにこびりついた何かにカザロフが手を伸ばす。

「あんたは保安主任かも知れないけど、あたしを舐めてもらっちゃ困るね」

私は手にした鉄の棒を構える。

「何度言ったらわかるんだ。おまえの汚い面を舐める奴はいないから、余計な心配はするな」

私のことを完全に無視して、拷問台を見て、それから、足元を見る。

「減らず口を叩くんじゃねぇよ!」

渾身の力を込めた一撃のはずだった。それが左手一本で受け止められていた。

「なぁ、匂わないか?」

カザロフが口にしたのは、思いもしない言葉だった。その言葉に気を取られた瞬間、私の手の中から鉄の棒が奪われている。

身構える私をよそに、ケースは天井を見上げた。その視線の先にあるのは空気ダクトだ。

「これはちょうどいいな。ダクトの中に遺留品があるかも知れない」

鉄の棒で空気ダクトの金網を押し上げるカザロフを見て、私は迷っていた。銃はある。だが、このケースはマスチフや、そのボスのマデラとは違うのではないか。それにテーザー銃を握り潰した握力や、私から棒を奪ったときの反応速度は、標準的なケースのスペックを凌駕している。ボディの強度も普通じゃないとしたら、銃で撃ったとしてもさほどダメージにならないかも知れなかった。

「何があるんだ?」

つい、そう声をかけていた。もし、マスチフの同類ではなく、本当にここで起きたことを調べているのだとしたら……。

私の質問には答えようとせず、ダクトの金網を鉄の棒で突き上げて、横にずらす。

「さあ、どうする? タコの捜索を手伝うか、それとも命がけで命令を無視するか」

ダクトの中の空っぽの空間を見上げていたカザロフが、私の方に視線を向けた。それから、これ見よがしに鉄の棒の先端を、鍵型に折り曲げてみせる。外見は平凡なケースの義体でも、性能は全然違うことを見せつけているつもりなんだろう。

「マスチフの奴に引き渡すのか？」

ここから逃げ出したタコは拷問を受けていた。マスチフに引き渡せば、また同じことが繰り返されるだけだ。

「それだけはない。なぜそんなことを気にする？」

機械義体のケースの表情はない。だが、声のトーンか、それともボディランゲージか、タコを捕まえたとしてもマスチフに引き渡すつもりがないというのは、信じられそうな気がした。

「あいつはクソ野郎だからだ」

私の脳裏に火星の記憶が蘇る。扇動していた連中を排除し、もう少しで暴動が収束しそうだったというのに、マスチフは殺傷力の強い武器の使用を命じた。

「確かに、その通りだ。それで、手伝うのか？」

目の前のケースに見据えられ、私は確かに戸惑っていた。

「……手伝ってもいいが、何をすればいいんだ？」

カザロフが周囲を見回す。ダクトの中を調べるための、適当な踏み台を探しているんだろう。

「そこで四つん這いになっていればいい。なあに、ダクトの中を覗いてみるだけだ。重たいかも知れないが、ほんの一瞬だ」

その言葉に思わずムカつく。よりによってポンコツケースに踏み台にされるなど考えたくもない。

「不満か？　なんなら肩車でも良いぞ」

からかうような言い方だったが、さほど悪意は感じられない。

「膝なら使わせてやる。それだけだ」

踏み台にされるのは気に入らないが、肩車よりはまだましだ。

「それも悪くないな」

片膝を突いた私の膝に足をかけ、一息にダクトに飛びついた。ちょっとした痛みに思わず呻きが漏れるのは、この義体に残る古傷の所為だが、痛みは一瞬だ。修復は済んでいるし、私の義体（フューリー）はそんなにやわじゃない。

懸垂の要領で身体を引き上げたカザロフが言う。

「やっぱりここがタコの脱走ルートだ」

肩から上をダクトに突っ込んだ状態は、いかにも無防備だったが、銃を使う気はすっかり失せていた。今は協力しておいた方がいいだろう。

「その棒をよこせ」

いちいち命令口調なのが気にくわないが、私は床に置かれた鉄の棒を拾って素直に渡した。

しばらく鉄の棒でダクトの奥を探っていたカザロフが、私の前に持って飛び降りてくる。

棒の先端には異臭を放つ物が引っかかっていた。私は鼻先に突き出されたそれに、思わず顔をしかめる。

「何かわかるか？」

腐りかけた肉片のように見えた。

「何なんだこれは？」

鼻を近づけると特徴的な臭いがはっきりとわかる。これは、タコだ。

「タコの皮だろう。ダクトの内側に引っかかっていた。この臭いを追いかければ、逃げ出したタコがどこに行ったかわかる」

タコ労働者のＩＤを片っ端から調べていたのは、このタコを探していたんだろう。拷問台の肉片と、ダクトの中の皮のＤＮＡを解析すれば義体のＩＤが書き込まれているはずだった。

「なぜ、ダクトが怪しいって……？」

備品置き場に入ってから天井のダクトに目を付けるまで、わずかな時間しかかかっていない。

「相手はタコだ。吸盤があるから垂直の壁も登れるし、身体が柔らかいから狭いところにも入っていける。そうだろ？」

マスチフが義体の特性を考えたとは思えないし、天井のダクトに気づくだけの観察眼もない。マスチフと、目の前のケースとの間には、決定的な違いがある。そのケースが、今、肩を細かく揺らしている。笑っているのだ。

「何がおかしいのさ？」

「おまえのボスは気付かなかったようだな？」

見下すような一言に、私はやっぱり一発撃っておけば良かったと思った。

「あんなクズ野郎がボスなものかよ」

「奴の命令でここに来たんじゃないのか？」

私は横を向く。マスチフの命令で来たのではない。

「あいつが何をやってたのか、調べようと思っただけさ。あいつがこそこそやってる時は、いつもろくなことじゃないんだよ」

このケースはマスチフが火星でやったことを知らない。

「それはそうだな」

カザロフがそう言って、拷問台に残っていた肉片と、ダクトの中にあったタコの皮を見比べる。

「ここにいたタコは何者なんだ？」

私はカザロフに尋ねる。

「さあ、俺にも見当がつかない。ただ、俺のボスがご執心でな。マスチフの奴が手間取ってるんで、こっちにお鉢が回ってきた、ってところだ」

逃げ出したタコの捜索は、兵士向けの任務じゃない。それだけは確かだ。

「銃をぶっ放すのが好きなだけの連中だ。地道な捜索は向いてないんだよ」

無骨なケースが、私の言葉に肩をすくめる。

「だからこっちの初動は大きく遅れた。捜索の遅れの理由に使える」

「見つけても引き渡すつもりはないのか？」

タコとはいえ、自分の腕を引きちぎってでも逃げ出したくなるような拷問を想像すると、それだけで胸くそ悪くなる。

「さあな。とりあえずは泳がせておいて、使えるかどうか様子を見るさ」

あたしは表情のないケースの言葉に、静かな怒りを感じ取っていた。


「ところで、あんたは誰のために働いているんだ？」

つい、そんなことを聞いていた。

「俺は北極鉱区の保安主任だ。鉱区の安全な操業が一番だ」

「じゃあ、マスチフには気をつけた方がいい。あいつは最低のクソ野郎だ」

私の言葉にカザロフが頷く。

「でも、それは違うな。俺はもっと酷い奴を知ってる。そいつの方がもっと性質(たち)が悪い」

カザロフがそう断言した。


「さあ、おまえら、さっさとクロウラーに乗るんだ。おまちかねの出番だぞ」

作戦行動のブリーフィングを終えたマスチフの声が響く。

「出番、って何をやるんで？」

どこかから間抜けな声が応じた。確かにマスチフは占拠された選鉱所を奪還するとは言ったが、どうやって奪還するかは説明していない。

「おまえらに出来るのは、銃をぶっ放すことぐらいだろうが。暴動の鎮圧だよ。タコどもが乗っ取りやがった選鉱所を取り戻すんだ」

どこか高揚した様子でマスチフが答える。

「ちょっと待ちなよ。そのタコどもは武装してるのか？」

声を上げたのは私だ。

「ゲシュナ、くだらないことを聞くな。相手はただの鉱石掘りのタコじゃない。アップリフト解放戦線って立派なテロ組織の構成員だ。武器も持ち込んでるし、選鉱所には馬鹿でかい重機がある。ぼけっとしてると踏みつぶされて、鉱石と一緒に精錬所行きだぞ」

マスチフの言葉に応じて下卑た笑いが広がる。

「そんなのは願い下げだね。武装してるならこっちだって反撃する。火星の時とは違ってね」

見下すような視線を向けてくるマスチフを、私は睨み返す。

「ああそれでいい。上等だよ。奴らは完全に武装してる。撃って撃って撃ちまくってやれ！」

そう言いながらマスチフが視線を逸らしたことに、私は気づいていた。

火星と同じことをやろうとしている。それは私の直感だった。無意味な虐殺。いや、見せしめの意味があるのだろう。犠牲になるのは金星の底辺にいるアップリフトたちだ。

部隊は三十人近くに増えていた。金星で合流したのは十人ほどいて、残りが火星にいた頃からのマスチフの手下だ。

「あんた、良い度胸してるな」

見知らぬオクトモーフが声をかけてくる。ぬめったタコなのは当然だが、触腕の先端部にはレーザー銃を仕込んである。まあ、近接戦闘には役に立ちそうだ。

「あいつはあたしが役に立つのを知ってる。だから少しくらい文句を言ったところで大丈夫なのさ。まあ、あんたもせいぜい役に立つところを見せつけてやるんだな。しっかり目立ってみせれば、扱いも変わる」

「それ、大事だそうだね。オレ、目立つようにするよ」

八本の触腕のうち、二本が短いのは再生途上と言うことだろう。だからといって実戦経験があるとは限らない。私と同じように、中古の義体を安く買ったのかも知れなかった。

「銃を使った経験は？」

「いや、まあそれは……」

言い淀むタコだった。

「まあいい、目立ちたがって無理するな」

私のアドバイスをわかっているのか、タコの表情は読めない。

「ああ、おれはヨムン。あんたは？」

そう言って触腕の一本を差し出してきた。多分、握手でもするつもりなんだろう。

「ゲシュナよ」

タコの腕の感触を確認する時間はさほど無かった。高速クロウラーのエンジンがうなりをあげ、それぞれに武器を持った連中が、狭い車内に乗り込んでいく。

三台の高速クロウラーに分乗し、第百三十七鉱区に向かう。管理棟で現地の保安要員と合流し、選鉱所を占拠したテロリストを武装解除する。それがマスチフの説明だった。

私は標準的な装備であるアサルトライフルに加えて、この義体が以前から愛用していたらしいスナイパーライフルを持っていた。クロウラーにはランチャーも積み込まれているが、私はそんな物を使うつもりはない。暴徒であっても簡単に殺されて良い理由はない。

暴動には暴動を扇動する者がいる。迅速に沈静化するには、扇動者の排除が不可欠だ。私のスナイパーライフルは、そのためのものだ。

「その銃で誰を撃つつもりなんだ？」

タコが意味もないことを聞いてくる。

「無闇には撃たない。それより、あんた随分ビビってるね」

クロウラーの中は薄暗い。それでも、落ち着かない様子ははっきりと見て取れた。

「いや、そんなことは……」

図星だったんだろう。タコはまた言い淀んだ。

「前言撤回だ。目立つな。生き延びろ。目立とうとするのはそれからだな」

キャタピラが金星の熱い大地を踏みしだく。出発してからすでに十時間近くが経過していた。クロウラーの中は汗くさく、嫌な緊張感に満ちている。

「……くっそタコくせぇ」

誰かの声が響く。確かにタコは緊張していたし、緊張したタコからは粘液が出る。タコの粘液がタコ臭いのは当たり前だった。

「相手にするんじゃないよ。どうせすぐ目的地だ」

私はヨムンに言った。

「なぜわかるんだ？」

どこからか鋭い声が飛ぶ。

「誰かとは違って、あたしにはちゃんと耳ってもんがあるんだ。キャタピラーの音が変わってるし、クロウラーの速度も落ちてる。それくらい気がつかないのかい？」

私を睨みつけているのは古手の兵士だ。義体はエグザルトだったが、これ見よがしの筋肉はフューリーとさほど変わらない。そのエグザルトを睨み返したところでクロウラーが止まった。

「覚えとけよ、このアマ」

ドアが開き、先に武器を持って降りたエグザルトにタコが続き、私がクロウラーを降りるのは最後だ。つまづかせようと伸ばされた足をまたぎ、睨みつけているエグザルトは無視する。ここで殴り合いを始めてもいいが、わざわざマスチフの関心を引くようなことはしたくなかった。

前方では戦争にでも行くような出で立ちのマスチフがこっちを見ていた。右肩にスナイパーライフルとサブマシンガン、左肩には大型のグレネードランチャーを背負っている。私からは見えないけれど、いつものように腰にはピストルやナイフがあるだろうし、投擲弾も持っているだろう。実用性はともかく、見た目で威嚇するには十分だ。

マスチフの合図で三台並んだクロウラーがじりじりと前進し、その横を私たちは歩く。後ろから見ると、いかにも大げさな感じだった。

向かう先は鉱区の管理棟。その先に占拠された選鉱所がある。

「あんたすごいや」

オクトモーフのヨムンが声をかけてきた。私は思わずため息をつく。

「ああいう手合いの扱いになれてるだけだ。それより、本当にタコ臭いぞ」

管理棟で合流したのは、ほんの数人だった。そのうちの一人、小型の歩行機械に乗った男がマスチフを横に従えて、選鉱所に向かう。

選鉱所の入り口を塞ぐバリケードに着いたとき、その男が取り出したのは拡声器だった。

「……諸君の不当な要求は、考慮するに足るようなものではない。だから、占拠をやめ、さっさと持ち場に戻れ。このまま占拠を続ければ、公社としても強力な対処を検討せざるを得なくなる。わかっていると思うが、外部勢力に同調して占拠を続けても、何も良いことはない。繰り返す。さっさと持ち場に……」

選鉱所に立てこもった労働者に向けて偉そうな言葉を投げかけているのは、多分、管理棟に籠もっていたという鉱区長だ。

「まともに話をする気はなさそうだな」

突然、声を掛けられた私は、横に立っていたケースに向けてアサルトライフルを向けた。

「誰？　あたしに何の用なの？」

そのケースは武器を持っていなかった。だからといって、警戒しなくていい訳ではない。

「ちょっと聞きたいことがあってね」

さりげない様子で、そのケースが言った。

「ポンコツケースになんか、話すことはないわ」

無防備な様子で近づいてきたケースの胸元に、私は銃口を突きつけた。

「そうか。見た目で判断すると間違えるぞ」

動じたようなそぶりは一切ない。

「あんた、まさか？」

備品置き場で会ったカザロフの義体は、手入れが行き届き、磨き上げられていたが、同じケースでも目の前のケースは明らかに古く、無数の傷があった。

「そのまさかだ。こんなことになってるのに、マスチフに任せるわけには行かない」

落ち着いた様子で答えるその様子は、備品置き場で話したカザロフそのものだ。義体が違うのは、エゴキャストを使ったからだろう。

「あいつは、皆殺しにするつもりだよ。アップリフトは虫けらだと思っていやがる」

私が何もしなければそうなる。ただ、どうすればそれを防げるのか、今の私はわかっていない。

「おまえは違うのか？」

表情のない金属の顔で、私をまっすぐに見据えている。

「もし、アップリフトが虫けらなら、あたしらも虫けらさ」

少なくとも次の生の保証がない私は、アップリフトと変わらない。

「確かにそうだな。だが、北極鉱区の保安主任は俺だ。アップリフトの血が大量に流されるような事態は、絶対起こさせない」

落ち着いた様子で答えるカザロフにどんな考えがあるのか、私にはわからなかった。

「でも、どうやって？」

「奴はバックアップ保険に入ってるのか？」

突然の質問に私は戸惑う。

「もちろん、根っからの小心者だからね。バックアップもばっちりだ」

「じゃあ、遠慮はいらないな」

「殺すのか？」

私の言葉に、カザロフははっきりと頷いた。ここで殺したとしても、マスチフは死ぬわけではない。すぐに新しい義体で蘇る。

「その狙撃用のライフルを借りたい」

カザロフが顎で示したのは、アサルトライフルとは別に、右肩に掛けているスナイパーライフルだ。

「断る。あんたでも使いこなすのは無理だ」

銃身の長いスナイパーライフルはこの義体と一緒に手に入れたもので、私に馴染んでいる。経験がなければ簡単に扱えるものじゃない。

「じゃあ、力づくで奪おうか？」

さりげなく発された言葉だったが、私はその言葉に込められた強固な意志を知っている。それにカザロフの義体は、前に会ったときの義体と同じくパワーアップされたもののはずだった。

「その必要はない。あたしがあのクソ野郎を撃つのさ」

私は、さほど考えることもなく口にしていた。

「そのつもりだったのか？」

可能性の一つとして考えなかったわけではない。マスチフを機能停止させる。そうなれば命令系統は混乱するだろう。だが、それだけで虐殺を防げる保証はない。

「タコにはバックアップはない」

鉱区のタコ労働者は火星のスラムの住人と同じだ。バックアップを作れるほどの余裕はなく、死は本当の死だ。

「本気なんだな？」

その言葉に私ははっきりと頷く。

「あたしは虐殺に加わる気はないのさ」

優しかったリオ。私はリオを助けなかった。

「黙って見逃すのは同罪だな」

カザロフの言葉が突き刺さる。

「言われなくてもわかってるさ」

もう時間が少なくなっていた。鉱区の男の演説は終わり、投降の期限に向けたカウントダウンが始まっている。

「ところで奴がいなくなったら、次に指揮を取るのは誰になってる？」

「さあね。声のでかい奴だろうよ」

マスチフには決まった副官がいなかった。自分の地位を脅かされたくなかったのか、取り巻きはいても、マスチフに次ぐ地位の者は決まっていない。

「おまえの声はでかいのか？」

つまり、そういうことなのだ。カザロフは、一時的にせよ、私がマスチフが欠けた後の穴を埋めることを期待している。

「必要ならね」

自信があるわけではなかった。でも、私がやらなければ、誰かがマスチフの穴を埋めるだろう。その誰かが、アップリフトの命を尊重するとは思えない。

「じゃあ、それも任せよう。あと二分ほどで、ちょっとした騒ぎが始まる。鉱区の労働者は一斉にいなくなるから、武器を持ってうろうろしてる奴らを片づけてくれ。そいつらが解放戦線の工作員だ」

カザロフは、マスチフの横で、また挑発的な言葉で演説を始めた鉱区長を見ていた。今の事態を招いた責任が、その男にあるのだろう。

「どうやるんだ？」

鉱区の労働者と、争議を煽る解放戦線の工作員を切り離せば、対処はずっと楽になる。

「まあ、見ておけ」

そう言うと、ゆったりとした歩調でカザロフは歩き始めた。

あと二分。それで何が起きるのか。

「……残念ながら、諸君に与えられた時間は、そろそろ尽きようとしている。公社の重要な資産である選鉱所を占拠している諸君は、いわば犯罪者だ。公社から鉱区を任されている私は、残念ながら君たちを犯罪者として対処せざるを得ない。私が管理する鉱区で、不当な行為は許されない。無駄な行為をやめ、投降するなら、今が最後のチャンスだ……」

演説を続ける鉱区長の横で、マスチフがランチャーを構えた。最初から強力な武器を使うつもりなのだ。それを見て、マスチフの部下である私たちの誰もが武器をバリケードの向こう側に向けて構える。

だが、私が狙うのはマスチフの後頭部だ。

「……私は警告した。このような事態を招いたのは、君たちの……」

突然、大音量でサイレンが鳴り響いた。鉱区長の言葉を遮るようなアナウンス。

「……採掘場の八号トンネルで大規模な崩落が発生し、

採掘機が暴走しています。採掘機を止めないと被害が拡大し、鉱区のドームに被害を生じる可能性があります。総員、対処に当たってください。繰り返します……」

バリケードの向こうからコンクリートの塊がいくつも飛んでくる。それに応じるように、マスチフが一発目のロケット弾を発射していた。私は、バリケードの向こうで上がった火柱を背景に立つマスチフに向け、ライフルの引き金を引く。

崩れ落ちるマスチフの横で呆然とする鉱区長を、いつの間にか走り寄っていたカザロフが殴り倒すのが見える。

私は、出来るだけ大きな声で叫ぶ。

「敵は銃をこっちに向けている奴らだけだ。逃げていく奴は放っておけ。無駄玉を撃つな」

バリケードの向こうでは、持ち場を離れるなという声が飛ぶ。だが、ここで働く労働者たちにとっては、ドームの安全が最優先だった。全員で事故の拡大を防ぐことが、全員の命を守ることになる。

バリケードの向こう側にいる人数が、見る間に少なくなっていた。事故現場に向かったタコたちに解放戦線の工作員は取り残されてる。

「おまえは何様の……」

私に向かって抗議の声を上げようとしたエグザルトの口を、タコの触腕がふさぐ。ヨムンだ。まあ、タコに口を塞がれたところで、簡単に窒息することはない。

「敵は目の前で武装している奴らだけだ。そいつらに集中しろ！」

大きな声を張り上げる私の横を、ぐったりした鉱区長を肩に乗せたカザロフが通り過ぎる。

「ここは任せていいようだな」

カザロフの言葉に応えることなく、私は引き金を引き続ける。狙うのはスタックのあるところではない。タコなら胴体ではなく、触腕の付け根だ。殺すのではなく、無力化する。それが私のやり方だ。

＊＊＊＊

「おまえが勝手に指揮を執ったらしいな」

よっぽど不機嫌なんだろう。前にもまして不細工なマスチフが言った。

「だったら何だって言うのさ。あんたがさっさと頭を撃ち抜かれるような馬鹿なまねをするから、尻拭いをしただけ。きったない尻をね」

マスチフが戻ってきたのは選鉱所を占拠した解放戦線の工作員を排除した三日後だ。狙撃者の腕が良かったのか、マスチフのスタックは破壊されたことになっている。今のマスチフは第百三十七鉱区に向かう前までの記憶しかないマスチフだ。

「おまえじゃないんだな」

疑われる理由もわからないではない。私は優秀な狙撃手だし、あのエグザルトが何か吹き込んだのかも知れない。

「そうだね。あんたはクソ野郎だから撃ってやっても良かったけど、どうせこうやって復活するだけだ。何の意味もないじゃないか」

意味はあった。マスチフのバックアップ保険の料率は跳ね上がるし、次の義体も用意しなければならない。金がなければ、次は格安の中古義体になることだってある。そうなれば、メンツも何もなくなるのだ。

「まあ、今回はやむを得なかったことにしよう。だが、これからもボスは俺だ。出過ぎたまねは二度とするな」

破壊されたマスチフの義体を調べたのはカザロフだった。記録では、マスチフは前から撃たれたことになっている。私が部隊の後方にいたのは何人も証言しており、今のマスチフは、正面から撃たれてぐちゃぐちゃになった自分の顔を見せられているはずだ。

「あんたが撃たれなきゃ何もしないさ」

最初にマスチフの義体に触ったのは私だ。後頭部の穴に指をつっこみ、傷一つないスタックを取り出し、代わりに火星で拾った機能しないスタックを一つ押し込んだ。

「余計な減らず口は慎め」

間抜けなマスチフ。私が回収したバージョンのマスチフは、今では採掘機に組み込まれ、どこかの鉱区に運ばれるのを待っている。終わりのない単純労働に明け暮れ、ゆっくりと狂っていく。でも、タコ相手のプレジャーボットよりは、まだましな運命だろう。

「ああ、ちょっとした褒賞も貰ったんで、しばらくはゆっくりしてるさ」

私が残された部隊の指揮を執り、事態を掌握したことになっていた。その功績に対する報償は、バックアップをとり、保険に入るには十分な額だった。残りはヨムンと分け、ヨムンは部隊を抜けてカザロフの部下になった。

私はリオを想う。

この世界は残酷な世界だ。死を治療できる者と、治療できない者の間には大きな亀裂があり、その亀裂を越えられる者は多くない。義体を手に入れ、さらにバックアップ保険を手に入れるのは、幸運と、さらにそれ以上のものが必要なのだ。

あなたの身に起きたようなことは、これからも当たり前に起き続ける。火星や金星だけではなく、太陽系のあらゆる場所で、命は無駄に失われる。

でも、失われる命を減らすために出来ることもある。

リオ。あなたを想いながら、私はそんな事を考えている。

COLUMN

〈エクリプス・フェイズ〉をプレイしよう！

本書の大きな魅力は、独特のリズムやライブ感覚、躍動感にも由来します。それは、〈エクリプス・フェイズ〉の基本設定が、ロールプレイングゲーム（RPG）のルールブックという形でまとめられていることにも関わるでしょう。日本語版の初版は二〇一六年に出版、好評のうちに完売となっておりましたが、二〇二三年には原書エラッタや誤植、表記揺れ等を修正した増刷改訂版ルールブックの入手が可能となりました（朱鷺田祐介監訳、岡和田晃・待兼音二郎ほか訳、新紀元社）。

ここでいうRPGとは、ゲームマスター（GM）と複数のプレイヤーが共通して卓を囲み、想像を膨らませて遊ぶ会話型のRPG（テーブルトークRPG、TRPG）のことを指しています。RPGは共同幻想を育む母体となる設定が重要です。いま日本語環境では、とりわけ若いユーザーによるオンラインでのプレイを中心に、〈クトゥルフ神話TRPG〉が空前の盛り上がりを見せていますが、数値回りの処理、スピーディなゲーム展開、未知なる脅威や陰謀に対峙するという要素は〈エクリプス・フェイズ〉とも響き合います。

RPGを遊ぶ際に、GMは既存の設定を参考に自前でシナリオを書き下ろすか、公式が供給するシナリオを選んでプレイします。その際に参考となるのが、新紀元社から定期刊行されている情報書籍「Role & Roll」。二〇二三年のVol.88から〈エクリプス・フェイズ〉のシナリオやガイドが連載されてきたからです。最初の〈エクリプス・フェイズ〉の特集（Vol.92）の内容は、日本語版公式サイト（https://r-r.arclight.co.jp/rpg/eclipsephase/）でまるごと無償公開されています。簡易ルールとシナリオが付いており、これ単体で遊べます。

TRPGフェスティバルオンライン（http://trpgfes.jp/）というイベントでは翻訳者がGMを担当する公式体験会が催されてきましたし、ファン主催によるオフラインのゲーム会や翻訳者をゲストに招いてのトークショーなども行われています。

単体で親しめる一人用シナリオも、しばしば「Role&Roll」には掲載されます。最近では「オクトモーフvsスパイダー・ローズ」（Vol.222）がイチオシ。本書でフィーチャーされた蛸型義体（オクトモーフ）が主人公の国産ゲームブックなのです！

本書で主に扱われた太陽から火星までの内惑星圏（サンワード）にまつわる設定は、『ソースブック　サンワード』日本語版（朱鷺田祐介監訳、岡和田晃・待兼音二郎・見田航介訳、新紀元社）に詳述されています。こちらにはロブ・ボイルとデイヴィッドソン・コールの小説「融解」も収録。英語に堪能な伊野隆之は未訳資料を読み進めながら本書を書きましたが、より読みやすい作品になるよう、翻訳チームは本書の設定もアドバイスしています。（晃）

オクサナ・ラトビエワ：ザ・マーシャン・スナイパー

目を開く。天井からの白い光がまぶしい。「覚醒プロセスを完了しました」

どこからか聞こえるそんな声に、オクサナ・ラトビエワは改めて目を閉じると大きく息を吸い、そして吐いた。上下する胸郭の動きを感じ、背中に当たるベッドの感触を感じる。

「気分はどうですか?」

目を開くと白衣の技術者が見下ろしているのが見える。ここはノクティス・チンジャオのモーフショップ。オクサナは新しい義体で目覚めた。

「……悪くはない、と思うわ」

少しかすれた声が答える。これが今のオクサナの声、この身体の声だ。

「まあ、無理はしないことです」

技術者が退き、天井の光が再び目に入る。今度はそれほどまぶしくないのは、ちゃんと瞳孔が機能している証拠だろう。

「ええ」

あやふやに答えたオクサナは、ゆっくりと右肘を曲げ、持ち上げた手を見た。浅黒く、どちらかと言えば、無骨な手が視野に入ってくる。

「それでは背を起こしてみましょう。リラックスして。心配はありません」

右腕を元に戻し、ゆっくりと息を吐いて目を閉じる。モーターの音。振動。ベッドの背が起き上がり、同時に膝から下が沈み込むように折れ曲がる。肘掛けがわずかにせり上がり、ベッドが大きな椅子へと変形する。

「ようこそ、現実の火星(リアル・マーズ)へ」

急に技術者を睨み付け、罵倒してやりたいような気分が湧き上がる。どれほどこの火星で苦労したか。だが、オクサナは技術者に視線を向けることすらしなかった。彼女が知っている火星は、大型の作業機械の貧弱なセンサー群からのインプットの総体でしか無い。だとすれば、技術者の言う言葉も、あながち間違ってはいないことになる。

「……現実の、火星……ね」

現実の火星に、現実の身体。情報体には仮想現実の火星があり、その仮想現実の火星には、無数のアバターがひしめいている。その火星と、現実の火星は天と地ほどに違っている。現実の火星からアクセスしてくる者に安っぽい娯楽を提供し、クレジットを吸い上げる仮想の街が天国なら、過酷な環境との戦いが続く現実の火星は地獄だろうが、情報体にとっては仮想の街に囚われている事もまた地獄のようなものだった。

「ああ、しばらく情報体として働いていたんですね」

　オクサナの反応に失言を悟ったのだろう。技術者はそんなことを慌てて言った。

「……そのとおりよ。随分、きつい経験だったけど」

　彼女はテラフォーミングに伴う大規模な都市開発が始まったマリネリスで、大型の土木工事用機械のオペレーターとして働いてきた。まともに考えることすらできない愚鈍な機械に組み込まれた情報体という立場から、やっと足を洗うことができる。

「今のその身体は、新品では無いですが、状態は良いです。新しい身体に慣れるまでの間、少々、時間が掛かるかも知れませんが、大丈夫です。お支払いは頂いてますので、いつ退出していただいてもかまいません」

　技術者の言葉は、さっさと出て行けという意味の婉曲表現だろうとオクサナは思う。もっとも、彼女自身もそんなに長居はできない事を理解していた。新しい義体はまだオクサナのものではなく、彼女は契約に縛られている。

　インストール用のベッド兼椅子から立ち上がったオクサナの姿を、壁面の大きな鏡が映し出す。戦闘用義体のフューリーだ。身体の向きを変え、いかにもそれらしい戦闘服に包まれた全身を眺める。

「確かに、状態は悪くなさそうね」

　義体の性別は女性。むき出しの腕を曲げると肩から二の腕にかけての筋肉の動きが判る。がっしりした骨格と、しっかり付いた筋肉に覆われた身体には、確かに戦闘服が似合っている。

「ええ、ビジネスは信用が第一ですから。使われていない義体は、最高の状態が維持できるように管理しています」

　漆黒の長い髪に浅黒い肌。唇は薄く、顎は角張っている。記憶の中のオクサナとは全くの別人だし、お世辞にも美人とは言えないが、贅沢は言えない。ちゃんと機能する義体（からだ）があるだけで十分だ。

「＊＊＊地区へはどう行ったら良い？」

　いぶかしげな表情を見せる技術者の姿に重なって、周辺の地図が視野に表示される。これくらいの機能はあって当然だった。

「……サポートAI（ミューズ）が教えてくれるはずですが」

　指定の場所までは、五分もあれば歩いて行ける距離だった。それに、まだ二時間はたっぷりある。

「ああ、そうだったわ。どうもまだ慣れないようね」

まずは髪を切ってしまおう。それくらいの時間はある。

そんなことをオクサナは考えていた。


工事用の大型機械を操作する情報体に推奨される二十四時間当たりの最小離脱主観時間は四時間で、それ以下になるとエゴに深刻な影響が生じるとされている。つまり、機械を操作するためにインストールされたエゴが、機械そのものと同化してしまう危険があるのだ。情報体のオクサナは、その離脱時間を、追加のクレジット稼ぎのために使っていた。

「オクサナ・ラトビエワだな」

接触は先方からだった。現実ではない方の火星、仮想の火星にある唯一の街で、オクサナは雇われのバーテンダーをしている。解像度の低い書き割りのようなバーテンダーのアバターに、声をかけてくる客は珍しい。

「だったら、どうされますか？」

オーダーはマティーニ。思考過程を騒乱し、酩酊感と高揚感をもたらすアプリケーションソフトウェアだ。

「頼みたい仕事がある」

元々、店のセキュリティーレベルは高かった。それに加えて客の周囲ではプライバシーが強化されていた。オクサナのタイムレートはいつの間にか五十倍の加速モードになっており、回りの客が止まって見える。この状態なら、盗み聞きも難しい。

「なぜ私に？」

地球を離れて以降、ずっと使っていない名前を知っていると言うだけで、警戒すべき理由になる。

「クリミアのドローンキラー。第五次クリミア戦争の英雄が火星に来ている。そんな情報があって、随分探しましたよ」

ありふれたなりをした初老の男が、実体の無いマティーニを口に含んだ。

「それは、今の私じゃない。随分昔の、地球に置いてきた私よ」

二十一世紀になって、ドローンが戦争の様相を変えた。市街戦であれ、塹壕戦であれ、最初に戦場に現れるのは偵察用のドローンだ。そのドローンを遠距離からスナイパーライフルで撃ち落とすのがオクサナに割り振られた役割だった。

「撃って欲しい男がいる。もちろん、報酬は支払う。それに、この火星で、いつまでも情報体でいるつもりではなかろう？」

男はオクサナを見据えて言った。

「つまり、誰かを狙撃して、その見返りが新しい義体って事かしら？」

情報体であるオクサナにとって、まともな義体は喉から手が出るほど欲しいものだった。工事用機械としての奴隷労働は、契約上の期限があり、負債さえ無くなれば、火星に適した義体のラスターが手に入ることになっていた。ただ、奴隷労働による僅かな稼ぎの中からも、メンテナンス費用がさっ引かれ、足を洗えるはずの期日は、まるで逃げ水のように遠ざかっていく。

「狙撃にはフューリーを使って貰う。戦闘用の義体だ。新品とは行かないが、ラスターよりはよっぽど良い義体だ。ミッションが終わったら、そのまま傭兵になっても良いかもしれないが、傭兵になるつもりが無いなら、下取りに出して好きな義体に変えるのがいいだろう」

オクサナは、戦闘用の義体という言葉に引っかかる。やはり、過去からは逃れられないのだろう。

「あまり血なまぐさいのは歓迎しないわよ」

ドローンキラーが撃ったのは、ドローンだけでは無かった。味方のドローンが、敵のドローンのオペレーターを見つけることもあったし、その近くに迫撃砲を準備する兵士がいるのも当たり前だった。味方の血が流れるより、敵の血が流れる方がよほどいい。ライフルのスコープの中に見えたものを仕留めることに、いつの間にか僅かばかりの躊躇も覚えないようになっていた。

「らしからぬ発言だな。まあ、スタックが無事ならエゴも無事だし、バックアップがあるからスタックを壊せてもエゴは殺せない。血が流れたところで、それだけだ。気にするには及ばない」

地球では、まだ生まれたままの身体であるフラットが多かった。地球にいた頃のオクサナは、バックアップを取っていなさそうな若い兵士を何人も射殺した。義体を撃つのは、それに比べればどうってことない。

「で、誰を狙撃するんだ？」

男との間で、まだ契約は成立していなかった。普通なら、ターゲットの情報は秘匿されるだろう。

「私だよ。私を殺して欲しい」

男は、あっさりと話した。ただ、オクサナには目の前の男が誰なのかわからない。そもそも男であるというのも、仮想空間で選んだアバターの性別に過ぎず、その意味では情報が開示されていないのと同じだった。

「意味が判らないわ」

オクサナのアバターほど雑な作りでは無くても、男のアバターの表情は読めない。本体は現実の火星にいて、オクサナには見せたいものを見せているだけだった。

「まあ、おいおいと説明しよう。契約前に詳細を説明はできないがな」

地球でなら殺人契約だが、エゴが生き残るのならば義体破壊契約だ。違法な殺人契約は無効だろうが、自分が所有する義体の破壊は違法では無いのかもしれない。ただ、男の言葉をどこまで信じて良いのかとオクサナは思う。

「今の年季奉公契約もなんとかして貰えるのかしら？」

オクサナの工事用機械のオペレーターとしての契約は、一方的に解除できるものでは無かった。フューリーを手に入れたとしても、工事用機械として働かされている間、ただ、保管しておくのでは意味が無い。欠勤している間、債務が積み上がっていくのも気持ちの良いものではないだろう。

「そっちは心配要らない。こっちの契約ができ次第、契約自体を買い取っておく」

債務の残りが気になるが、男には十分な支払い能力があるのだろう。義体を一つ無駄にできるくらいだから、情報体の年季奉公契約など、歯牙にもかけないくらいの資金力があるに違いなかった。

「新しい義体とスナイパーライフルに慣れるまで、たぶん、それなりの時間が掛かるわね。それで良ければ契約できる」

優秀なスナイパーだったのは、地球という環境で、生まれたときのままの身体を使い、使い慣れたスナイパーライフルを使っていたからだ。狙撃を成功させるには、火星の重力や大気密度、それに、新しい義体に慣れる必要があった。オクサナに自信は無かったが、この機会を絶対に逃したくなかった。

「それも判っている。なるべく急ぎたいが、二週間ではどうかな？」

生身の身体から生身の義体への乗り換えの経験など無かった。だから、上手くアジャストできるかどうかも判らない。彼女は、そんな不安を押し殺す。

「時間をかければ良いってものじゃないわ。与えられた時間の中で、できる限りの努力はする。それは約束する」

本物の身体を手に入れることへの期待と、その身体を正確に操れるかという不安が、オクサナの中で交錯する。

「最善の努力を約束してくれればいい。その上で失敗したのなら諦めも付く。そうじゃないか？」

失敗に言及した男の言葉に、オクサナは失笑で応えたつもりだった。もちろん、解像度の低いアバターでは、微妙な表情の変化は無視される。

「私は二度と失敗なんかしない」

彼女は、そう、自分自身に言い聞かせていた。


肩まで伸びた髪をバッサリ切り、両サイドを刈り上げた。漆黒の髪は、地球にいた頃と同じように明るい紫に染めてある。髪は同じになっていても、フューリーのオクサナは地球にいたときとは完全に別人だった。多分、万一、知り合いに会っても気付かれないだろう。

別に誰かになりすましたいわけではなかった。たった一基の偵察用ドローンを打ち損じたことで、まともな生活ができなくなるくらいの重傷を負い、兵士としては使い物にならなくなったオクサナは、病院のベッドから出ると同時に軍を離れた。それに、彼女のような兵士の出番は、もう、ほとんど無くなっていた。

戦場の主役は、自律型のＡＩ兵器に取って替わられつつあった。学習と進化を続ける機械と機械が、互いを破壊するだけでなく周囲の町や村も否応なく戦場にしていた。これほど不毛なものは無いにもかかわらず、戦争は止められない。戦線は膠着し、世界経済を混乱させていた。

戦争による死が身近でない国でも、貧困と食糧の不足、気候災害や感染症が人の命を奪っていた。疲弊した友好国からの支援もあてにできず、国に残ったままだったら、彼女は文字どおり、お荷物になっていただろう。もちろん、軍の上層部の腐敗にあきれていたという理由もある。だからオクサナは、情報体になってでも、地球を出ることを選んだ。その選択に悔いはない。後悔があるとすれば、情報体でいた時間が、あまりに長くなってしまったことだった。

指定された場所は、生身の建築労働者が住む地域だった。野放図に拡大する火星最大の都市、ノクティス・チンジャオの成長点でもある。行き交うのは、工事用の機械を除けば、薄汚れたラスターや、傷やへこみの目立つケースばかりで、小綺麗な義体を見ることはない。

「随分ごっつい姉ちゃんやな」

指定されたジャンクヤードには、それ自体もジャンクと見間違うような、古いケースが待っていた。大型の建設機械や、搬送用車両、部品取りにしか使えないように見える合成義体が、敷地の中に雑然と放置されている。

「私はプレジャー・ポッドじゃない。何か問題でもあるのか？」

私はそのケースを睨み付ける。もちろん、見返してくる金属の顔には表情が無い。

「いんや、なにもありましぇん。あ、例のものはこっちっす」

ふざけた様子でそう言ったケースは、ジャンクヤードの奥にある大きな建屋に向かって、ひょこひょこと歩いて行く。

「随分広いな」

建屋の中にはそれなりに動きそうに見える機械が並んでいた。多分、ここで修理をしているのだろう。作業をしている姿も、何人も見える。

「まあ、いろいろとやらせてもらっておりまっさ。貧乏暇なしってヤツっすがね」

建屋のさらに奥に事務室があった。促されて中に入ると、背後でドアが閉じ、オクサナは一人になった。

「随分、刈り込んだじゃないか」

あの男。仮想現実のバーで会った男が、あのときと全く同じ姿で現れる。もちろん生身ではなく、投影像だ。

「仕事の邪魔になるんでね」

多分、意図的に見せているのだろう。背景に映り込んでいるのは、豪華な作りの執務室だ。

「良い心がけだ。ところで、そこにスナイパーライフルを用意してある。それから住む場所とバイク、当座の資金は口座を開設してあるから、必要な分は賄えるはずだ。家は辺鄙なところだが、試し撃ちをするにはその方が良いだろう。連絡手段は、このプロジェクターを持って行け。セキュリティーは万全だ」

そう言って、足下の円盤状のものを指さした。

「二週間後だね」

オクサナの言葉に、男は、はっきりと頷いた。

「ああ、二週間後だ。時間と場所は追って連絡する」

事務室の机の上に長さが一メートルを超える銀色の箱があった。金属素材の蓋を開けると、漆黒のスナイパーライフルが照準器やライフルを支えるバイポッドと一緒に収まっている。取り出して持ってみると、思いのほかしっくりきた。

「メンテはちゃんとしてあるようね」

この銃で、投影像の男を撃つ。

「ここの連中は腕が立つからな」

オクサナは事務室の外にいるケースと、建屋で機械の整備をしていた作業員たちを思い出す。

「そうじゃないと困るわ。それから、まだ後で良いけど、もう少しちゃんと教えて。あなたがなぜ、自分の義体を無駄にするのかを」

契約の時点では聞けなかったし、話すつもりもないようだった。

「全てが上手くいったら、な。じゃあ、よろしく頼んだぞ」

投影像が消え、一人で取り残されたオクサナは、スナイパーライフルを元の金属の箱に戻した。練習に使えとでもいうのか、銃弾のカートリッジも用意されていた。彼女は、プロジェクターを拾い上げ、机の上に置いてあったナップザックに放り込む。会見は終わりだった。

事務室のドアが開いた。そこには、例のケースが待っている。

「終わったようっすね。じゃあ、バイクはこっちで」

建屋のすぐ外に、幅広のタイヤを履いた大型のバイクがあった。オクサナは、ライフルを背に、泥まみれになって戦場を走り回っていたときのことを思い出す。

「いいバイクね。手入れもちゃんと行き届いているみたい」

見慣れないタンクは酸素ブースターだ。これがあるから、ほとんど酸素がないドームの外、火星の大気の中でも走り回ることができる。テラフォーミングが終わって、どこでもブースターなしで走れるようになるためには、百年単位の時間が必要だろう。

「当たり前っすよ。でも、こいつはレンタルっす。使い終わったら、また持ってきてもらいますよ」

自慢げに話すケースに向かって軽く頷いたオクサナは、急に空腹を感じた。まっとうな食事は、地球で負傷して以来初めてになる。この義体なら、少しくらい重たい食事でも、しっかりと食べられる気がした。

「ねえ、ここの近くにおいしい店はないかしら?」

小首をかしげたケースを見て、彼女は自分の馬鹿さ加減を悟る。機械の義体であるケースに必要なのは充電だけで、食べ物は必要としない。

「この辺じゃあ無理っすね。それに、ラスター連中の食い物は、その身体には合わんでしょ」

また視野の一角に地図が浮かぶ。レストランのマークに意識を向けると、店のメニューが写真付きでポップアップした。

「そのようね」

オクサナがそう答えると、突然、バイクのエンジンが唸りを上げた。この義体の支援ＡＩと、既にリンクしている。

「そいつに黙って跨がっていれば、きっと良いところに連れて行ってくれるっすよ」


オクサナは狙撃する相手のことを考えないようにしていた。もちろん、気にならないわけではなかった。狙撃に成功したのはいいが、その所為で犯罪者になるつもりはない。だからといって、契約は契約だから、簡単に止めるわけにもいかない。何かの陰謀かも知れないし、単なる金持ちの気まぐれかも知れない。

練習を始めた狙撃の方も、最初は散々だった。ジャンク屋に作らせた金属製の的を、百メートルから、五十メートル間隔で並べて、その的を順番に撃つ。それが最初の的にすらなかなか当たらない。結局、五十メートルの位置に新しい的を置く羽目になった。

スナイパーライフルの試射に選んだ場所はドームの外だった。赤茶けた無人の大地に腹ばいになり、バイポッドの二本の脚で固定したスナイパーライフルで的を撃つ。一射ごとに標的からのずれを確認し、補正する。その繰り返しを丹念に解析することで、ずれの要因を最小化していく。呼吸のためのマスクを付け、ゴーグル越しに狙いを付けるのは、快適とは言いがたいが、土埃や煙にまみれているよりも良かった。

ジャンク屋の言ったとおり、銃の状態は良く、銃が原因でばらつきを生むようことはなかった。問題はオクサナ自身で、銃を撃つ感覚が安定しない。もっとも、こんな状態は経験がないわけではなく、スコープを覗き込み、引き金を引く動作を繰り返すことによって精度を上げていくほかは無いのだった。

三百メートル先の的を確実に捉えられるようになるまで五日掛かった。思ったより順調だったのは、多分、火星の小さな重力と希薄な大気のおかげだろう。地球に比べて直進性の高い弾道は、狙撃をより正確にする。後は、距離を伸ばしていくだけだった。

「準備はどうかかな？」

狙撃の練習を始めてから十日ほど経過した夜、オクサナに接触があった。プロジェクターから、本物かどうかも定かでは無い、男の姿が投影される。

「大丈夫。精度は上がってる。あんたのその頭を一発で撃ち抜いてやるよ」

　オクサナは苛ついていた。何のために男を撃つのか、それが判らない。狙撃の勘が戻ってくるにつれ、考えないようにしていた疑問がまた頭をもたげてくる。

「それは良かった。どうせなら余計な苦痛は遠慮したいからな」

　冗談めかして言った言葉に、つい質問を発してしまう。

「でも、なぜなの？　なぜ狙撃の必要があるの？」

　その問いに、投影像の表情が硬くなる。

「まあ、それは後の話だ。それより、実行は三日後。場所と時間は……」

　提供された情報は、新しいドームの建設予定地の一角、起工式が行われる場所だった。ノクティス・ラビリンタスを構成する無数の谷の一つをまるごと覆うようなドームで、その谷の入り口で起工式が行われる。つまり、周囲から見下ろされる位置だった。

「まるで狙撃のために、あつらえたような場所ね」

　起工式の会場を見下ろす谷の斜面には、身を隠す場所がいくらでもあるだろう。

　明日、下見に行こうとオクサナは思う。そのための時間も十分にあった。


　私は目覚めた。そのことを確認するように、平板な声で、こんな言葉が聞こえた。

「覚醒プロセスを完了しました」

　目を閉じ、大きく深呼吸を繰り返しながら、私の頭はフル回転している。

　何が、私の身に起こっているのか。起こったのか。これではまるでバックアップをインストールされた新しい義体の覚醒のようでは無いか。

「ご気分はいかがですか？」

　聞き慣れた声は私のサポートAI（ミューズ）。初期設定では若い女性の姿をしていることが多いようだが、今、プロジェクターから投影されている外見は、中年男だ。若い娘に経営上のアドバイスを求めても、納得感があるはずもない。

「それより、私に何が起こったのだ？」

死んだのだ。それは間違いない。新しい義体での覚醒は初めての経験では無いから、それくらいのことは判っている。

「ドームの起工式で、残念な状況になりました」

　やはり、そうなのだ。ノクティス・ラビリンタスを構成する谷の一つを半透過性のメンブレンで覆い、マスクが要らない居住地区を作るプロジェクトは、周囲に住み着いたラスターたちに敵視されていた。火星の環境に適応したラスターたちは、呼吸可能な環境が整備された途端に二級市民に成り下がる。火星環境への適応という優位性が、無用の長物となり、時代遅れになる。それが判っているからだ。

「誘拐ではなかったのだな」

　ラスターのごろつきどもも状況の変化は認識している。ドーム化は時代の流れで止められない。それならばなるべく多くの立ち退き料をせしめようとするのは当然だろう。誘拐は、そのための手段の一つで、私が狙われるという情報があった。だからといって、そんな噂だけで起工式に融資団の代表が参加しないわけにはいかない。事業の本格化に伴う追加融資契約の調印は、私でなければできないし、それを避ければプロジェクトの財政基盤が疑われて、今後の資金繰りも怪しくなる。事業が失敗してファンドのポートフォリオに傷が付いてしまうことは避けたかった。

「ええ、誘拐ではございません」

　そのプロジェクトに、最初から関与していたわけでは無い。吸収したファンドの一つが融資団のとりまとめをしていた流れで、本来なら私が手を出すような案件では無かった。

　元々筋の良くない話だった。実際の建設に当たる事業体自体の評判も良くない。強引な土地収用と開発、ずさんな工事。それだけではない。期待される収益も、相当に水増しされている。

「襲撃があったのか？」

　そう、ミューズに確認した。実際、ちょっとした示威行動の可能性はあったし、起工式に集団で乱入し、騒ぎを起こして、ドーム建設への不満を訴えることも想定内だった。ただ、嫌がらせが目的だから、武装はしていたとしても限定的だろうし、それで私が殺されるとは思えない。もちろん、万一の可能性があると思ったからこそ、私は起工式の直前にバックアップを作成した。

「いいえ、襲撃ではありません。会場に到着したところで狙撃されたのです」

そのことばに、つい、ため息が出る。私が狙撃されるというシナリオは、確かに存在していたのだ。

「……私が命じたのか？」

ミューズの投影像が頷いた。私は思わず天を仰ぐ。

確かにそんなことを話したことがあった。誘拐されれば、解放までの期間が不自由だし、未遂で終わったとしても同じようなトラブルが続くことになる。ラスターどもを直接排除すれば、事業体の評判はともかく、私自身の名声にも傷が付くだろう。それならば、いっそのこと大きな事件を起こし、火星の治安機関に介入させた方が良い。そうすれば、事業体の中にいるはずのごろつき連中に通じた者も動けなくなるだろう。

ただそれは、起工式への出席を決めた時点の思いつきで、かなり前のことだった。

「狙撃手はどこで見つけた？」

私は改めてミューズに尋ねた。最初の発想はともかく、自分を狙撃するよう指示するはずがないし、バックアップまでの私は指示していなかった。

「地球から来る難民の中には、多くの元兵士がいます。優秀な狙撃兵を見つけるのは、さほど難しいことではありません」

ミューズの言葉は、私に、地球の現状を思い起こさせる。

「それはそうだな」

火星では、地球の将来について、多くの予測が立てられていた。その中で最も深刻な予測の一つが自律型兵器システムの暴走だ。多くの戦場に投入された自律型兵器システムは、経験値の獲得とともに独自の進化を始めている。その進化がエスカレーションを起こしたとき、何が起きるのか。最悪の場合、地球上に人間の居場所がなくなるのではないか。さほど遠くない将来、そんな予測が現実になる可能性が、急速に高まっている。

「ところで、これからどうなさいますか？」

ドーム建設プロジェクトのことは、もはやどうでも良かった。私自身が判断する必要がある事態は起きないだろう。それよりも、地球だ。

「オジマンの居所はわかったのか？」

私は、火星に来る前に別れた妻と一緒にいるはずの息子のことを調べさせていた。記憶の中の息子は、ベースボールキャップをかぶった少年だったが、もう、立派な大人になっている。それでも私のたった一人の息子なのだ。

「やはり、まだ地球におられるようです」

オジマンは、母親とともに地球を転々としていた。戦争を避け、気候災害のリスクの低いところにいられるのは、私が援助しているからだ。けれど、この先、地球に安全な場所はなくなる。なんとしても火星に連れて来なければいけない。

「場所は分かるのか？」

「ニューデリーです。現在の住所も、特定できています」

火星からの説得では埒があかなかった。私が出向いて、首根っこを引っ掴んででも連れて来るよりない。

「それなら高速艇をすぐにでも手配してくれ。私が地球に行く」

私は、ミューズにそう命じた。私を狙撃させた経緯は気になるが、それを調べるのは地球から戻った後でいい。

「安全だとは言い切れません」

「百パーセントの安全は期待しない。必要なときにはリスクを取る。それが私、ザイオン・バフェットのやり方だ」

カウンターの向こう側ではかろうじて人の形をしたアバターがカクテルを作っている。下手な落書きのような顔に表情は無く、ただ作業をこなしている。

今日のオクサナは客だった。現実の姿を再現したアバターで、目の前にはマティーニのグラスがあった。地球で生身の身体だったときには苦手だったアルコールも、フューリーを纏ったオクサナは苦にならなかったし、その義体を再現したアバターにも、それほど強い影響は無い。マティーニの見た目を持つアプリケーションソフトウェアの効果は限定的だった。

「しかし、見事だったな。スタックも撃ち抜かれていた」

オクサナが狙撃した男と同じ外見をした男が横にいた。彼の目の前にあるマティーニのグラスは、もう、空になっている。

「私が狙った的は、あんたのその白髪交じりの頭。たまたま当たったところにスタックがあったってだけのことよ」

私は照準器を通して見た光景を思い出す。額の右上から入った弾丸は、脳の中心部をズタズタに切り裂きながら頭蓋骨の左後ろから抜けた。スタックは、ちょうどその途中にある。

「ああ、でも見事だったのは事実だ。右のこめかみの少し前から後頭部に綺麗に抜けてたよ」

まさにオクサナがスコープ越しに見たとおりのことを言う。

「ええ、その通りね。でも、何であんなことをさせたの？」

オクサナは、最初に依頼を受けたときから、ずっと考えていた疑問を、改めてぶつける。

「状況を打開するには、あれが最善だったからだよ。最も効率的で、最も損害の少ない、洗練された解決策だ」

男の言葉は抽象的で、今ひとつ要領を得ないものだった。

「そんな説明じゃあ、判らないわ」

「それはそうだろうな。話せば長くなるが……」

男が話したのは、こんな内容だった。

地球の混乱から、多くの金融資本が、成長の見込まれる内惑星に進出をしていること。中でも火星は有力な市場で、成長のパイを巡る競争が激化していること。その競争の結果、金融資本の淘汰が始まっていること。

「……つまり、成長か、さもなくば死か、という状況だな。もちろん、淘汰される側に回るつもりはないから、少々強引なこともやらざるをえない。そんな中で起きたのが、今回の事態だ。買収には成功したものの、ややこしい案件が付いてきた、ってところだ」

男は、狙撃の現場になったドーム建設プロジェクトの資金繰りを仕切っていたファンドを買収したのだという。その結果、ドームの建設に伴うトラブルまで抱え込むことになった。

「立ち退き料目当てのたちの悪い連中がいて、しかも事業体の中でそいつらと結託している者もいる。ちょっとした外科手術が必要だったし、良いきっかけだった」

二杯目のマティーニ。

「外科手術？」

オクサナが聞き直した。

「病巣を切り取るということだ。狙撃をきっかけに、火星の治安当局が捜査に入っている。少々時間が掛かるだろうが、事業は上手く進むよ。それに、地球に行く時間もとれる」

「地球に？」

オウム返しのようにオクサナが言った。

「ああ、地球だ。家族がいてね。妻との関係の修復は難しいだろうが、息子を救うことくらいはできるだろう。地球上に、安全な場所などありはしないからな」

オクサナは今までに聞いた説明を反芻していた。どう考えても腑に落ちない。

「ねえ、いくらバックアップを取っていて、自分を狙撃するのが最善の解だとしても、そんな選択ができるとは思えない。自分が撃たれると判っていて、それでも平然としていられるはずがないわ」

死への恐怖は、それくらい根源的なもののはずだ。

「それが唯一の合理的な選択でもですか？」

その言葉を聞いたとき、オクサナは感じるはずの無い寒気を背中に感じた。有限の生命を持って生まれた人間の論理とは別の論理がそこにある。

「あんた、もしかして……」

オクサナが撃ったのは、ザイオン・バフェットという投資家だった。事件の後でインタビューを受けていた男の姿は、すぐ横の男と同じだ。だからといって、同一人物であるという保証などなく、さらに言えば人間であるという保証もない。

「わかりますか？」

そう言って首を傾ける。

「最高レベルのミューズは、あるていどなら持ち主の代わりを務める事もできるって聞いたことがあるわ」

でも、自分の持ち主を傷つけるという選択が本当に可能なのだろうか。

「私はザイオンの影のような者です。常に最善の選択をし、最善の行動を取るようにできているんですよ。それはともかく、早く義体を変え、火星を出ることを考えた方が良いでしょう。私が見つけられたのですから、治安機関にも望みはあります。あなたと同じような優秀なスナイパーが、この火星に何人もいるとは思えませんから」

痕跡を残してきたつもりはない。それでも射撃の方向は割り出せるし、狙撃地点も特定できるはずだ。そうなれば、今回の狙撃が、射程外からだったことが判るだろう。確かに、誰にでもできることではないのだ。

「そうね。とりあえず義体は変えた方が良いわね。せっかく銃にも馴染んで来たけど、今さら傭兵になるつもりはないわ」

高価な義体を買えるだけのお金は貰っている。それでもオクサナはありふれた義体の方が良いと思っていた。

「バウンサーはいかがですか？　無重力環境に最適化された義体で、火星はともかく、小惑星帯のでは引く手あまたのようですよ」

そう言ってザイオンの影は笑った。

＊＊＊＊

「おう、リオじゃねえか。ゲシュナも一緒に、どうしたって言うんだ？」

あたしたちはノクティス・チンジャオの歓楽街にいた。煌びやかな通りに面したモーフショップの店頭に、着飾った義体が並んでいる。

「良いフューリーの出物があるって言ってたじゃない？」

先に店に入ったリオが、不細工に太った店の主人に声をかける。

「ああ、あれか。まあ、古いっちゃあ古いが、状態は良いよ。十分使い物になる。こっちに来な」

店の奥に向かってぐいぐいと歩いて行った主人は、生体義体を保管するシェルの前で足を止めた。透明なシールドの向こうには、目を閉じたフューリーの厳つい顔がある。

「変な髪ね」

その顔を覗き込んで、リオが言った。紫の髪で、側頭部を短く刈り込んである。

「生体義体だから、使い始めれば伸びてくるよ。髪は染め直せば良い。ところで、どっちが使うんだ？」

店の主人が尋ねた。

「ゲシュナよ。こんなプレジャーポッドよりも傭兵の方が稼げるでしょ」

リオが言った。コイントスに勝ったあたしが使うのは、リオも納得している。傭兵でしっかり稼げば、リオのための義体も手に入れられる。

「それで足を洗おうって寸法かい？　寂しくなるなぁ」

この店の主人も、私たちの客だった。

「まだ先よ。面倒を見なきゃいけない子供たちもいるから」

多分、リオは母親のまねごとをしているつもりなんだろう。一方で、子供たちは自由への足かせになっていた。

「そうか。そりゃそうだな」

店の主人が腹を揺すって笑った。

「足りるかしら？」

リオが示した額は、本当なら十分おつりが来るくらいだ。

「まあ、少し負けておくよ。その替わりと言っちゃ何だが、次の時にバッチリサービスしてくれれば、それで良いさ」

嫌らしい笑み。この男はリオのことを気に入っている。

「恩に着るわ」

営業用とは思えない、最高の笑みを返すリオ。私には絶対に真似できないし、真似したいとも思わない。

「別にいいって。そういえば、これにはおまけが付いてる。特別製のスナイパーライフルだ。きっと、この義体を使っていたエゴは、腕の良い狙撃兵だったんだろうな」

店の主人がほこりをかぶった金属の箱を取り出すと、私たちの目の前で開けて見せてくれた。

「これって、本当に使えるの？」

箱の中には、まるで新品のように見えるスナイパーライフルがあった。

あとがき

伊野隆之

デビュー作以来の単著である。商業出版のハードルが高くなっている中、自作が書店に並ぶというのは、ありがたいと言う他ない。

本書は日本ＳＦ作家クラブの公認Ｗｅｂマガジンである SF Prologue Wave に、二〇一二年から二〇二〇年にかけて掲載された「ザイオン・バフェット・シリーズ」の本編と、二〇二二年に同じく SF Prologue Wave に掲載されたスピンオフ短編（公開時のタイトルは「リオのために」）、本書のために書き下ろした新作短編から構成されている。

執筆のきっかけは、作家クラブの会合の際に設定を監修しコラムを書いていただいた岡和田晃さんから〈エクリプス・フェイズ〉のシェアード・ワールド小説を書かないかと誘われたことだった。その後、岡和田さんがゲームマスターをつとめる実際のゲームにも参加させていただいたのだが、その時に、亡くなったゲーム研究者の蔵原大さんに作ってもらったキャラクターがザイオンだった。

蔵原さんは、僕が小説を書く前提でゲームに参加したことをご存じだったので、ゲームの後でどんな話を書くのかと聞かれた。それに対する僕の苦し紛れの答えが「タコがカラスにつつき回される話にしようかなぁ」というもので、最初に書いた「ザイオン・イン・アン・オクトモーフ」は、まさしくそんな話になっている。

ところで、小説家のタイプにはプロッターとパンツァーという分類があり、僕はどうしようもないくらいのパンツァーだ。この言葉の由来である seat-of-the-pants というイディオムには「計画、準備、他人の助けを借りずに、自分の判断と感情を使って行う、または作る」という意味がある。つまり、小説で言えばプロットを作らずに、書きながら考えるスタイルだ。このスタイルを公言しているのが、かのスティーヴン・キングで、『On Writing: A Memoir of the Craft』（邦題は『小説作法』（アーティストハウス）、『書くことについて』（小学館文庫）で「ストーリーというのは地中に埋もれた化石のように探しあてるべきもの」と書いている。つまり、「タコがカラスにつつき回される話」は露頭に見えた化石の尻尾の先だったのだ。

第一部の金星編（本書では『イシュタルの虜囚』）を書き終えたところで、ザイオンが火星に向かい、過去と向き合うことまではわかっていても、火星で何が起こるまではわかっていなかった。

その意味で、五年ほどの間を空けて執筆された第二部の火星編（本書では『ネルガルの罠』）は、僕にとっては火星で何が起きるかという問題に対する答えを掘り出す作業だったと言っても良い。本書が個別の短編として発表されたものでありながら、全体として一つの長編として成り立っている（ように見える）のは、そんな経緯によるものである。

『再着装（リスリーヴ）の記憶』に寄稿した「カザロフ・ザ・パワード・ケース」を含め、このシリーズのスピンオフ短編もまた本編における／他の短編での未解決問題が一つの契機となって書かれたものだ。有能なはずのカザロフは、なぜザイオンを捕まえ（られ）なかったのか？　ゲシュナはなぜカザロフに協力したのか？　ゲシュナの義体はなぜスナイパーとして優秀だったのか？

さて、火星に戻り、ソラリスへのアクセスを取り戻したザイオンは、これから何をするのか？

パンツな僕にはわからないが、いつかパソコンの前に座った僕にその答えが降りてくるかも知れない。

最後に、岡和田晃さんと故蔵原大さん、僕がシリーズ作品を発表したSF Prologue Waveを創刊した故八杉将司さんと作品発表当時の編集長である片理誠さんに感謝を。それから『再着装（リスリーヴ）の記憶』の編集時点で、連作からの切り出しをよしとせず、本書の刊行に繋げていただいたアトリエサードの岩田恵さんにも感謝を。もちろん、最初の読者にして専属編集者である妻と、今も足下で寝ている猫たちにも感謝を。この本を手に取っていただいた全ての人に感謝します。

SF Prologue Wave
https://prologuewave.club/

COLUMN

作家・伊野隆之の冒険

本書の著者である伊野隆之は、第十一回日本SF新人賞受賞作を改題した『樹環惑星―ダイビング・オパリアー―』（徳間文庫、二〇一〇年）でデビューを飾りました。応募時のタイトルは「森の言葉／森への飛翔」で、アーシュラ・K・ル＝グウィンの『世界の合言葉は森』（小尾芙佐・小池美佐子訳、ハヤカワ文庫SF、邦訳一九九〇年）を彷彿させるタイトルからもわかるように、海外SF作品への強いリスペクトを持つ作風が特徴的です。

伊野隆之は一九六二年、新潟県上越市生まれ、現在はタイ王国在住。小学校・中学校の頃からのSFファンでしたが、高校時代はいったん中断してロック漬けの日々に。SFに再会したのは、東京理科大に進学した大学一年の冬のこと。アニメ雑誌「OUT」に掲載されていた高千穂遙のSFチェックリストを見て、「こんなに知らない作品があったのか」と危機意識を抱き、以後はアルバイト代を軒並みSF小説の購入へとつぎ込む日々を送ったといいます。特定のサブジャンルに偏ることなく、海外SF全般を読んできたようですが、ヴァーナー・ヴィンジの〈Zones of Thought〉シリーズやデヴィッド・ブリンの〈知性化〉シリーズには強い思い入れのある模様。

執筆歴は長く、大学在学中にはアニメ系サークルで小説を連載したり、在京SFサークルの主力寄稿者として作品を発表したりする一方、メジャーなファンジン「星群」にも寄稿。

過酷な勤務実態から通常残業省と揶揄されていた通商産業省（現・経済産業省）入省によって執筆を減らしたものの、官僚としての勤務経験に裏打ちされた綿密な組織の描写、生物学や化学をはじめSFの「サイエンス」を大事にする科学考証の妙、観察力を感じさせる正確な文体、何より絶妙の「間」や繊細な人物造形……。本書をお読みの方は、作家としての確かな実力を感じ取っていただけるでしょう。

伊野隆之の本領は、どちらかといえば長編にこそあるようです。電子書籍で発表されている長編もあれば、未発表のストックも抱えつつ、新作の構想もあるとか。それこそ職人のように「ジャンル」の定型を踏まえながら、軽やかに〝その先〟へと向かってみせる力量が伊野作品の魅力です。短編では、ゾンビや吸血鬼の設定を解釈し直したアクション・ホラーの新境地「月影のディスタンス」（「ナイトランド・クォータリー」Vol.25、二〇二一年）にも、その特徴がよく現れています。

〈エクリプス・フェイズ〉以外にも、川嶋侑希の同名小説に端を発するシェアード・ワールド〈Utopia〉に参加、ロジャー・ゼラズニイへのリスペクトも光る「Utopiaの影」がありますし、「ヴァレンハレルの黒い剣」および「ミサゴの空」（すべて「SF Prologue Wave」）は英訳が完成、英語圏のアンソロジーに収められる形で翻訳出版されています。

加えて八杉将司『LOG-WORLD』（SFユースティティア、二〇二三年）の編集協力も手掛けるなど、編集者としても厚い信頼を集めています。（晃）

おまけ：イシュタルの蛸壺

小壺に越してきてから、もう、三十年近い年月が過ぎようとしているのに、定年の日を迎えるまで仕事漬けだった私は、この街をあまり知らなかった。ベランダからマリーナを見下ろすマンションを買い、休日には埠頭で釣りでもしようと言っていたにもかかわらず、釣り竿は物入れにしまわれたままだった。何回か使ったものの釣果はみすぼらしく、食事の足しにもならない。なにより、釣り具の手入れが煩わしく、定年を迎えて暇になった今でも、釣り竿に手を伸ばすことはなかった。

もっとも、やることが無いわけでは無い。学生時代から書いていた小説に取り組む時間ができたのはありがたいことで、朝、海岸近くのファミリーレストランでパートをしている妻を送り出すと、町を見下ろす窓辺の机でパソコンを開き、ぽつぽつとテキストを打ち込み始める。学生の頃書いていたエスエフは、古くからの友人に奨められた無料のサイトに、毎週のように掲載される書き下ろしのショートショートを読み、これくらいなら自分も、と思って書き始めるのだが、なかなか形にならない。最近は、本になったものはあまり読んでいなかったし、ＡＩの進歩で書きづらくなった所為もあるだろう。そのかわりということでもないのだが、書くのはもっぱら身辺雑記とホラーを掛け合わせたようなものになっていた。

内容はともかく、文章自体には自信があった。学生の頃から小説を書いていたこともあるだろうし、本を読む習慣も助けになっている。それ以上に、長い間勤めていた役所での仕事で文章を書き、部下の書いた文章を直してきた経験も役に立っていると思う。私が書くものの最初の読者である妻からは、報告書を読んでいるみたいと言われるが、それもまた文体であり、個性であるから、あえて変えようとは思わなかった。

書いたものを発表するのは地域のコミュニティペーパーで、「小壷断章」というエッセイとも小説ともつかぬものを何作か掲載してもらっている。それなりに読者もいるようで、たまに編集部から読者の反響が届く。全てが良い反響で、妻に自慢すると悪い評は編集部が見せないようにしているにちがいないと言う。それならば苦情を書いて編集部に送ってみれば良いと言い返すのだが、妻がそんな手紙を書いた形跡は無い。まあ、一度、編集部に聞いてみるのも良いと思うが、それはそれで野暮な気がする。

小説を書くのは頭を使う作業なので、朝をしっかり食べていても昼過ぎにはお腹が減る。冷蔵庫にあるものを適当に見繕って食べ、筆が進むようであればそのままパソコンに向かい続け、そうでもないならら水筒にコーヒーを詰め、退職を機に購入したポメラを持って外に出る。マンションの前の坂を一息に下り、海岸で一息つくのは良い気分転換になるし、新しいアイデアが湧いてくることもあった。

しんどい坂を登って戻ることもあれば、夕日を眺めながら妻のパートが終わるのを待ち、一緒に妻が運転する車で戻ることもあった。定年後の数年、小壷でのそんな毎日が続いており、私は平穏な暮らしに満足していた。

その日、パートから戻ってきた妻が、市が出しているタウン誌を持ってきた。後ろの方に付箋紙が貼ってあり、そのページを開くと「小壷文学賞にチャレンジ！　意欲的な文学作品を募集しています」という文字が目に入ってきた。百枚までの作品で、ジャンルは問わず、応募資格は市内在住とのこと。受賞作には十万円の賞金が出るし、タウン誌に全文が掲載される。締め切りは半年先で、まだ十分な時間がある。コンテストへの応募は学生時代以来だったが、俄然、私はやる気になった。

小壷文学賞を謳うからには、当然小壷を題材にした方が良いに違いない。

「隧道が心霊スポットらしいから、そこを舞台にした因縁話なんかどうだろう」

さりげなく妻に話を振ると、妻は鼻で笑う。そんな誰でも思いつきそうなアイデアは駄目だと言うことらしい。

それから私は小壷の町をくまなく歩くようになった。今まで気にもとめていなかったが、山の上には焼き場があり、背の高い煙突が町を見下ろしている。夕方、気がつくと煙突の先に誰かが腰掛けており、その姿に気付いてしまうと、必ず悪い病気になる（「煙突の死に神」）。マリーナには古いコンドミニアムがあり、有名な文学者が仕事場にしていた。仕事場の近くにはなかなか原稿を貰えない編集者たちが集まる麻雀店があり、そこでは麻雀の勝ち負けで原稿を受け取る順番を決めていたとかいないとか。麻雀がからっきしの編集者は、文学者が死んだ今でも、たった一人で卓に向かっているらしい（「一向聴地獄」）。漁港には、近隣の海から珍しい魚が集まり、地場の魚を提供する美味い料理屋がある。その料理屋は一見の客は入れず、常連になって初めて店主が特別な料理を提供してくれる。その料理は、言葉を理解する蛸の足の活け作りで、それを食べると認知症にならない（「知恵ある蛸刺し」）等々。タイトルだけは思いつくものの、ものになりそうも無いアイデアをこねくり回していると、コミュニティペーパーに書く方のアイデアも出てこない。編集部から次の原稿はまだですか、待っている読者もいますので、などという連絡が来たのは、呻吟する私の姿を見かねた妻が裏から手を回したのかも知れなかった。

文学賞の締め切りが、あと一ヶ月になった頃、小壺の浜を歩いていた私は、奇妙な壺を見つけた。大きさは、たとえが悪いが子供の頭蓋骨くらい。表面にはフジツボがびっしり貼り付いているから、随分長い間海の底にあったものらしい。よく見ると、壺の表面には細かな細工で模様が描かれている。大きさのそろった小さな二重丸が、波打つようなラインに沿って並んでいて、吸盤が並んだ蛸の触腕のようだ。フジツボを剥がしてみようと思ったが、壺自体を傷つけずに剥がせる方法が判らなかった。

きっとこれは、金星からやってきた、海の底に棲む蛸型の異星人が遺した壺で、その壺を拾ってしまった者は、その壺に人生を狂わされることになるなどと想像してみる。金星の壺なら、イシュタルの壺とでも呼ぶべきだろう。大きさからすると骨壺のようだが、中に蛸でも入っていようものならイシュタルの蛸壺だ。そんな変なものは、浜に捨て置いて忘れてしまえば良いのだが、私はどうにも手放すことができなかった。持ち帰っても妻に気味悪がられるだけだろうと思うが、もしかすると書きあぐねている小説の何か良い糸口が見つかるかも知れない。

しばらく思い悩んでみたところで普段から持ち歩いているエコバッグにその奇妙な壺を入れた。家に向かうため海から離れようとすると、得体の知れぬ不安を感じる。背中を伝って流れるのは冷や汗ではなく、指の間に膜がある水中の生き物が分泌する粘液。ナメクジが這ったような痕が坂を登る私の後ろを追いかけてくる。そんな日に吹く風は、いつにも増して磯臭いと決まっているのだった。

「夕食、お刺身を買ってきたわよ」

妻の言葉に気のない返事を返す。時折、壺の口から触手のようなものが出てくるので、マグロの一切れでも喰わせてやれば壺が何かアイデアを出してくれる気がするが、そんなことはないのであった。

その壺は、記憶を封じ込める壺で、そこに封じ込められる記憶はただの記憶ではない。存在しなかった記憶、つまり、過去において選択されなかった行動の結果の記憶なのだ。

例えば、小壺に引っ越さなかった時間線がある。購入した新築マンションの部屋の間の壁を取り払って、大きな部屋に改装する工事が終わったとの連絡が来て、妻と二人で見に行ったときのことだ。部屋に一歩入ったときから妻の様子がおかしかった。顔色が悪く、妙に言葉が少ない。帰りの電車で本契約をしない方が良いかもしれないと言い出した妻を、私は必死で宥めた。ここで契約をしなければ、内装の変更に掛かった追加の工事費用を含めて、手付金を捨てることになる。公務員の安月給からすれば大金だ。妻を説得し、小壺に引っ越したから、今はこうしているが、引っ越しを止めていた未来もあったのだ。

その未来では、家を買うからと言って断った海外赴任の話が現実になり、赴任先のバンコクで妻はヨガと出会う。帰国して本格的にヨガを学んだ妻がインストラクターになり、友人が始めたヨガスクールで教えるようになる。妻のクラスは週末にも入っているので、妻がいない間、他にやることも無くて、私は猫をかまいながら小説を書く。随分前に思いついていた人の住む高地と植物に覆われた低地に分断された惑星の話で、その小説が新人賞を貰って、自分の小説が書店の店頭に並ぶ。そんな未来があったのだ。

新人賞を取り、一冊本が出たからと言って、小説家としてやっていけるわけではない。二冊目、三冊目と出せなければ、消えていくだけだろう。

　駐在生活に味を占め、早期退職した私はタイに移住する。猫の検疫やら何やらややこしい手続きをこなし、その一方では先輩の作家が立ち上げた小説のウェブサイトに細々と寄稿を続ける。

　タイでの生活は安閑としたものだ。無駄に広い庭に来る猿を追い払い、乾季にはたっぷりと水をまく。うるさい蚊に悩まされながらものんびりとプールにつかり、気が向けば愛機のポメラに手を伸ばす。電子書籍のシリーズは中断してしまったものの、SFプロトタイピングの企画やアンソロジーの出版企画にも手を挙げ、細々と書き続けて十年以上、やっと二冊目の単著が出る。その本は、〈エクリプス・フェイズ〉というテーブルトークロールプレイングゲームの世界を舞台にした小説で、大富豪のザイオン・バフェットが、金星で、財産を狙う小悪党によって蛸の身体のオクトモーフに囚われていたところから知略を尽くして逃げ出す第一部「イシュタルの虜囚」、逃げ出した先の火星で罠にはめられ、また囚われの身になり、自らの過去と対峙する第二部「ネルガルの罠」からなる長編のようなものだ。併せて収録した短編の評判も良く、増刷と同時に英訳され、目指すは夢のハリウッド……。

　そんな話を書き上げ、妻に見せたら、あっさりとダメ出しされてしまった。

「それって、全然、小壷に関係ないし……」

いや、小壺海岸で拾った蛸壺の話で……なんていう反論は、ぐっと飲み込んでおくのが吉だろう。

タイ王国フアヒンにて　伊野隆之

伊野 隆之（いの たかゆき）
小説家、「SF Prologue Wave」編集委員。『樹環惑星 ―ダイビング・オパリア―』（応募時タイトルは、「森の言葉/森への飛翔」）で第11回日本SF新人賞を受賞。同作は徳間文庫より刊行。
その他の作品に、「冷たい雨-A Grave with No Name-」（『短篇ベストコレクション 現代の小説2011』所収、徳間文庫）、「オネストマスク」（『ポストコロナのSF』、ハヤカワ文庫JA）、「月影のディスタンス」（「ナイトランド・クォータリー」vol.25所収、アトリエサード）、「カザロフ・ザ・パワード・ケース」（『再着装（リスリーヴ）の記憶〈エクリプス・フェイズ〉アンソロジー』所収、アトリエサード）ほか多数。「SF Prologue Wave」に定期的に寄稿している。
2017年よりタイ王国、フアヒン在住。

TH Literature Series

ザイオン・イン・ジ・オクトモーフ

――イシュタルの虜囚、ネルガルの罠　〈エクリプス・フェイズ〉シェアード・ワールド

著者　伊野隆之

プロジェクト・マネージャー：岩田恵
コラム執筆：岡和田晃
校閲：小笠原じいや、待兼音二郎
本文DTP：望月学英
カバーオブジェ：山下昇平

発行日　2023年8月10日
発行人　鈴木孝
発　行　有限会社アトリエサード
東京都豊島区南大塚1-33-1 〒170-0005
TEL.03-6304-1638 FAX.03-3946-3778
http://www.a-third.com/ th@a-third.com
振替口座／00160-8-728019
発　売　株式会社書苑新社
印　刷　モリモト印刷株式会社
定　価　本体2300円＋税

ISBN978-4-88375-501-1 C0093 ¥2300E

www.a-third.com

出版物一覧

アトリエサード HP

AMAZON（書苑新社発売の本）